DIE NACHT DER DOLLARS

Peter Meisenberg, Jahrgang 1948, studierte Geschichte, Philosophie und Germanistik. Seine schriftstellerische Laufbahn begann er 1981 mit dem Schreiben von Essays, Features und Hörspielen, unter anderem für den WDR. Er lebt als freier Autor in Köln.

Dieses Buch ist ein Roman. Dennoch sind einige Personen nicht frei erfunden, sondern existierten wirklich. Ihre Handlungen beruhen auf einem historischen Hintergrund.

PETER MEISENBERG

DIE NACHT DER DOLLARS

KRIMINALROMAN

emons:

Bibliografische Information der Deutschen Nationalbibliothek
Die Deutsche Nationalbibliothek verzeichnet diese Publikation
in der Deutschen Nationalbibliografie; detaillierte bibliografische
Daten sind im Internet über http://dnb.d-nb.de abrufbar.

© Emons Verlag GmbH
Alle Rechte vorbehalten
Umschlaggestaltung: Leonardo Magrelli unter Verwendung der
Motive von Istockphoto.com/Lisa-Blue; ands456; philipimage
Gestaltung Innenteil: DÜDE Satz und Grafik, Odenthal
Druck und Bindung: CPI – Clausen & Bosse, Leck
Printed in Germany 2023
ISBN 978-3-7408-1846-3
Originalausgabe

Unser Newsletter informiert Sie
regelmäßig über Neues von emons:
Kostenlos bestellen unter
www.emons-verlag.de

Für Susi

ERSTER TAG

Die Müdigkeit kriecht in ihm hoch wie ein langsam wirkendes Gift, dem man sich irgendwann freiwillig hingibt. Wenn man nur könnte. Er hätte gerne die Beine auf der Holzbank ausgestreckt, aber die Frau links neben ihm achtet mit strengen und strafenden Blicken darauf, dass er die Grenze der ihm zustehenden Hälfte der Bank um keinen Zentimeter überschreitet. Jedes Mal, wenn er seine Füße ein wenig weiter nach links verschiebt, drückt sie sie mit ihrem Pappkoffer zurück in seinen Bereich. Unter anderen Umständen wäre das ein lustiges Spiel.

Die Frau ist hohlwangig, die dunklen Augen liegen in tiefen Höhlen, strahlen aber die bittere Entschlossenheit der Überlebenskämpferinnen aus, denen er in den Eisenbahnen und den Wartesälen seit seiner Abfahrt aus Weimar vor zwei Wochen ständig begegnet. Natürlich könnte er mit ihr darüber diskutieren, dass ihr verdammter Koffer nichts auf der Bank verloren hat, dass diese Bank für Menschen da ist und nicht für Koffer, dass sie mit dem Koffer gefälligst Platz machen soll, damit er seine müden Beine ein bisschen ausstrecken kann. Aber er weiß, dass diese Diskussion sinnlos wäre. Niemals würde sie den Koffer aus der Hand geben, ihn außerhalb ihres unmittelbaren Zugriffs aufbewahren. Koffer gehören in diesen Tagen zu den wertvollsten Dingen, die ein Mensch besitzen kann. Also nimmt er nach einiger Zeit seine Beine von der Bank herunter, stellt sie auf den Boden, im Wissen, dass er so nie zum Schlafen kommen wird. Er kann nicht im Sitzen schlafen, konnte er noch nie. Dabei ist er seit Tagen so müde, dass er das Gefühl hat, sogar im Stehen einschlafen zu können, und dass immer dringlicher der Wunsch in ihm wächst, er wäre ein Pferd.

Doch selbst wenn er sich auf der Bank ausstrecken könnte,

wäre es nicht sehr wahrscheinlich, dass er hier Schlaf fände. Es ist um die Mittagszeit, und der Wartesaal in dem Nürnberger Vorortbahnhof ist zum Bersten voll, der Lärm hier ebenso unerträglich wie der Gestank. Die komplette Altstadt wurde bei dem alliierten Luftangriff am 2. Januar mitsamt dem Hauptbahnhof zerstört, deshalb wird der Zugverkehr mühsam um die Stadt herumgeleitet. Dieser Wartesaal hier ist viel zu klein für das Heer von Menschen, das wie in allen Bahnhöfen Deutschlands manchmal tage- und nächtelang auf Züge wartet, von denen niemand weiß, wann oder ob sie überhaupt fahren werden. Zwischen die Zugreisenden mit ihren Koffern, Pappkartons und Rucksäcken drängen sich etliche Dutzend andere Menschen, die hier sind, um Geschäfte zu machen: wieselige Schwarzmarkthändler, magere Mädchen und Jungen, die sich ganz offensichtlich zu prostituieren versuchen, Leute mit stierem, halb wahnsinnigem Blick, verlumpt und halb verhungert, die suchend durch die Menge irren, ohne dass ersichtlich würde, was sie suchen. In einigen Winkeln des Wartesaals wird auf Wehrmachts-Karbidkochern gekocht. Was aus den Kochgeschirren schwillt, ist das, was den penetrant aasigen Gestank verursacht, der in scharfen Schwaden den allgemeinen Wartesaaldunst durchzieht.

»Ernst?«

Er ist gegen jede Erwartung tatsächlich eingenickt, wacht auf, blickt um sich, sieht den nicht, der seinen Vornamen ruft.

»Ernst Fleck!«

Jetzt erkennt er ihn, drei Bänke vor sich. Es ist Milan, einer der Musiker der tschechischen Jazzband in Buchenwald. Ernst hat ihn spielen gesehen an jenem kalten Winterabend im vergangenen Dezember, an dem Willi Seifert, der Kapo der Arbeit, es tatsächlich geschafft hatte, dem SS-Rapportführer die Genehmigung für ein Jazzkonzert im französischen Block abzuschwatzen. Zur »Hebung der Arbeitsmoral«, die bei ihnen im Block als die zweitschlechteste im ganzen Lager galt. Gleich hinter der der Russen.

Milan gestikuliert wild, winkt ihn zu sich. Ernst macht eine abwehrende Handbewegung, weist auf seinen Platz, den er unter keinen Umständen verlieren will. Doch Milan hört nicht auf, ihm zu bedeuten, er solle rüberkommen. Ernst, der bisher sitzen geblieben ist, erhebt sich ein Stück, um zu sehen, warum der andere so scharf darauf ist, dass er zu ihm kommt. Milan hat tatsächlich eine ganze Bank für sich, hat seine Instrumentenkoffer so wichtigtuerisch darüber verteilt, dass es bisher offensichtlich niemand wagte, ihm den Platz dafür streitig zu machen.

Ernst nimmt seinen Rucksack und geht zu ihm hinüber; im Weggehen sieht er, wie die Frau auf seiner Bank ihm einen hasserfüllten Blick nachschickt und dabei hastig ihre Beine auf der frei gewordenen Stelle ausstreckt.

»Hallo, Ernst! Wie geht es dir? Was hast du seit dem 11. April gemacht? Hast du schon Verwandte gefunden? Wo geht es hin?«

Milan ist ein junger Kerl, noch nicht mal Mitte zwanzig, ist dünn und hat viel zu lange und ungewaschene Haare, wie alle Menschen in diesen Tagen. Sein Französisch ist gut, der slawische Akzent fast weggeschliffen; wenn man nicht wüsste, woher er kommt, würde man ihn nicht heraushören.

»Und du? Wohin fährst du?«

»Nach Prag natürlich! Wohin sonst?«

»Zu deiner Familie?«

»Mal schauen, was davon übrig ist. – Immerhin haben sie mir meinen Platz im Symphonieorchester frei gehalten. Ich kann gleich anfangen, ist das nicht der Wahnsinn?« Milan sieht Ernst an wie ein Schüler, der von seinem Lehrer ein Lob erwartet. Ernst weiß, dass er für ihn eine Respektsperson ist, nicht nur, weil er ein paar Jahre älter ist, sondern weil er als deutscher Kommunist zur Lagerelite gehörte und deshalb die Macht hatte, eine schützende Hand über Milans Band zu halten.

»Glückwunsch«, sagt Ernst.

»Danke dir! – Weißt du noch: *Ménilmontant, mais oui, madame* …« Milan singt die ersten Takte. »*C'est là que j'ai laissé mon cœur* …«

»Ja, ich erinnere mich«, sagt Ernst. »Ich erinnere mich gut.« Charles Trenets Chanson ist der Höhepunkt des Konzerts im Dezember gewesen, obwohl es neben Stücken wie Ellingtons »Solitude« und »Caravan« oder dem »Tiger Rag« eigentlich gar nicht ins Programm passte. Gesungen hat es ein Franzose, ein Elsässer, Frager hieß er oder so ähnlich, mit einer so klaren und betörenden Stimme, dass allen, die zuhörten, die Tränen in die Augen traten.

»*Je suis pas poète, mais je suis ému. Et dans ma tête y a des souvenirs jamais perdus*«, singt Milan die Strophe, in der die Melodie nach Moll moduliert.

»Ja.« Ernst nickt. »Die Erinnerungen haben viele von uns am Leben gehalten in Buchenwald.«

»Stimmt. Aber jetzt geht es weiter, Ernst! Also sag schon, was hast du vor? Wo willst du hin?«

»Nach Hause, nach München.«

»Nach München? Ich dachte, du bist Franzose?«

»Nein, ich musste '35 aus Deutschland abhauen, bin nach Paris gegangen, hab da gelebt und gearbeitet, bin '42 zu den Francs-Tireurs et Partisans gestoßen, und bei denen hat mich dann Anfang '44 die Gestapo eingesammelt …«

»Das wusste ich nicht«, sagt Milan.

»Ist jetzt auch nicht mehr wichtig.«

»Und was hast du vor in München?«

»Muss da was erledigen.«

***

Sie umkurvt einen gewaltigen Trümmerhaufen, bis der Blick auf das Neue Rathaus endlich frei wird. Das zerstörte Gebäude mitten in Wiesbaden präsentiert sich ihr in einer so vollkommenen Schönheit, wie sie das unversehrte nie besessen haben konnte. Gegenüber dem Drama des abstrakten Dachstuhlgerippes und der surreal leeren Fensterhöhlungen der übrig gebliebenen Giebel erscheint ihr das Bild, das sie aus ihrem Baedeker in Erinnerung hat, als rostfarben aquarellierter Kitsch. Die Zerstörung entkleidet die Architektur von allem Überflüssigen, reduziert sie auf ihr Wesentliches. Ihr scheint, als vermittele die eigentümliche Ästhetik solcher Gebäudeskelette eine sehr konkrete Vorstellung von Wahrheit. Ist das zerstörte Deutschland nicht das wahre Deutschland? Manchmal kam es ihr auf ihrer Reise hierher so vor. Vor allem als sie durch das fast vollständig zertrümmerte Köln fuhr, wo ihr die durch die Ruinen und Schuttberge irrenden Menschen wie Scherenschnitte in einem existenzialistischen Schattentheater erschienen. Auf das ihnen zukommende Maß gestutzt, auf das von Ameisen. Es ist nicht so, dass ihr das ein Gefühl von Genugtuung gegeben hätte. Im Gegenteil. Der ästhetische Schauer, der sie immer wieder auf ihrer Reise überfällt, macht sie auch traurig. Schließlich hat sie die Deutschen immer bewundert. Und tut es, zumindest in gewisser Weise, immer noch. Deswegen ist sie ja hier.

Susan parkt ihren roten Triumph Gloria – das Geschenk ihres Vaters zu ihrem zwanzigsten Geburtstag – vor dem Haus am Wiesbadener Schlossplatz, das Dr. Scherer ihr als seine Privatadresse angegeben hat. Es ist ein fünfstöckiges, mit wilhelminischem Stuck überladenes Gebäude in der weitgehend unversehrt gebliebenen Straßenzeile gegenüber dem ausgebombten Neuen Rathaus. Die gleich hinter dem Rathaus sich erhebende vieltürmige Marktkirche soll beim Angriff Anfang Februar auch einiges abbekommen haben, doch scheint sie zumindest noch über die Mehrzahl ihrer Türme zu verfügen. Überhaupt konnte Susan auf der Fahrt hierher sehen, dass Wiesbaden im Gegensatz zu Köln einigermaßen glimpflich durch den Bombenkrieg gekommen ist. Das macht sie zuversichtlich, dass auch das Haus »Taunus« noch stehen wird.

Sorgfältig schließt sie das Verdeck des Cabrios, weil sie es möglichen Dieben nicht zu leicht machen will. Obwohl die ganz schön schlau sein müssten, das Versteck unter dem Schwiegermuttersitz des Wagens zu finden. Und dann würden sie immer noch einige Gewalt anwenden müssen, um die Schlösser zu knacken, mit denen sie ihren Schatz gesichert hat. Er besteht aus siebzehn Stangen Chesterfield, die ihr Professor Lawson mitgab, um ihre Mission in Deutschland zu finanzieren. Lawson meinte, die müssten dort einen Gegenwert von fast dreihundert Pfund haben. Ungefähr so viel, wie der Triumph vor fünf Jahren gekostet hat.

Gottlieb Scherer öffnet gleich nach dem ersten Klingeln selbst die Wohnungstür. Lawson und Susan korrespondierten in den letzten beiden Jahren ausführlich mit dem SS-Arzt. Getroffen hat sie ihn bisher jedoch noch nie. Wie viele Nazis, denen sie bisher begegnet ist, stimmt Scherers Typus ganz und gar nicht mit dem von ihnen bewunderten und propagierten Ideal des Ariers überein; weder ist er blond noch blauäugig und auch sonst in keiner Hinsicht irgendwie ansehnlich. Er ist dunkel, breitschultrig, sein flaches Gesicht ist von Pockennarben zerfressen, die seltsamerweise auf Susan nicht abstoßend wirken, sondern den männlichen Charakter seiner ziemlich brutalen Züge unterstreichen. Er reicht ihr die Hand. Sein Händedruck entspricht seinem Äußeren.

»Es freut mich, Miss Mitford, dass Sie es zum verabredeten Datum geschafft haben. Ein Kunststück in diesen Zeiten.«

»Nicht wenn man einen soliden englischen Sechszylinder unterm Hintern hat.«

Scherer, der ihren Humor offenbar zu schätzen weiß, grinst anerkennend und führt sie in ein Arbeitszimmer mit hoher Decke. Die Fensterfront auf der einen Seite gibt den Blick auf die Rathausruine frei. Auf der gegenüberliegenden Seite des Raumes reihen sich in Regalen Gläser aneinander, in denen Hunderte von Präparaten menschlicher Föten aller Wachstumsstadien und in allen nur denkbaren Varianten von Deformation bleich und mit geschlossenen Augen im Alkohol schwimmen. Susan kennt solche Sammlungen aus dem Department of Social Anthropology in Cambridge. In einer Privatwohnung hat sie so etwas noch nie gesehen.

»Ich nehme an, ein Tee wäre Ihnen jetzt recht?«

»Absolut. Und gegen etwas Stärkeres zusätzlich hätte ich nach dieser Fahrt auch nichts einzuwenden.«

Ohne Susans Verlangen nach Alkohol zu kommentieren, geht Scherer zum Fenster und bringt hinter dem rotsamtenen Vorhang tatsächlich eine dicke, geflochtene Kordel zum Vorschein, an der er jetzt zieht, mit der Wirkung, dass man irgendwo in der Tiefe der Wohnung das Bimmeln eines Glöckchens hört. Dann holt er aus den Katakomben seines wuchtigen Eichenholzschreibtischs eine Kristallkaraffe mit bernsteinfarbenem Inhalt, anschließend zwei ebenfalls kristallene Tumbler. Susan kommt sich vor wie in einem Agatha-Christie-Krimi.

»Wie geht es meinem Freund Mark Lawson, Miss Mitford?«

Der an die Frage anschließende viertelstündige Small Talk dreht sich um die neuesten personellen und wissenschaftlichen Entwicklungen in der American Eugenics Society, deren korrespondierende Mitglieder Scherer und sein Lehrer Fritz Lenz wie auch Mark Lawson, Susans Doktorvater am Trinity College, sind. Die Verbindungen zwischen den amerikanischen, englischen und deutschen Eugenikern waren immer schon eng. Lenz, der Mitverfasser des deutschen Standardwerks zur Eugenik und des Gesetzes »zur Verhütung erbkranken Nachwuchses« von 1933, brachte seinen Lieblingsschüler Gottlieb Scherer 1939 auch in Kontakt mit der British Eugenics Society, deren Direktor bis 1944 John Maynard Keynes war, dem vor Kurzem dann Mark Lawson nachgefolgt ist.

Nach dem ausgezeichneten Single Malt und dem weniger ausgezeichneten Tee, einem muffigen Assam, den ein wahrhaftig weiß beschürztes Dienstmädchen servierte, beendet Susan den Small Talk und kommt zur Sache.

»Es tut mir aufrichtig leid, Miss Mitford.« Ohne das geringste Anzeichen von Bedauern in seiner Stimme zuckt Scherer auf ihre Frage nach den »Goldkindern«, wie sie sie nennt, die Schultern. »Aber das Heim ›Taunus‹ wurde schon im März, noch vor Ankunft der Amerikaner, evakuiert. An dieser Aktion war ich als leitender Arzt nicht mehr beteiligt. Das lag ganz in der Hand der Organisation. Deshalb kann ich Ihnen auch nichts über den Verbleib der Kinder sagen. Vermutlich sind sie in andere Heime in noch nicht vom Feind, ich meine, von den Alliierten besetztem Gebiet verbracht worden.«

»Das kann doch nicht wahr sein!« Susan kann ihre Fassungslosigkeit nicht verbergen. Sie reicht Scherer ihren inzwischen geleerten Tumbler, der gießt ihr zwei Finger breit nach, nimmt sich selbst aber nichts mehr. »Die Sichtung und Beschreibung der Kinder ist das Herzstück meiner Arbeit!« Nachdem sie sich einigermaßen gefangen hat, fährt sie etwas ruhiger fort: »Ohne sie wäre sie wissenschaftlich völlig wertlos!«

»Das weiß ich. Ich habe Ihren theoretischen Teil gelesen.«

»Und? Was halten Sie davon?«

»Ausgezeichnet. Methodisch bringen Sie Galtons und Pearsons Ideen auf den neuesten wissenschaftlichen Stand. Die Produktivität des besten Erbgutes zu erhöhen hat Vorrang gegenüber der Unterdrückung der Produktion des schlechtesten Erbgutes. Das war auch unsere Prämisse.«

»Ohne empirischen Beweis bleibt das alles aber bloße Theorie!«

»Wie gesagt, die Kinder sind nicht mehr im Heim ›Taunus‹.« In Scherers Stimme verebbt die Geduld, mit der er ihr bisher geantwortet hat.

»Aber Sie haben bestimmt Aufzeichnungen? Messdaten? Tests? Gesprächsprotokolle?«

»Aufzeichnungen?« Scherer spricht das Wort aus, als bezeichne es etwas Ekelerregendes. »Sie glauben doch nicht, dass ich in der jetzigen Situation noch über irgendwelche *Aufzeichnungen* verfüge?«

***

Vorm Rathaus wird geflaggt, weil gestern der endgültige Waffenstillstand in Kraft getreten ist. Im Tagblatt steht, dass heute ein »Friedenstag« sei. Und dass die Amerikaner am Nachmittag eine Militärparade abhalten wollen. Josef bleibt stehen und beobachtet die schwitzenden Rathausangestellten beim Ausrollen und anschließenden Hochziehen der Fahnen an den drei Flaggenbäumen vor dem Gebäude. Er wartet auf den Witz, dass sie aus Versehen eine Hakenkreuzfahne erwischt haben. Schließlich hieß der Rathausplatz bis vor zwei Tagen noch Adolf-Hitler-Platz. Aber er wird enttäuscht. Sie haben tatsächlich auch noch andere Fahnen im Rathauskeller gefunden. Zwei sind die blau-weiß gerauteten bayrischen, eine, die in der Mitte, ist rot-weiß. Josef weiß nicht, wofür das stehen soll. Polen? Ist die polnische Nationalflagge nicht auch rot-weiß geteilt? Aber was sollte die hier? Vielleicht ist es auch die von Garmisch-Partenkirchen? Er weiß gar nicht, wie die aussieht. Er beschließt, dass ihm das egal ist, und schlendert weiter die Bahnhofstraße hinauf, auf den Bahnhof zu, der immer noch nicht in Betrieb ist. Telefon oder Post funktionieren genauso wenig. Und die Versorgung mit Nahrungsmitteln erst recht nicht. Vor der Notverpflegungsküche an der Tiroler Weinstube am Rathausplatz war ihm die Schlange zu lang. Aber irgendetwas gegen oder eher für den sich schmerzhaft zusammenziehenden Magen muss er unternehmen. Obwohl in den Bahnhof Züge weder ein- noch ausfahren, herrscht auf dem Platz davor immer reges Treiben, was Tauschgeschäfte angeht. Er hat zwar nichts zum Tauschen außer den paar Lebensmittelmarken der Oma. Aber vielleicht ergibt sich doch irgendwas. Irgendwas ergibt sich immer. Bisher jedenfalls.

So wie er denken wohl alle, die mit ihm auf den Straßen unterwegs sind. Auf dem Bürgersteig drängt es sich, doch der Strom der Fußgänger gerät immer wieder ins Stocken. Woran vor allem die Fahrradfahrer schuld sind, die ihre Räder über die Bürgersteige schieben müssen, weil sie nicht auf der Straße fahren dürfen. Anordnung des amerikanischen Kommandanten. Überall hängen die Plakate, auf denen er verkündet, dass allen Zivilisten verboten ist, Automobile und Fahrräder auf den völlig überlasteten Hauptstraßen zu benutzen. Über die brausen ununterbrochen, Tag und Nacht, amerikanische Militärfahrzeuge; dauernd passieren Unfälle. Wer ohne einen von der Militärregierung ausgestellten Passierschein angetroffen wird, steht auf den Plakaten, wird verhaftet, sein Fahrzeug wird beschlagnahmt und nicht zurückgegeben.

Schaut Josef den ihm Entgegenkommenden in die Gesichter, erkennt er sich selbst in ihnen. Erschöpft, ausgezehrt, halb verhungert, die Augen in den Höhlen viel zu groß, aufgerissen, die Blicke gehetzt. Aber nein, das glaubt er jetzt dann doch nicht, dass er gehetzt herumläuft. Dazu hat er eigentlich keinen Grund – im Unterschied zu den Abertausenden von Fremden, die schon vor der Kapitulation nach Garmisch kamen und immer noch in die Stadt strömen. Nach den Nazis aus dem ganzen Reich, die an die »Alpenfestung« geglaubt haben, kommen jetzt die Ausgebombten aus den Großstädten, die Kinder aus der Kinderlandverschickung, die nicht wissen, wohin; die Flüchtlinge aus den von den Russen bedrohten Gebieten, zerlumpte deutsche Soldaten – alle irren umher auf der Suche nach einer Unterkunft und einer kostenlosen Essensausgabe. Die Probleme kennt Josef nicht, er hat sein Zimmer bei der Großmutter in der Wettersteinstraße, und der Oma stehen so viele Lebensmittelmarken zu, dass es neben ein paar Schwarzmarktgeschäften für sie beide reicht.

Er kommt an der amerikanischen Militärkommandantur vorbei; davor windet sich die endlose Schlange derjenigen, die

irgendwelche Erlaubnisscheine brauchen. Ein alltäglicher Anblick. Nicht alltäglich aber ist der riesige Mercedes, der halb
auf dem Bürgersteig vor der Kommandantur geparkt ist. Josef
bleibt stehen. Er kennt diesen Mercedes. Jeder in Garmisch
kennt diesen Mercedes. Es ist ein Mercedes W07 von 1938,
eine knapp sechs Meter lange, drei Tonnen schwere schwarze
Limousine mit einem Siebeneinhalb-Liter- und Achtzylinder-
motor, die zweihundertdreißig PS auf die Straße bringt. Das
Nazibonzen-Auto schlechthin. Davon wurden nur gut ein-
hundert Stück gebaut. Mindestens drei davon gehörten dem
Führer selbst, ein paar verschenkte er an irgendwelche ausländischen Diktatorenfreunde. Das Modell hier vor der Militärkommandantur gehört Wipert von Blücher, einem Nachfahren
des berühmten Generals. Wie er an dieses unbezahlbare Stück
deutscher Autobaukunst gekommen ist, weiß niemand. Ein
hohes Nazitier war er jedenfalls nicht; man sagt sogar, er habe
sich mit den Nazis überworfen und sei deshalb von seinem Posten als deutscher Botschafter in Finnland abgerufen worden.
Er hockt jetzt schon seit anderthalb Jahren droben in seiner
mächtigen Villa in der Gsteigstraße und schreibt angeblich an
seinen Memoiren.

Fasziniert vom schweren und gleichzeitig doch eleganten
schwarz glänzenden Körper des Wagens nähert Josef sich ihm;
ehrfürchtig streicht er mit den Fingern an der polierten Karosserie entlang und wirft einen Blick ins Innere. Niemand
ist im Auto. Doch auf der ledergepolsterten Rückbank liegt
etwas, dessen Anblick seinen Atem stocken lässt. Eine Leica II.
Schlankes schwarzes Gehäuse, silbern blinkender verchromter
Aufbau mit Entfernungsmesser und ein 35-mm-Schraubob-
jektiv von Zeiss. Ein Traum von einer Kamera. Dr. Rhode,
ihr Physiklehrer am Werdenfels-Gymnasium, trug eine solche
ständig bei sich, schwärmte von dieser Meisterleistung deutscher Feinmechanik und zeigte ihnen ständig die gestochen
scharfen Aufnahmen, die er damit machte. Leider fotografierte

er ausschließlich die Zugspitze, die er zwar aus allen Perspektiven und unter allen nur möglichen Witterungsbedingungen ablichtete, doch auf Dauer verloren seine mit den technischen Details der jeweiligen Aufnahme gespickten Bildvorträge an Attraktivität.

Haften geblieben ist bei Josef aber die durch Dr. Rhode vermittelte Erkenntnis, dass es sich bei der Leica II um ein Wunderwerk, um etwas überaus Wertvolles also handelt. Ihr Anblick saugt ihn buchstäblich an, und ohne dass er sich dessen richtig bewusst wird, tastet seine Rechte nach dem Griff der Wagentür, die ihn von diesem Zauberobjekt trennt. Und tatsächlich, es ist wie ein Wunder, der Griff gibt nach, die Tür öffnet sich widerstandslos und mit einem diskreten Geräusch. Die Leica II liegt jetzt zum Greifen nahe vor Josef. Und Josef kann gar nicht anders, er langt danach. Doch in dem Augenblick, in dem er den erstaunlich kühlen Apparat in der Hand hält, verspürt er einen solchen Tritt in seinen Hintern, wie er ihn bisher in seinem zwanzigjährigen Leben noch nie verspürt hat. Einen Tritt mit solcher Wucht, dass er ins Innere des Fonds befördert wird, einen Tritt, der seinen Kopf gegen die gegenüberliegende Tür donnern lässt, sodass Josef für einen Moment die Orientierung verliert. Lang genug jedenfalls, dass derjenige, der ihm den Tritt verpasst hat, ausreichend Zeit hat, das Auto zu starten und damit loszufahren, ohne Josef eine Chance zu lassen, herauszukriechen und sich zu retten.

**

In Fünferreihen, so, wie sie es vom Marsch von ihrem Block zu den Appellen gewohnt waren, marschierten sie am 11. April auf der Straße vom Lager nach Weimar. Erst jetzt fällt ihm auf, dass es tatsächlich so gewesen ist, dass sie, ohne nachzudenken, die von der SS diktierte Ordnung übernommen haben, obwohl es jetzt der Marsch in die Freiheit war. Und obwohl sie bewaffnet waren. Er trug eine Panzerfaust auf der Schulter und marschierte in der zweiten Kolonne der zerlumpten und halb verhungerten Häftlinge mit. Der Truppe, die für die zweite Angriffswelle auf die Wachtürme und die Kommandantur bestimmt war. Für die erste, mit Maschinenpistolen, Gewehren und Handgranaten bewaffnete Welle hatte das illegale Lagerkommando nur bewährte Frontkämpfer vorgesehen, Männer, die im Spanischen Bürgerkrieg gekämpft hatten. Es kam nicht zum Sturm auf die Wachtürme und die Kommandantur. Die Amerikaner haben ihnen die Party versaut und sind ihnen zuvorgekommen. Aber immerhin haben sie selbst es geschafft, die SS-Wachmannschaften von ihrem Evakuierungsplan abzuhalten und sie in die Flucht zu schlagen. Und es gelang ihnen, deren Waffenlager zu erstürmen und sich vollständig auszurüsten.

Bei der Erinnerung daran tastet Ernst jedes Mal nach der Walther P.38 in seinem Rucksack, seinem sozusagen privaten Beutestück bei diesem Sturm. Außer der fast neuen Pistole hat er dabei noch zwei volle Ersatzmagazine organisieren können. Immer wenn er mit den Fingern die Konturen der Waffe in seinem Rucksack entlangfährt, gibt ihm das ein Gefühl von Stärke und überlegener Gewissheit, das, was er in München zu erledigen hat, tatsächlich auch erledigen zu können.

Es stimmt, was er vorhin Milan sagte: dass vielen von ihnen die Erinnerung an die Zeit davor den Überlebenswillen im Lager eingegeben hat, die Geduld, die physischen Entbehrungen und psychischen Demütigungen zu ertragen, den Anblick des tagtäglichen Tötens auszuhalten. Er weiß nicht, um welche Art von Erinnerung es sich bei den anderen gehandelt hat; über solche Dinge sprach man nicht oder nur ganz selten. Aber er vermutet, dass die meisten anderen an positiven, schönen und vielleicht auch verklärenden Erinnerungen an ihr früheres Leben festgehalten und an diese Erinnerungen die Hoffnung geknüpft haben, dass es wieder so werden würde, nach dem

Krieg, nach dem Lager, nach der Rückkehr in ihre Familien, zu ihren Geliebten. Bei ihm sind es andere Erinnerungen gewesen, die ihn am Leben hielten. Es war vor allem der Gedanke an die Visage des Genossen Max Troll, der im kommunistischen Untergrund von München nach 1933 den Decknamen Theo trug.

Begegnet ist er Theo zum ersten Mal im Juni '35 im Zeltlager am Isarufer. Das war einer der unverdächtigsten Orte der Stadt, um Flugblätter zu drucken. Er und sein Bruder Albert verbrachten damals die Tage damit, sich mit Rosa und ein, zwei anderen Genossen schon morgens früh im Lesesaal des Arbeitsamtes in der Thalkirchner Straße zu treffen und die internationalen Zeitungen zu lesen, die es damals noch gab. Aus den Informationen daraus bastelten sie die Texte für ihre Flugblätter; die Matrizen dafür hauten sie in ihrem Zelt am Isarufer zusammen und zogen dann die Blätter durch eine mit einer Handkurbel betriebene Presse.

Und vor diesem Zelt tauchte eines Abends Theo auf und holte einen Stapel Flugblätter ab. Jemand aus dem KJVD, dem Jugendverband der KPD, hatte ihn angekündigt, sonst wäre er nie an dieses Versteck herangekommen. Theo hatte eine gedrungene, massige Figur und ein flaches, nichtssagendes Gesicht mit einem darin festgezurrten Dauergrinsen. Vielleicht war es dieses Grinsen, das ihn unverdächtig machte. Außerdem hatte er damals in der Untergrundpartei Erfolg beim Anwerben von Neumitgliedern und beim Einsammeln von Spenden für die Rote Hilfe. Seitdem die KPD-Führung auf Geheiß Stalins ihre Theorie von der sozialfaschistischen SPD aufgegeben hatte und zur Volksfront-Strategie gewechselt war, bekam die Partei wieder mehr Zuspruch. Es war vor allem Theos Fleiß zu verdanken, dass die in der Illegalität arbeitende Partei im Jahr 1935 in München so etwas wie eine Blüte erlebte. Zu diesem Fleiß kam seine einwandfreie Reputation. Schließlich hatten ihn die Nazis gleich im April '33 verhaftet und ins KZ in Dachau gesteckt. Dass sie ihn darin auch umgedreht hatten, kam erst viel später heraus. Zu spät.

»Zigarette?«, fragt Milan.

»Na klar.« Ernst zieht eine Zigarette aus der ihm angebotenen Packung Lucky Strike. Sie gehört zum Deputat, das ihnen die amerikanischen Soldaten nach der Befreiung des Lagers mit auf den Weg gegeben haben. Für Raucher ein sehr flüchtiger Schatz. Ernst ist froh, dass er noch nie viel geraucht hat. Er wird seine Päckchen noch brauchen können. Aber das Geschenk des jungen Musikers nimmt er gerne an. Er mag den Jungen, mag seinen ungebrochenen naiven Optimismus, beneidet ihn sogar darum, wünschte, er könnte ein Stück davon abbekommen.

Sie sind aufgestanden, stehen neben der Bank, die mit Milans Instrumentenkoffern bedeckt ist. Ernst hat seinen Rucksack über die Schulter gehängt. Vor ein paar Minuten kam die Ansage, dass bald ein Zug Richtung München einlaufe. Sie rauchen schweigend, es ist ein Abschiedsritual. Viel zu sagen gibt es nicht mehr. Doch dann fällt Ernst ein anderes Chanson von Charles Trenet ein, das der Elsässer bei dem Konzert an jenem Dezemberabend sang, sogar an die Melodie erinnert er sich. Er findet es albern, hier zu singen, findet es auch albern, jetzt sentimental zu werden, aber er kann sich gegen diesen Anflug nicht wehren, will dem Jungen irgendetwas mit auf den Weg geben.

»Erinnerst du dich noch? *Le bonheur ne passe qu'une fois. Prenez-le quand il vous appelle.*«

»Oh ja!« Milan ist gerührt. »Daran werde ich mich immer erinnern.«

* * *

Fast wäre sie ein weiteres Mal daran vorbeigefahren, obwohl sie sich genau an die Orientierungspunkte gehalten hat, die sie sich mit Hilfe einer Generalstabskarte von Wiesbaden bereits zu Hause in Batsford Park herausgesucht hatte. Auf der Straße

Richtung Idstein nördlich aus Wiesbaden hinaus, den Nord-
friedhof links passieren, dann ist die Einfahrt zum Gelände des
Heims gleich rechts hinter einer Bushaltestelle. Dass sie beim
ersten Mal daran vorbeifuhr, lag daran, dass die Bushaltestelle
nicht mehr existiert oder irgendwohin verlegt wurde und die
Einfahrt fast zugewachsen ist. Jetzt hat sie den Weg gefunden,
eine schmale asphaltierte Straße. Über dem offenen Verdeck
ihres Wagens formen Baumwipfel ein lichtes hellgrünes Dach,
das Unterholz ist nahe an die Straße gerückt. Zweige kratzen
rechts und links an der Karosserie; es ist, als führe sie durch
einen Tunnel. Dann plötzlich sieht sie das Heim »Taunus«
vor sich, ein mächtiges lang gestrecktes, dreieinhalbstöckiges
Gebäude auf einer Lichtung im Wald. Sie parkt den Triumph
neben einem Jeep der amerikanischen Militärpolizei, dem einzigen Fahrzeug auf dem Parkplatz vor dem Haus. Als sie aussteigt, fällt ihr die Stille hier auf. Scherer hatte recht: Das ist
kein Kinderheim mehr.

Sie blickt an der Front des grau verputzten Hauses hoch. An
jedem der drei Stockwerke sind hölzerne Balkone angebracht,
über fast allen Balkongeländern hängt Wäsche zum Trocknen,
das Haus scheint also vollständig bewohnt zu sein. Sie fragt
sich, von wem, denn nirgendwo ist ein Mensch zu sehen oder
zu hören. Je länger sie vor dem düsteren Gebäude steht und
nach irgendeinem Lebenszeichen darin Ausschau hält, desto
unheimlicher kommt ihr die Stille vor. Was ist mit den Kindern geschehen? Was ist aus diesem großartigen Experiment
geworden?

Die zweiflüglige Eingangstür öffnet sich, und ein schwergewichtiger schwarzer amerikanischer Militärpolizist kommt
heraus. Offenbar hat er sie von drinnen gesehen, denn er steuert
direkt auf sie zu, setzt ein breites Grinsen auf und redet sie
nach einem kurzen Blick auf das englische Kennzeichen des
Triumph in trägem Südstaatenakzent an: »Haben Sie sich ver-
fahren, Darling?«

»Keineswegs, Sir. Ich wollte zu einem Kinderheim, ›Taunus‹. Das da ist es doch, oder?«

»Kinderheim? Keine Ahnung, ob das hier früher vielleicht mal ein Kinderheim war. Seitdem wir darauf aufpassen, ist es jedenfalls kein Kinderheim, sondern ein Heim für Flüchtlinge und *Displaced Persons* ...«

»Und wo sind die? Ich sehe keine Menschenseele.«

»Beim Mittagessen im Speisesaal.«

»Verstehe. Gibt es denn jemand, der mir sagen könnte, wo die Kinder geblieben sind, die hier früher mal gelebt haben?«

»Weiß ich nicht. Aber drinnen gibt es eine deutsche Verwaltung, die können Ihnen vielleicht weiterhelfen.« Doch statt Susan den Weg zu zeigen, deutet er auf den Triumph. »Flotter Schlitten, Lady ...«

Dabei schaut er nicht auf das Auto, sondern von oben bis unten Susan an. Sein anerkennendes Grinsen gilt ihr. Sie nimmt es nicht als Anmache, sondern als ein Kompliment. Die völlige Ignoranz des SS-Arztes vorhin in Wiesbaden hat sie irritiert und kommt ihr jetzt wie eine Beleidigung vor.

Der Verwalter des Flüchtlingsheims ist ein verknitterter dürrer und grauer Bürokrat, der in seinem viel zu weiten Anzug aussieht, als wäre er weit über sechzig, tatsächlich aber ist er wohl noch keine fünfzig. Er kann ihr auch nicht sagen, was aus den Kindern geworden ist. Er weiß nur, dass es hier bis vor ein paar Monaten welche gab. Er hat eine frühere Schwester des Kinderheims kommen lassen, die jetzt hier in der Küche arbeitet. »Irmgard« steht auf einem aufgenähten Stück Stoff am oberen Rand ihrer Schürze.

»Die sind schon Anfang März vom Lebensborn abgeholt worden. In vier Lastkraftwagen.« Irmgard hat sich im Büro des Verwalters nicht hingesetzt, obwohl er ihr einen Stuhl angeboten hat. Sie bleibt vor Susan stehen, signalisiert, dass sie nicht viel Zeit für die englische Besucherin opfern will, und hat eine entsprechend abweisende Miene aufgesetzt.

»Und wissen Sie, wo sie jetzt sind?«

»Soweit ich weiß, in einem anderen Lebensborn-Heim, im Heim ›Franken‹ in Schalkhausen.«

»Wo ist das?«

»Bei Ansbach, in der Nähe von Nürnberg.«

»Das werde ich schon finden.«

Misstrauen blitzt in Irmgards Blick auf. »Weshalb interessieren Sie sich denn überhaupt für die Kinder?«

»Mein Gott! Sie sind das Ergebnis eines der großartigsten Experimente der Weltgeschichte! Das erste Mal, dass man sich an eine wirkliche Menschenzucht gemacht hat. Darüber schreibe ich meine Doktorarbeit.«

»Menschenzucht?« Der graue Verwalter schiebt seinen Stuhl ein paar Zentimeter vom Schreibtisch weg, eine Geste der Distanzierung, die Susan nicht sofort als solche versteht.

»Ja! Ich habe in einer englischen Zeitung Interviews mit Lebensborn-Müttern gelesen, in denen sie davon berichten, dass sie sich freiwillig SS-Männern als Zeugungshelferinnen für eine reine arische Rasse zur Verfügung gestellt haben …«

»So etwas steht in englischen Zeitungen?« Der Verwalter schüttelt zuerst ungläubig, dann angeekelt den Kopf.

Susan schaut zur früheren Schwester. Doch Irmgard verzieht keine Miene, sieht starr zum Fenster hinaus. Susan versteht die ostentative Ablehnung der beiden als späte Scham der Besiegten für etwas, von dem sie glauben, dass die Sieger es abscheulich finden. Aber da liegen sie falsch. Sie und Professor Lawson haben durchaus nichts gegen ein solch gewaltiges Experiment. Im Gegenteil. Sie beide sind äußerst gespannt auf dessen Ergebnisse. Und ebenso gespannt wären mit ihnen zweifellos auch die beiden vorangegangenen Generationen englischer Eugeniker gewesen.

Als Susan aus dem Gebäude tritt, ist der amerikanische Jeep vom Parkplatz verschwunden. Nur ihr Triumph steht noch da. Hinter dem Waldsaum ihr gegenüber reflektieren gewaltige

Kumuluswolken, die wie eine Gebirgskette der Alpen aussehen, die im Zenit stehende Sonne.

✳✳✳

»Du verdammtes kleines Arschloch! Weißt du eigentlich, was so 'ne Leica wert ist? Weißt du natürlich nicht, du gieriger dummer, mieser Gauner. Wie ich euch hasse! Keine ruhige Minute hat man mehr, seit ihr die Stadt überschwemmt wie 'ne Seuche! Nichts ist mehr sicher vor euch! Schlägst du morgens das Tagblatt auf, siehst du nichts als Verlustanzeigen. Verloren. Gefunden. Gefunden wird nichts. Verloren alles. Seitenlang. Gestohlen, gestohlen, gestohlen! Nichts ist mehr sicher! Dem einen klauen sie das Radio, dem anderen das Fahrrad, dem dritten das Motorrad. Sogar Kinderwagen werden geklaut! Stell dir das mal vor, Kinderwagen! Zum Kotzen ist das, Kleiner! Widerwärtig! Es ist die Anarchie! Chaos. Zeit der Gesetzlosigkeit. Vor ein paar Tagen noch hätte man euch Verbrecher an die Wand gestellt! Plünderei! Aber jetzt? Nichts! Keine Polizei mehr. Das Einzige, was von den Amerikanern bestraft wird, ist, wenn die Ausgangssperre überschritten wird. Lächerlich. Aber sonst? Wenn du mich fragst, kleiner Wichser, sollten wir die Sache selbst in die Hand nehmen. Nicht wir. Dich meine ich nicht. Sondern uns. Die Bürger von Garmisch.«

»Ich bin aus Garmisch«, sagt Josef erschöpft. Erschöpft von der ununterbrochenen, die ganze Fahrt dauernden hasserfüllten Suada des Autofahrers auf dem Sitz vor ihm, der mit hektischen Bewegungen den riesigen Mercedes hinaus aus der Stadt steuert, zuerst Richtung Mittenwald, dann aber rechts hoch, steil ins Gebirge hinauf, auf die Partnachklamm zu.

»Ach, aus Garmisch?«, fragt der Fahrer höhnisch. »Des glaub i dir nimmer!«

»Doch«, sagt Josef, der bemerkt, dass der Mann zwar versucht, den oberbayrischen Tonfall nachzuahmen, dabei aber nicht besonders echt klingt.

»Also?«

Josef wird übel. Der Kerl steuert die spitzen Kurven viel zu steil an. Manchmal fehlen nur ein paar Zentimeter, bis der Wagen an eine Felswand knallen würde.

»Ich wohne bei meiner Oma in der Wettersteinstraße.«

»Bei der Oma? Warum bei der Oma?«

»Ist eine lange Geschichte.«

»Schade, dass du keine Zeit hast, sie mir zu erzählen.«

Abrupt stoppt das Auto. Josef schaut zum Wagenfenster hinaus. Sie halten an der Stelle der Straße, die der Eisernen Brücke gegenüberliegt und an deren linker Seite es direkt und ohne irgendein Schutzgitter hinunter in die Partnachschlucht geht. Der Wagen steht so dicht am Straßenrand, dass Josef, wenn er jetzt ausstiege, nicht einmal mehr einen halben Fuß festen Grund unter sich hätte.

»Steig aus!«, sagt der Fahrer.

Josef hat bisher nur die glatten schwarzen Haare seines Hinterkopfs, nicht aber sein Gesicht sehen können. Der Typ scheint auch keinen Wert darauf zu legen, hat sich bisher kein einziges Mal umgedreht und tut es auch jetzt nicht. Josef krabbelt über das Lederpolster hinüber zur anderen Wagentür, durch die er auf die Straße gelangen könnte.

»Sinnlos«, sagt der Fahrer. »Die ist verriegelt. Musst schon die hier nehmen.«

»Wenn ich da aussteige, stürz ich ab«, sagt Josef.

»Kümmert's wen?«

Obwohl er sein Gesicht nicht sehen kann, weiß Josef, dass der Typ grinst, als er das sagt. Josef überlegt ein paar Augenblicke. Dann kriecht er übers Lederpolster des Fonds zurück zur Tür, die in den Abgrund führt. Er drückt den verchromten Griff herunter, die Tür öffnet sich, er stößt sie mit der Schulter ganz auf. Dann streckt er sich hinaus, umklammert mit den

Händen die Dachreling des Wagens, zieht die Beine nach und klettert aufs Dach des Autos. Im Turnunterricht hätte er das nie so hingekriegt. Aber da ging es bloß um eine Note, die Josef sowieso nie interessiert hat. Er rutscht übers Autodach, lässt sich auf dessen straßenwärtiger Seite heruntergleiten, landet auf festem Asphalt und schaut dem Fahrer, der seine Fensterscheibe heruntergekurbelt hat, ins Gesicht. Der grinst nicht mehr, starrt Josef wütend an. Es ist Hubertus von Blücher, der jüngere Sohn des Diplomaten von der Gsteigstraße. Bisher hat er ihn nur manchmal aus der Ferne gesehen, jetzt erinnert er ihn mit seiner imposanten Oberlippe an einen großen, schlanken Kater. Die Augen sind schmal und blinzeln unablässig. Das Haar liegt wie von einer Riesenkatzenmutter beleckt glatt an.

»Dann angenehme Rückfahrt noch«, sagt Josef und wendet sich zum Gehen. Nach dem ersten Schritt hört er ein leises metallisches Knacken hinter sich. Weil er von den Waffen seines Großvaters weiß, wie es klingt, wenn ein Sicherungshebel heruntergedrückt wird, bleibt er stehen. Tatsächlich, der Kater richtet eine ziemlich großkalibrige Pistole auf ihn.

»Steig wieder ein!« Seine Stimme klingt ruhig.

Nach allem, was Josef über Hubertus von Blücher gehört hat, meint der es ernst. Josef kalkuliert seine Chancen und kommt zum Schluss, dass er zu wenige hat. Selbst wenn er jetzt blitzschnell abhaut – die Distanz bleibt zu kurz. Trotzdem zögert er, sieht Blücher in die Augen.

»Brauchst keine Angst zu haben. Dir passiert nichts. Hab nur einen Spaß gemacht.«

Josef traut dem Kerl nicht. Zögert immer noch.

»Nu steig scho ein, sonst muss i wirklich noch schiaßen!«

***

Mühsam bahnt Ernst sich einen Weg durch die Menge ausgezehrter und oft nur in Lumpen gekleideter Menschen, die sich in den ausgebombten Hallen des Münchner Hauptbahnhofs zu einem unüberschaubaren Schwarzmarktbasar zusammendrängt. Lächerlich, die vergeblichen Versuche von ein paar Bahnbeamten in verlotterten Uniformen, begehbare Gassen durch die Menge frei zu halten und damit Ordnung in das Chaos aus obdachlosen Müttern mit apathischen Kindern, syphilitischen Prostituierten, Krüppeln, Kofferdieben, Händlern und ihren Kunden zu bringen. Die einzigen gut Genährten und gut Gekleideten hier sind die Schwarzmarkthändler: schräge Typen, die sich durch auffällige Kleidung unübersehbar machen, einige tragen Gehröcke und schwarze Zylinder. Um sie herum stehen Trauben von misstrauischen Gestalten, die sich gegenseitig belauern und krampfhaft das an sich pressen, was sie tauschen wollen. Alles geht hier, alles ist erlaubt. Polizisten lassen sich nicht blicken. Die am Rande der Menge vorüberpatrouillierenden weiß behelmten amerikanischen Militärpolizisten schauen weg.

Von den Bahnhöfen, an denen er Station machen musste, kennt er die Usancen, die Preise und die Quoten. Hundert Mark aufwärts ein Päckchen Zigaretten, ebenfalls hundert Mark eine Tafel Schokolade, hundertzwanzig ein Pfund Zucker, Fettmarken zweihundertvierzig pro Kilo. Ihm geht es um Lebensmittelkarten für seine Eltern, von denen er weiß, dass sie hungern. Also überwindet er seinen Ekel vor der Berührung mit den stinkenden Leibern der anderen und drängt sich in den Kreis um einen hohlwangigen Händler in einem hellgrauen Dreiteiler und mit einem braunen Borsalino auf dem Kopf, der mit Lebensmittelkarten handelt. Sie werden sich schnell einig, und hastig verlässt er die Bahnhofshallen.

Das Gespenstische beim Gang durch die ihm vertraute, jetzt halb zerstörte und manchmal kaum wiederzuerkennende Innenstadt ist der allgegenwärtige Staub. Er steigt aus den Trümmern neben den freigeräumten Straßen, aus zerfallenen Mauern und geborstenen Steinen, wird immer wieder aufgewirbelt durch die mit hohem Tempo durch die Stadt fahrenden amerikanischen Militärfahrzeuge. Der Frauenplatz ist eine Staubwüste; vor dem Hintergrund der beiden leeren Vogelkäfige, die von den Türmen der Frauenkirche übrig geblieben sind, sieht er zwei Kinder in viel zu langen, über den Boden schleifenden Kradmänteln aus Wehrmachtsbeständen durch den Staub waten. Sie kreuzen dabei den Weg eines alten Mannes, der sich immer wieder bückt, so, als pflücke er Blumen, aber er pflückt Zigarettenkippen.

Ernst kommt die Metapher »im Staub liegen« für eine vollständige Niederlage in den Sinn. Obwohl es sein Feind ist, der da im Staub liegt – die Diktatur der Faschisten –, spürt er in sich keine Gefühle wie Triumph oder Genugtuung. Er kann sich nicht als Sieger über diese gedemütigten Kreaturen fühlen. Aber er hat auch kein Mitleid mit ihnen. Sie alle gerieren sich jetzt als Opfer. Opfer der Nazis, die sie »verführt« haben, Opfer des Krieges. Er kann in ihnen nur die Täter erkennen: die, die bis zum Schluss »Heil« brüllten, die, die ihn und seine Genossen denunzierten und die besten unter ihnen den Garotten der SS auslieferten.

Am Sendlinger-Tor-Platz wird die Liebe schon am frühen Nachmittag feilgeboten. Nach der Sperrstunde um zehn ist das verboten. Also machen sich die Mädchen und jungen Frauen Münchens jetzt schon auf den Weg und schlendern an den GIs entlang, die an die Mauern ausgebombter Kinos und Cafés gelehnt stehen und die Auswahl haben. Die Liebe ist billig, sie bekommen sie für eine Tafel Schokolade, eine Konservendose oder ein Päckchen Zigaretten, die sie für ein paar Cent in ihren XP-Läden kriegen. Um ihre souveräne Position klarzumachen, geben sich die GIs betont lässig, die meisten stehen auf einem Bein wie die Störche, das andere ist gelassen angewinkelt gegen die Mauer gestemmt, an der sie lehnen. Niemand kann die in diesem Gestus steckende Demütigung übersehen; die Frauen sind in einer Situation, in der sie sie ignorieren müssen.

Das Haus seiner Eltern ein paar Ecken weiter am Rossmarkt ist ausgebombt, aber es steht noch. Das heißt, es besteht noch aus einem Stockwerk, und zwar dem zweiten Stock – dem Geschoss, in dem die Wohnung seiner Eltern ist. Alles, was darunter war, auch das frühere Geschäft seines Vaters im Parterre, wurde von einer Brandbombe vernichtet. Sie hat auch das Treppenhaus zerstört. Eine Nottreppe, eine Art Leiter, führt gleich zur Wohnungstür hinauf, den Flur davor gibt es nicht mehr. Minutenlang bleibt Ernst vor dieser absurden Bombenarchitektur stehen und versucht sich vorzustellen, wie seine alten Eltern diese Hühnersteige hinauf- und hinunterklettern.

***

»Kennst du den?«, fragt Hubertus, ohne den Blick von der steil bergab führenden Straße zu nehmen. »Ist ein Bergsteiger abgestürzt, hängt an einem Granitvorsprung, unter sich zweitausend Meter freier Fall. Er ruft ins Leere: Ist da jemand? Ja, antwortet eine Stimme. Ich bin Gott. Wenn du mir vertraust, lass los, dann schicke ich dir zwei Engel, die dich auffangen. Der Bergsteiger denkt kurz nach. Dann ruft er wieder ins Leere: Ist da noch wer anders?«

Josef lacht. Gotteslästerliche Witze gefallen ihm. In der Schule gehörte er zu den »Nihilisten«, die den obligatorischen Religionsunterricht entweder schwänzten oder störten und sich über die frömmelnden Dumpfbacken lustig machten.

»Ich wär aber nicht beim Klettern abgestürzt. Das wär ein Mord gewesen, wenn ich's nicht geschafft hätte.«

»Jetzt hab dich nicht so. Hab doch gesagt, es war ein Scherz.«

Josef verkneift sich einen weiteren Kommentar. Er glaubt nicht, dass Hubertus einen Scherz gemacht hat. Alle im Ort, die mit ihm zu tun haben, beschreiben ihn als einen jähzornigen Kerl, der seine Brutalität hinter einer verbindlich-glatten Maske verbirgt. Diplomatensohn. Über ihn und seinen älteren Bruder, die gemeinsam mit dem Vater in der Villa in der Gsteigstraße leben, kursieren eine Menge Gerüchte. Wobei es nichts in Garmisch gibt, über das keine Gerüchte kursieren. Die Garmischer lieben Gerüchte, entsprechend ist Garmisch der ideale Nährboden für alle nur möglichen Gerüchte. Auch für die unmöglichen. Das eine große, die Gemüter aller Garmischer bewegende Gerücht über die beiden Von-Blücher-Söhne Hubertus und Lüder aber ist das über den Nazischatz, den sie im Wald überm Walchensee vergraben haben sollen.

Der Nazischatz, das sind angeblich Restbestände aus den Reserven der Reichsbank in Berlin. Goldbarren und Dollar-Devisen. Hunderte von Millionen Dollar-Devisen. Das Gerücht lautet, dass dieser Schatz in der letzten Aprilwoche von Reichsbankbeamten an Oberst Franz Pfeiffer, den Kommandeur der Gebirgsjägerschule in Mittenwald, übergeben wurde, mit dem Auftrag, ihn zu verstecken. Noch bevor die Amerikaner in Garmisch einmarschierten – das war am 29. April –, sollen sich Oberst Pfeiffer und Lüder von Blücher, einer seiner Offiziere in Mittenwald, aufgemacht haben, um ein geeignetes Versteck für den Nazischatz zu finden. Und das fanden sie mit Hilfe des Oberförsters der Region um den Walchensee, Hans Neuhauser. Insofern müsste Josef etwas über den Wahrheitsgehalt dieses Gerüchts wissen. Denn Hans Neuhauser ist sein Großvater mütterlicherseits, und Josef hat nach dem Zerwürfnis mit seinem Vater fast zwei Jahre bei ihm im Forsthaus bei Einsiedl am Walchensee gelebt.

Aber Josef kann nichts zu diesem Gerücht sagen, weil er nicht mitbekommen hat, wie Pfeiffer und Lüder von Blücher sich mitten in der Nacht mit seinem Großvater trafen, um sich die Verstecke zeigen zu lassen. In dieser Nacht schlief er tief und fest in seinem Zimmer unterm Dach des Forsthauses, und zwar schlief er deswegen sehr fest, weil er am Abend mit seinem Großvater ziemlich viel Wein getrunken hatte. Und deshalb ist er wie alle anderen in Garmisch auch auf die Gerüchte über den vergrabenen Schatz angewiesen. Denn sein Großvater würde nie im Leben ein Sterbenswort darüber verlieren. Falls es denn wirklich wahr ist, dass er den beiden Offizieren die Verstecke zeigte.

»I kenn di übrigens, Buab«, sagt Hubertus, nachdem er die Bergstraße verlassen hat und jetzt, etwas entspannter, über die Hauptstraße nach Partenkirchen hineinfährt. »Hab di schon amal gesehen …«

»Ach ja?«

»Bei deinem Großvater, dem Neuhauser Hans. Stimmt's?«

»Könnte schon sein. Bei dem hab ich bis vor Kurzem gewohnt«, sagt Josef knapp und beschließt, nur das Allernötigste zu sagen. Er traut dem Kerl ganz und gar nicht. Warum auch, nach dem, was vor einer Viertelstunde passiert ist?

»I hab di mal bei ihm gesehen. Und er hat mir a bisserl was über di erzählt.«

»Ach ja?«

»Dass du's ned so gut mit deinem Vater konntest und deshalb zu ihm gezogen bist.«

»Kann schon sein«, sagt Josef.

Sein Vater war der Hauptlehrer in der katholischen Volksschule in Oberau. Ein Erzkatholik. Und ein Erzopportunist. Hat sich mit den Nazis arrangiert, ist Parteimitglied geworden und nötigte Josef, in die HJ zu gehen. Nicht, weil er die für eine gute Jugendorganisation hielt, sondern um ein den Nazibonzen gefälliges Familienleben vorzeigen zu können. Josef hasste diesen Verein und am meisten daran den militärischen Drill, und er hat, so oft er konnte, die Treffen seines Fähnleins geschwänzt. Als man ihm einen Tag nach seinem Abitur die Einberufung zu einer Flakhelfer-Einheit in München zustellte, packte er seine Sachen und haute ab. Er ist aber nicht in die Försterei seines Großvaters »eingezogen«, sondern sein Großvater hat ihn versteckt. Monatelang. Natürlich aus Familiensinn. Aber auch, weil er diesen Krieg für verloren hielt und es deshalb für höchst überflüssig befand, dass junge Leute für eine verlorene Sache noch ihr Leben lassen sollten.

»Und jetzt? Jetzt wohnst nimmer bei ihm, jetzt wohnst bei der Oma in der Wettersteinstraße, hast vorhin gesagt.«

»Ja?«

»Ist aber wohl die andere Oma, gell?«

»Ja«, sagt Josef.

»Gesprächig bist aber ned.«

»Wohin fahren wir eigentlich?«

Eine eigentlich überflüssige Frage, denn Hubertus lenkt den Mercedes von der Mittenwalder Straße rechts einen steilen Anstieg hoch und dort, das weiß Josef, geht es zur Gsteigstraße hinauf und zur Villa Hohe Halde, dem Anwesen der von Blüchers.

Ein paar Minuten später passiert der Wagen das protzige handgeschnitzte Tor zur Villenauffahrt. Josef blickt auf das zweistöckige weiß getünchte Haus, dessen breites bayrisches Dach noch ein zusätzliches Geschoss mit einer ganzen Reihe von Gaubenfenstern beherbergt. Hinter dem Haus reflektiert das Wasser eines Swimmingpools das Sonnenlicht. Hubertus stellt den Motor ab. Er lehnt sich in seinem Sitz zurück und schaut Josef eine Weile schweigend an. Josef erwidert den Blick, um zu zeigen, dass er keine Angst hat. Er kann an der Miene des anderen aber nicht erkennen, was in ihm vor sich geht. Ob er immer noch darüber nachdenkt, wie er ihn wegen des versuchten Diebstahls bestrafen will.

»Dein Opa hat mir gesagt, du sprichst gut Englisch?«

»War mein Lieblingsfach in der Schule.« Er hätte hinzufügen können: das einzige. Alles andere hat ihn nicht interessiert. Aber warum soll er das dem Kater auf die Nase binden?

»Und dein Opa hat auch erzählt, du fährst gut Auto?«

»Weiß ich nicht. Aber er hat mich immer fahren lassen mit seinem alten Opel P4.«

»Einen Führerschein hast aber ned?«

»Hatte keine Zeit dazu.«

»Das ist kein Problem. Kannst du morgen bekommen.«
Josef zieht die Augenbrauen hoch.

»Ja, den brauchst du doch wohl, wenn du bei uns als Fahrer anfängst, gell?«

⁎⁎⁎

Ungefähr zwanzig Autobahnkilometer vor Ingolstadt nimmt Susan eine Anhalterin mit. Die erste, seit sie auf deutschen Straßen unterwegs ist. Und diese Straßen sind geradezu gespickt mit Menschen, die wahrscheinlich gerne mitgenommen werden möchten. Es gibt neben all den merkwürdigen Fahrzeugen, die hier unterwegs sind – amerikanische Panzer und Militärfahrzeuge, alte deutsche Autos mit qualmenden Holzvergasern, Pferdekutschen und von Ziegen gezogene Holzkarren – Tausende und Abertausende Fahrradfahrer und Fußgänger auf den Landstraßen und auch auf den Autobahnen. Ein ganzes Heer, die halbe Nation scheint Tag und Nacht unterwegs zu sein, schleppt Koffer, Bündel, Bettwäsche und Rucksäcke mit sich. Männer, Frauen, junge und alte, alle mit leeren und unbewegten Mienen. Alles potenzielle Anhalter. Aber bisher haben ihr nur ganz wenige ein Zeichen gegeben, dass sie mit ihr mitfahren wollen. Vielleicht haben sie Respekt vor der eleganten jungen Frau und dem roten englischen Cabriolet, das ihnen vorkommen muss wie ein Luxusauto, dabei ist es in England bloß ein gängiger Mittelklassewagen. Diejenigen, die ihr signalisiert haben, mitfahren zu wollen, mochte sie als Beifahrer nicht; Männer mit hohlen Wangen und in abgerissenen Klamotten, wahrscheinlich haben sie seit Wochen keine Dusche mehr gesehen. Die Frau aber, die vor ihr am Straßenrand den Arm ausgestreckt hat, kam ihr sympathisch vor mit ihrem kunstvoll geflochtenen, um den Kopf gedrehten blonden Zopf, dem langen geblümten Kleid und einem halb gefüllten Kartoffelsack neben sich.

»Wohin wollen Sie?«

»Nach Ingolstadt. Aber Sie können mich einfach kurz vor der Donaubrücke herauslassen.«

»Sagen Sie bloß! Die Autobahnbrücke in Ingolstadt ist ganz geblieben? Das wäre die erste, über die ich fahre. Alle anderen sind kaputt.«

»Ja, komischerweise ist die in Ingolstadt heil geblieben.«

»Na, dann steigen Sie ein. Den Sack können Sie hinten auf den Rücksitz stellen.«

Die ersten Minuten fahren sie schweigend durch die sanfte, mit blühenden Obstbäumen gesprenkelte oberbayerische Frühlingslandschaft, passieren die üblichen, an die amerikanischen GIs gerichteten Schilder entlang der Autobahn. Angebote wie *»Bring in your jeep, we never sleep«*. Verbote wie *»Soldiers wise don't fraternise«*. Und für diejenigen, die doch fraternisieren, die Warnung *»Beware Veronica Dankeschön«*. Wobei mit dem »Dankeschön« Syphilis und Tripper gemeint sind. Susan ist erst seit zwei Tagen in der amerikanischen Besatzungszone unterwegs, aber sie hat genug mitbekommen, um die Bedeutung dieser Warnung zu verstehen. Die deutschen Frauen sind die für Spottpreise zu erwerbende Siegerbeute der GIs. Gegenüber der jungen Frau auf dem Beifahrersitz schneidet sie dieses Thema natürlich nicht an, fragt sie bloß, woher sie jetzt kommt.

»Vom Hamstern bei den Bauern natürlich.«

»Hamstern?« Susan kennt das Wort und seine Bedeutung nicht.

»Man geht zu den Bauern und tauscht Lebensmittel gegen Wertsachen.«

»Ach ja. Ich nehme an, das ist ein gutes Geschäft. Vermutlich für die Bauern, oder?«

Die junge Frau lacht. Susan schätzt sie auf Mitte dreißig; ohne wirklich hübsch zu sein, hat sie sympathische, ausgeglichene Gesichtszüge, und im Gegensatz zu den meisten anderen deutschen Frauen kommt sie ihr gesund und wohlgenährt vor.

»Natürlich«, antwortet sie. »Die kriegen den Hals nicht voll. Können bald ihre Ställe mit Perserteppichen auslegen.«

»Ihr Sack da hinten ist ganz gut gefüllt. Sie scheinen noch genügend Perserteppiche zu Hause zu haben …?«

Wieder lacht die Frau. »Ja, wir hatten Glück. Haben uns noch vor dem Krieg mit all so einem Kram eingedeckt, von dem wir zuerst dachten, er wäre überflüssig. Jetzt zahlt es sich aus.«

»Eingedeckt?«

»Na – für 'n paar Mark ersteigert aus den aufgelösten Haushalten von denen, die 1938 auswandern wollten.«

»Auswandern? Wer wollte denn 1938 auswandern?«

»Na, die Juden natürlich.«

»Da sind doch die wenigsten von ausgewandert. Die sind von 1938 an nach Polen in Konzentrationslager deportiert und dort umgebracht worden.«

»Ach!« Susan fängt einen verächtlichen Seitenblick der Frau auf; ihre Züge haben sich in einer Sekunde verhärtet. »Sie glauben auch diese Märchen?«

»Das sind keine Märchen. Es gibt Tausende Fotos von den Leichen in den Konzentrationslagern.«

Die Frau schweigt, starrt mit feindseliger Miene geradeaus auf die Fahrbahn. »Woher können Sie eigentlich so gut Deutsch?«, fragt sie schließlich in gehässigem Ton. »Sie kommen doch aus England, oder?«

»Ja, aber mein Vater legte Wert darauf, dass wir eine deutsche Gouvernante hatten und von ihr Deutsch lernten. Er war und ist immer noch ein glühender Verehrer Ihres Führers. Und ein ebenso glühender Antisemit.«

***

Als Ernst am späten Abend über die Steige seiner Eltern wieder hinunter auf die Straße klettert, ist es schon dunkel, nach zehn Uhr. Sperrstundenzeit. Er kennt sich in der Stadt immer noch gut genug aus, um von Streifen der Militärpolizei unbehelligt zu seinem Ziel zu kommen. Er geht dicht an den Hauswänden entlang, bleibt in deren Schatten, macht einen Bogen um die wenigen intakten Straßenlaternen; er geht schnell und kommt gut voran. Das Wiedersehen mit seinen Eltern hat ihn stärker berührt, als er es erwartet hatte – und als er es ihnen gezeigt hat. Er weiß natürlich, dass die Nazis 1935 das Geschäft seines Vaters dichtgemacht haben, weil er KPD-Mitglied war. Weil er in der Partei aber seit Langem schon keine Funktionen mehr innehatte, belästigten sie ihn nicht weiter und tolerierten, dass er die Anzüge jetzt nicht mehr in seinem Laden, sondern in seiner Wohnung schneiderte. Damit kam er bis in den Krieg hinein einigermaßen über die Runden. Jetzt aber hat niemand mehr das Geld, sich einen Anzug machen zu lassen; das bisschen Flickschneiderei bringt zu wenig zum Leben und zu viel zum Verhungern ein. Der Hunger hat den Alten zermürbt und die Mutter zerbrochen.

Der Vater hat versucht, Haltung zu bewahren, hat aufrecht am Küchentisch gesessen und die zitternden Hände unter der Tischdecke versteckt. Schweigend, wie eine verkümmerte Pflanze, hat die Mutter neben dem Küchenfenster gehockt und hinausgestarrt, ohne sich an den Gesprächen zu beteiligen. Viel zu besprechen gab es nicht. Da die Post in Buchenwald einigermaßen funktioniert hat, hat er seine Eltern auf dem Laufenden gehalten. Sein Vater hat auch die Andeutungen in seinen Briefen verstanden, bei denen er es wegen der Zensur belassen musste. Der Alte weiß genau, was Ernst in München vorhat. Und deshalb hat er auch den Besuch Emil Meiers an diesem Abend arrangiert.

Meier ist einer der ganz wenigen Genossen in München, die während des Krieges weiter für die Partei arbeiteten und

Propaganda gegen die Nazis und ihren Krieg machten. Er hat 1943, nach Stalingrad, die Dreistigkeit besessen, seine Flugblätter in Neuharlaching, der Siedlung der alten Nazikämpfer, zu verteilen. Seinem Kumpel Robert Heisinger wurde dieser Übermut zu riskant, deshalb sah sich Meier nach einem anderen Mitkämpfer um und fand ihn ausgerechnet im Gestapospitzel Anton Heiß, der eigentlich auf ihn angesetzt war und ihn in eine Falle locken sollte. Dann aber kam eine Bombe dazwischen und zerstörte Heiß' Wohnung. Meier, der Heiß schon längst dahintergekommen war, bot ihm seine Hilfe an und quartierte ihn und seine Familie in seiner Gartenlaube ein. Woraufhin Heiß, der vergeblich auf die Hilfe seiner Parteigenossen gehofft hatte, die Front wechselte und gemeinsam mit Meier Flugblätter verteilte. Bis sie im Dezember 1944 dabei geschnappt und im April 1945 ohne Gerichtsverhandlung zum Tode verurteilt wurden. Die Gefängnisaufseher in Stadelheim konnten angesichts der sich der Stadt nähernden Amerikaner in der Vollstreckung keinen großen Sinn mehr sehen und ließen sie laufen.

Solcher Art von Vorsehung ist es zu verdanken, dass Ernst in der Wohnung seiner Eltern auf den Mann traf, der ihn wie kein Zweiter in München auf die Spur von Max Troll, dem Gestapospitzel Theo, bringen kann.

»Tut mir leid, Ernst.« Meier hat den Kopf geschüttelt und an seinem Schnapsglas genippt. Die Flasche Enzian, die er als Gastgeschenk mitgebracht hatte, stand auf dem Tisch und war schon halb leer. Guter Schnaps ist jetzt begehrt. »Keinem von uns ist der Troll seit Anfang des Krieges mehr über den Weg gelaufen. Wenn, dann hätten wir ihn schon selbst erledigt.«

»Ist er vielleicht eingezogen worden? Gefallen?«

»Vielleicht eingezogen. Aber wenn er gefallen wäre, hätte es in den Zeitungen eine Mitteilung gegeben ...«

»Also? Was denkst du?«

Meier hat die Augenbrauen hochgezogen, was irgendwie

komisch aussah, denn sie hatten ihm im Knast ein Auge ausgeschlagen und er trug eine schwarze Augenklappe; die schob sich beim Hochziehen der Brauen mit nach oben, dabei sah er aus wie ein ratloser Clown. »Nach allem, was wir über ihn rausbringen konnten, ist er schon bald, nachdem er als Spitzel enttarnt wurde, auch bei der Gestapo in Ungnade gefallen – irgendwelche Unterschlagungsgeschichten. Was ich glaube, ist, dass er schon kurz nach Kriegsbeginn untergetaucht ist. Aber ich denke, er ist noch hier in der Stadt.«

»Wie kommst du darauf?«

»Weil seine Frau noch hier ist. Sie arbeitet als Barfrau in der ›Mücke‹.«

Die Walther hat Ernst in der Wohnung seiner Eltern gelassen. Es wäre fatal, wenn eine MP-Streife ihn doch erwischte und sie bei ihm entdeckte. Außerdem ist es äußerst unwahrscheinlich, dass er Troll schon heute Nacht begegnet. Wenn er untergetaucht ist, wird er sich nicht in einer Kneipe blicken lassen, in der Amerikaner verkehren und damit zwangsläufig auch amerikanische Militärpolizisten auftauchen. Wenn er ihn trotzdem dort träfe, hätte er Pech gehabt, dann müsste er die Exekution verschieben.

Seit fast zehn Jahren imaginiert er den Augenblick, in dem er vor Troll steht, die Waffe hebt, auf seine Stirn zielt und abdrückt und dann noch einmal abdrückt, immer wieder abdrückt, bis das Magazin leer ist. Als er erfahren hat, dass am Ersten Mai 1935 nach einem Tipp von »Theo« die Gestapo fast die komplette KPD-Gruppe Westend verhaftete, hat diese Vorstellung das erste Mal von ihm Besitz ergriffen. Dreizehn Männer und eine Frau, Rosa Heller, gehörten zu dieser Gruppe. Die dreizehn Männer verschwanden anschließend in Zuchthäusern und Konzentrationslagern. Von vieren weiß er, dass sie überlebt haben, von den restlichen elf hat er nichts gehört. Aber von Rosa, mit der er damals verlobt war, weiß er, dass sie fünf Jahre später, irgendwann im Herbst 1940, in Ravensbrück ermordet wurde. Seitdem er das weiß – ein Genosse in Buchenwald lieferte einen verlässlichen Bericht –, sucht ihn die Vorstellung von der Hinrichtung Max Trolls mehrfach am Tag heim.

Natürlich wäre es am besten gewesen, das schon damals, im Sommer 1935, zu erledigen. Aber damals wusste noch niemand, dass sich hinter dem Genossen »Theo« der Gestapospitzel Max Troll verbarg. Das sickerte erst durch, nachdem im Herbst 1935 die fünfundsiebzig Personen starke KPD-Stadtteilgruppe im Schlachthofviertel festgenommen worden war. Kurz darauf verhaftete die Gestapo Ernst selbst und verhörte ihn; sie hatten aber nichts Konkretes gegen ihn in der Hand und entließen ihn noch in der Nacht. Da wusste er, dass er sich nach Frankreich absetzen musste. Alles andere, auch sich an Troll zu rächen, wäre zu diesem Zeitpunkt Selbstmord gewesen.

Er steht vor dem Ziel seiner Wanderung durch das nächtliche München: Die »Mücke«, ein Kellerlokal unter einer Hausruine am Marienplatz, ist eines von etlichen Münchner Nachtlokalen. Alle sind natürlich illegal, aber von der amerikanischen Besatzungsmacht geduldet, weil, wie Emil Meier wusste, man eine gewisse Kontrolle über die Unterwelt haben will, mit der man dort im Übrigen glänzende Geschäfte abwickelt. Die »Mücke« wird von der Elite der Schwarzhändler frequentiert, und die Huren, die dort als Barmädchen arbeiten, gelten bei den GIs als Extraklasse. Zenta, Trolls Frau, gehört allerdings nicht dazu; sie ist Partnerin des Geschäftsführers und managt die Theke.

Der allwissende Meier kannte auch das Kennwort, mit dem Ernst am Türsteher vorbeikommt. Es ist der Name eines Sergeants, der hier offenbar das Sagen hat, John Swinton. Das Sesam-öffne-dich funktioniert tatsächlich, und er tritt in eine fast undurchdringliche Wolke aus Zigarettenrauch. Nur allmählich kann er sich im überfüllten Lokal orientieren. In der Mitte sind ein paar Tische zur Seite geschoben; drei, vier Paare tanzen zum Swing einer vierköpfigen Combo, die sich neben die lange, voll besetzte Theke gezwängt hat. Die Tänzer sind amerikanische Soldaten mit umgeschnallten Revolvern. Ein GI hat die Hände gespreizt auf den Busen des Mädchens gelegt, mit dem er tanzt, so, als wolle er am Umfang den Wert seiner Ware abmessen. Eines der Mädchen greift sich in den Rücken, weil sich die Revolvertasche eines anderen Tänzers hineinbohrt. An den Tischen sitzen neben GIs die Schwarzmarktfiguren, die Ernst schon kennt, und an die Tische gelehnt stehen die Gewehre der Soldaten. Manchmal, wenn einer der Tanzenden an ihnen entlangstreift, fallen sie laut krachend um; niemanden stört das.

Ernst steuert auf den Tresen zu, kann aber dahinter keine Frau entdecken, die das Alter Zenta Trolls hätte. Es sind nur ganz junge Frauen, die die Getränke ausschenken. Er drängt sich zwischen zwei GIs, bestellt bei einem der Mädchen ein Bier. Als sie es ihm bringt, fragt er nach Zenta Troll. Das Mädchen schaut ihn einen Augenblick lang an, so als habe sie seine Frage nicht verstanden, dann schüttelt sie den Kopf.

»Da müssen Sie den Herrn Wedemeyer fragen …«

Sie schwenkt den Kopf zu einem fetten Mann in einem hellbraunen Dreiteiler, der am Ende des Tresens steht und aufmerksam das Geschehen im Lokal beobachtet. Ernst bezahlt sein Bier, dann bahnt er sich einen Weg hin zu dem Fetten und stellt sich neben ihn. Es dauert eine Weile, bis der Mann ihn bemerkt.

»Was gibt es, junger Mann?«

»Ich bin auf der Suche nach einer Zenta Troll …«

Jetzt erst schaut ihn der Mann voll an. Nicht nur sein Körper, auch sein Gesicht ist fett; es ist ein zwar rosiges, aber wohl proportioniertes Verbindlichkeit ausstrahlendes Gesicht. Ein Mann, der es mit allen kann. Die Verbindlichkeit verschwindet auch nicht aus seiner Miene, als er die Brauen hebt.

»Zenta Troll! Was für ein Name! Noch nie gehört.«

»Ich hab aber gehört, dass sie so etwas wie die Geschäfts-
führerin hier ist.«

»Dann haben Sie was Falsches gehört, mein Freund. Es gibt
hier nur einen Geschäftsführer, und der bin ich.«

»Tja, dann liegt da wohl ein Irrtum vor. Gute Nacht!«

»Gute Nacht.«

Draußen will Ernst sich eine Zigarette anzünden, stellt aber
fest, dass er sein Feuerzeug nicht dabeihat. Er geht zum Türsteher und fragt ihn danach. Der kramt in seiner Jackentasche
und gibt ihm Feuer. Ernst bedankt sich und will den Rückweg
antreten, da öffnet sich die Tür hinter ihm und er hört ein leises
»Hallo!«. Er dreht sich um und sieht das Mädchen, das eben
hinterm Tresen stand und das er zuerst nach Zenta Troll gefragt hat. Er geht zwei, drei Schritte auf sie zu. Sie ist hübsch
und lächelt ihn schüchtern an. Das kann kaum daran liegen,
dass er gut aussieht. Es sei denn, sie hätte das hinter seiner
Hohlwangigkeit noch entdecken können. Vielleicht liegt es am
neuen Anzug, den sein Vater aus einem Restbestand an teurem
hellbraunem Tweed für ihn geschneidert hat. Oder vielleicht
doch an seiner Frage?

»Wedemeyer ist gerade mit dem Sergeant im Hinterzimmer,
hab nicht viel Zeit …«

»Ja?«

»Sie haben eben nach Zenta Troll gefragt …« Sie wispert,
will offenbar nicht, dass der Türsteher, der ein paar Schritte entfernt steht, etwas mitbekommt. Sie kommt noch einen Schritt
näher, flüstert in sein Ohr: »Sie ist in Garmisch. Suchen Sie da
im ›Weißen Rössl‹ nach ihr.«

ZWEITER TAG

Ein Sonnenstrahl hat einen winzigen Spalt zwischen der Fensterscheibe auf der Beifahrerseite und dem Verdeck gefunden, Susans Augen getroffen und sie geweckt. Sie schaut auf ihre Armbanduhr. Es ist sieben. Viele Autobahn- und Landstraßenkilometer liegen vor ihr. Der Karte zufolge sind es von hier bis nach Garmisch zwar nur knapp hundertachtzig Kilometer. Doch wenn sie die ständigen Umleitungen wegen zerstörter Brücken, beschädigter Straßen oder militärischer Sperrzonen einrechnet, wird sie dafür den ganzen Tag brauchen. Keine Zeit also, sich noch einmal im Schlafsack umzudrehen.

Seit sie in Deutschland unterwegs ist, schläft sie nachts im Auto. Ihre Schwester Unity, die lange genug in Deutschland lebte und immer noch regelmäßigen Kontakt hierher hat, sagte ihr, sie solle Hotels und Pensionen meiden. Zu viel Gesindel sei unterwegs, man werde belästigt und bestohlen und fange sich außerdem noch deren Flöhe, wenn nicht Schlimmeres ein. Also sucht sich Susan jeden Abend einen ihr sicher erscheinenden Platz zum Übernachten. Gestern war es der Parkplatz vor der Autobahnraststätte Auwaldsee, der, merkwürdig zwar, aber doch sehr beruhigend, die ganze Nacht beleuchtet geblieben war. Jetzt erweist er sich als ein schöner Ort. Während sie den Schlafsack zusammenrollt, die beiden Sitzlehnen wieder nach vorn klappt und zum Frühstück ein paar Schlucke aus einer ihrer mitgebrachten Mineralwasserflaschen nimmt, schaut sie auf den idyllisch vor ihr im frühen Sonnenlicht blinzelnden See, der da liegt, als wäre hier in den letzten zwölf Jahren nichts geschehen.

Ihr Besuch im Heim »Franken« bei Ansbach ist ein Reinfall gewesen wie zuvor der im Heim »Taunus« in Wiesbaden. Wieder gab ihr, wenn auch widerwillig, eine frühere Lebensborn-

Schwester Auskunft: Die Kinder aus dem Heim »Taunus« seien hier im März zwar für zwei oder drei Wochen untergebracht gewesen, dann aber weiter ins Heim »Hochland« in Steinhöring, vierzig Kilometer östlich von München, transportiert worden. Ob sie sicher sei, dass sie dort jetzt noch sind? Die Schwester hat die Schultern hochgezogen, das könne sie nicht sagen. Das Einzige, was sie sicher wisse, sei, dass der leitende Arzt von »Hochland«, Dr. Gregor Ebner, der gleichzeitig auch der ärztliche Leiter des gesamten Lebensborn-Vereins gewesen sei, in Garmisch-Partenkirchen wohne und dort eine kinderärztliche Praxis betreibe.

Nach dem Gespräch steht für Susan fest, dass dieser Dr. Gregor Ebner ihr Mann ist, weil der Weg zu den Lebensborn-Kindern nur über ihn führen kann. Vom Heim »Hochland« in Steinhöring weiß sie, dass es das größte Lebensborn-Heim im ganzen Reich war, sozusagen die Zentrale der ganzen Organisation. Wenn es dort keine Lebensbornkinder mehr gibt, wo denn sonst?

✳✳✳

Der W07 lässt sich butterweich schalten, alle Gänge sind voll synchronisiert, kein Zwischengas wie beim alten P4 mit dem dazugehörigen markerschütternden Gekrächze des Getriebes, wenn du eine halbe Sekunde zu spät oder zu früh wieder einkuppelst. Und die zweihundertdreißig PS, die spürst du unter deinem Hintern, das grimmige Vibrieren des gewaltigen Achtzylinders, wenn es den Berg hinaufgeht – und von Lenggries hoch zum Klausenkopf geht es sehr steil hinauf, jedenfalls so lange, wie der Forstweg mit dem Auto befahrbar ist. Als er das nach wenigen Kilometern nicht mehr ist, gibt Hubertus Josef ein Zeichen, sagt, dass er selbst jetzt aussteigen und zu Fuß weitergehen werde und er den Wagen in der Zwischenzeit wenden und im Auto auf ihn warten solle.

Josef tut, was der Kater ihm befohlen hat, bleibt dann aber nicht sitzen, sondern steigt aus, folgt ihm auf dem steilen Anstieg durch den Fichtenwald, doch mit so viel Abstand, dass er ihn nicht bemerken kann. Hubertus dreht sich während des fast eine Stunde dauernden Aufstiegs kein einziges Mal um, so sicher ist er, dass der Junge seinen Befehlen gehorcht. Josef läuft ihm nach bis zur Baumgrenze, versteckt sich hinter einem Felsvorsprung und beobachtet, wie dem Kater von oben jemand entgegenkommt. Der andere ist älter als Hubertus, Mitte vierzig, ein drahtiger Mann mit eingefallenen, unrasierten Wangen, Offizierstyp; natürlich trägt er keine Uniform mehr, sondern Jägerklamotten, Bundhose, Bergstiefel und über einem grauen Drillichhemd ein wattiertes Wams. Sie schütteln sich ausführlich die Hände, scheinen sich gut zu kennen. Eigentlich kann der andere nur dieser Oberst Pfeiffer sein, der Kommandeur der Mittenwalder Gebirgsjägerschule, der mit Lüder und Hubertus den Reichsbankschatz vergraben haben und der seitdem in der Nähe des Verstecks im Wald leben soll, wie ein Partisan, um den Schatz zu bewachen. In den Gerüchten ist von vielerlei Orten die Rede, wo das sein könnte, nicht aber vom Klausenkopf. Das weiß außer den Blüchers und Pfeiffer jetzt nur Josef. Sein Herz schlägt schneller bei dem Gedanken. Zwar ist ihm noch nicht ganz klar, welchen Nutzen dieses Wissen für ihn haben kann, aber dass es auf jeden Fall von Vorteil ist, das ist klar wie Kloßbrühe, und er beglückwünscht sich zu seiner gestrigen Entscheidung, das Angebot des Katers angenommen zu haben, bei den Blüchers als Chauffeur anzufangen.

Er beobachtet die beiden eine Weile, sieht, wie sie in Richtung des Berggipfels gestikulieren und dann geheimnistuerisch die Köpfe zusammenstecken, so, als könne irgendjemand sie bei ihrem Gespräch belauschen. Josef macht sich auf den Rückweg, bevor es beendet ist.

Es ist nicht ganz leicht gewesen, seiner Großmutter beizubringen, dass er von jetzt an nicht mehr bei ihr, sondern droben bei den Blüchers in der Villa wohnen wird. Wie könne er sich an Fremde verdingen und zudem noch an solch undurchsichtige Menschen wie die? Er solle sich hüten, in deren kriminelle Machenschaften verwickelt zu werden!

Davon, dass an diesen im Dorf kursierenden Gerüchten etwas dran sein könnte, hat er in der ersten Nacht, die er in der Hohen Halde verbrachte, nichts mitbekommen. Die zwanzig Zimmer der Villa sind sämtlich belegt mit mehr als zwei Dutzend Verwandten der Blüchers, die aus den von den Russen besetzten Gegenden des Reiches hier Zuflucht suchen. Es sind nähere oder fernere, junge und alte, arme und weniger arme, sympathische und unsympathische Verwandte. Josef hat sie alle und auch Hubertus' älteren Bruder sowie deren Vater beim Abendessen kennengelernt, das im hallengroßen Wohnzimmer der Villa stattfand. Durch dessen riesige Fenster hat man sowohl einen guten Blick hinauf auf die Zugspitze wie hinunter auf die Olympia-Skisprungschanzen.

Josef hat bisher noch nie mit Adligen zu tun gehabt, und er fragte sich während des kümmerlichen Essens, das aus altem Brot, trockenem Käse, durchsichtigen Dauerwurstscheiben und keinem Gramm Butter bestand, was es Besonderes mit dem Adel auf sich haben soll. Die Leute, die in den überfüllten Zimmern der Villa zusammenhocken, ihre Wäsche mit der Hand in Bottichen in der Küche waschen und zum Trocknen auf Leinen im Garten aufhängen, unterscheiden sich nicht von anderen Leuten, tun nicht besonders vornehm und sehen auch nicht besonders vornehm aus, selbst der Alte, Wipert von Blücher, nicht. Josef kam er mit seinem staubtrockenen Gesicht und Lippen, die außen blass und innen dunkel sind, vor wie ein im Dienst geschrumpfter Kirchenorganist. Er kümmerte sich kaum um seine Verwandten und verschwand sofort nach dem Essen hinauf in sein Arbeitszimmer. Hubertus dagegen scharwenzelte von Tisch zu Tisch, versprühte Charme, plauderte mit jedem und versprach allen baldige Hilfe, gab dabei mit den »exquisiten Beziehungen« an, die er zu den »neuen Herren«, den Amerikanern, unterhalte. Lüder, der ältere Bruder, ist zurückhaltender als Hubertus. Er trägt ein paar furchterregende Narben im Gesicht, die ihm ein russisches Schrapnell beigebracht hat. Weil auch sein übriger Körper getroffen wurde, hatte man ihn auf den ruhigen Posten als Stellvertreter Pfeiffers in der Gebirgsjägerschule in Mittenwald versetzt. Weder mit ihm noch mit einem der sonstigen Verwandten ist Josef ins Gespräch gekommen. Nach einer Weile hat er sich eine der merkwürdigerweise reichlich vorhandenen Flaschen Bier geschnappt und ist mit ihr hinauf in die winzige Dachstube gegangen, die Hubertus ihm als Quartier zugewiesen hat.

Hubertus kommt zurück und schwingt sich mit solchem Elan auf den Beifahrersitz, als habe er gerade das ultimative Glückslos gezogen. So gut gelaunt hat Josef ihn in den anderthalb Tagen, die er ihn jetzt kennt, noch nicht erlebt.

»So, mein Junge! Auf geht's!«

»Zurück zur Villa?«

»Nein. Zuerst zur Kommandantur, deinen Führerschein abholen. Der müsste inzwischen fertig sein.«

»So schnell geht das?«, fragt Josef. Sie sind am Vormittag, bevor sie zum Klausenkopf aufbrachen, dort vorbeigefahren; Hubertus ist schnell hineingesprungen und hat Josefs Papiere abgegeben.

»Was denkst du denn? Major Snapp ist ein guter Freund von mir!«

Snapp, das weiß Josef, ist der amerikanische Ortskommandant von Garmisch-Partenkirchen, ein allmächtiger Mann. Er nickt bloß, startet den Motor und beginnt die steile Abfahrt den Waldweg hinunter nach Lenggries.

Als sie auf der die Isar begleitenden Landstraße Richtung

Wallgau sind, zieht der immer noch glänzend gelaunte Hubertus eine schwere Goldmünze aus seinem Tweedjackett und zeigt sie Josef.

»Weißt du, was das ist?«

»Eine Goldmünze, vermute ich mal.«

»Das ist ein Louis d'or! Mein Glücksbringer. Seitdem mein Großvater ihn mir geschenkt hat, ist bei mir nichts mehr schiefgelaufen. Weißt du, woher der stammt, der Louis d'or?«

»Woher soll ich das wissen?«

»Das ist das einzige Geldstück, das unser Ahne Gebhard Leberecht von Blücher 1815 aus Paris mitgebracht hat …«

»Wer? Gebhard Leberecht?« Josef muss lachen wegen des komischen Namens.

»Den kennst du nicht? Den alten Blücher? Den Sieger über Napoleon in Waterloo?«

»War das nicht Wellington?«

»Dummkopf! Haben sie dir in der Schule nie was von Wellingtons Gejammer erzählt? ›Ich wünschte, es wäre Nacht oder die Preußen kämen‹? Ohne Blücher wäre da nichts gelaufen, sag ich dir.«

»Und dieses Goldstück?«

»Nach dem Sieg haben die Alliierten in Paris mit den Franzosen verhandelt. Hat den Alten nicht die Bohne interessiert. Der saß stattdessen Tag und Nacht in den Arkaden neben dem Palais Royal in der Spielhölle Nummer 113 und hat gezockt. Roulette. Er hat die Nummer 113 nicht mehr verlassen, bis er sechs Millionen von diesen Louis d'or verspielt hatte. Als er aus Paris zurückkam, war sein gesamter Grundbesitz verpfändet.«

»Und trotzdem bringt Ihnen sein letztes Goldstück Glück?«

»Nicht trotzdem, Junge! Sondern *deswegen*.«

∗∗∗

Am Nachmittag hat Susan endlich mühsam München umrundet und fährt auf einer einigermaßen passablen Landstraße Richtung Garmisch. Ihr kommt die junge deutsche Frau wieder in den Sinn, die sie gestern als Anhalterin mitgenommen hat. Die aggressive Leugnung des Mordes an den Juden ist etwas, dem sie schon ein paarmal begegnet ist, seitdem sie sich in Deutschland aufhält. Wahrscheinlich gehört das ebenso mit zur Verdrängung der eigenen Täterschaft wie das Geschwafel vom »unendlichen Leid«, das sie gerade erlebten; sie empfinden sich selbst als die Opfer und ersparen sich damit, an die wirklichen zu denken. Vielleicht handeln sie damit aber auch nur klug. Denn wenn sie den Gedanken einer Mitschuld am Massenmord an sich heranlassen würden, brächten sie kaum den Lebensmut auf, jetzt, nach der totalen Niederlage, weiterzumachen.

Natürlich denkt sie selbst, seit sie weiß, was in den deutschen Konzentrationslagern mit den Juden geschah, an ihre eigene Mitschuld daran. Das betrifft nicht ihre Familie; die Hitler-Gläubigkeit und der Judenhass ihrer Eltern und ihrer Schwester Unity machen sie zu Mittätern. Damit hat sie nichts zu tun. Es betrifft sie selbst, ihre Auffassung von Eugenik. Seit sie sich im Department of Social Anthropology mit diesem Forschungsbereich beschäftigt, fragt sie sich, inwieweit sie damit der deutschen Pervertierung der Ideen der Eugenik zuarbeitet, sie durch die Zusammenarbeit in diversen Gesellschaften mit den Deutschen sogar unterstützt. Sicher, Chamberlain, Galton und Pearson waren beziehungsweise sind Rassisten und von der Überlegenheit der arischen über andere Rassen überzeugt. Aber sie waren nie exterminatorische Rassisten wie Fritz Lenz und die Nazis, die ihm folgten und glaubten, andere Rassen vernichten zu müssen. Und im Unterschied zu Galton ist sein Schüler Mark Lawson, Susans Doktorvater, ebenso wenig ein Rassist wie sie selbst. Sie sind nur überzeugt und fasziniert von dem Gedanken und der tatsächlichen Möglichkeit, dass man Menschen optimieren, dass man ihre guten Eigenschaften züchten kann.

Susan angelt mit der Linken nach ihrem auf dem Beifahrersitz liegenden Päckchen Zigaretten, fingert sich eine heraus und steckt sie gerade mit ihrem Sturmfeuerzeug an, als sie einen riesigen schwarzen Schatten vor sich sieht. Ein mächtiges Auto, das vor ihr von rechts auf die Landstraße einbiegt. Weil sie auf das Anzünden der Zigarette konzentriert ist, sieht sie es zu spät, tritt zu spät auf die Bremse, erwischt das andere Auto am Ende seines Hecks, spürt den Aufprall, hört den Knall, spürt, wie der Triumph herumgeschleudert und sie aus dem Wagen herauskatapultiert wird. Dann ist es mit einem Mal dunkel.

✳✳✳

Vor ihm geschieht ein Unfall. Der sechste oder siebte, an dem er vorbeifährt, seit er noch vor Tagesanbruch in München aufbrach. Diesen aber erlebt er unmittelbar, kann das Geschehen von der ersten Sekunde an verfolgen. Ein vor ihm fahrendes knallrotes englisches Cabriolet mit einer Frau am Steuer kann nicht rechtzeitig bremsen und erwischt eine aus einer Seitenstraße kommende riesige schwarze Mercedes-Limousine am Ende des Hecks. Durch den Aufprall wird es um die eigene Achse geschleudert, die Fahrerin herauskatapultiert. Jetzt liegt sie mit ausgebreiteten Armen im Gras des Seitenstreifens, weniger als zwanzig Meter vor ihm. Ernst steigt ab, legt das Fahrrad an den Straßenrand und läuft zu der Frau. Im Vorbeilaufen sieht er, wie der Fahrer des Mercedes mit zittrigen Beinen aussteigt, doch Ernst ist vorher bei der Frau, einer jungen, sommersprossigen Brünetten. Ihre Augen sind geschlossen. Er kniet sich neben, beugt sich über sie, fühlt an der Halsschlagader ihren Puls. Der ist kräftig, ihr Atem geht ebenfalls schnell, und kaum hat er sie berührt, schlägt sie die Augen auf.

»*Fuck!*«, sagt sie.

»Sie hatten einen Unfall«, sagt Ernst, »und waren ohnmächtig …«

»*Fuck!*«, wiederholt sie und will sich aufrappeln. Ernst drückt sie an der Schulter wieder hinunter.

»Nein«, sagt er. »Bleiben Sie noch liegen. Sie könnten verletzt sein.«

Tatsächlich hat sie eine Platzwunde am Hinterkopf und eine sichtbar wachsende Beule an der Stirn. Wer weiß, was sie sich sonst noch getan hat.

»Gott sei Dank! Sie lebt!«

Ernst dreht sich um. Über sich sieht er in das kreidebleiche Gesicht eines sehr jungen Mannes, höchstens Anfang zwanzig. Ein gewitztes, offenes, von einem Mopp blond gelockter Haare umrandetes Gesicht. Jetzt ist es vom Schrecken gezeichnet, die Augen sind geweitet, der Mund steht offen.

»Was ist passiert?«, meldet sich die Frau und tastet mit der Hand nach der Beule an ihrer Stirn, fühlt das Blut an ihren Fingern und betrachtet es anschließend mit der erstaunten Neugierde, die Ernst von Naturwissenschaftlern kennt. Ihr interessierter Blick erinnert ihn an Alfred Balachowsky, den in Buchenwald gefangenen Entomologen, der dort die Typhus-Versuchsabteilung leitete.

»Ein Unfall, wie gesagt«, antwortet Ernst.

»Sie ist uns draufgefahren!« Eine neue, wohltemperierte Baritonstimme über Ernst. Er schaut noch einmal nach oben. Neben dem blonden Jungen steht ein etwas älterer, vielleicht dreißigjähriger Mann mit einem bis auf die überdimensionierte Oberlippe gut proportionierten aristokratischen Gesicht. Seine dunklen, fast schwarzen Haare sind pomadiert, und er trägt ein teures hellbraunes Tweedjackett.

»Schon«, sagt Ernst. »Aber Sie haben ihr die Vorfahrt genommen, sind von rechts einfach auf die Hauptstraße gefahren.«

»Wenn überhaupt, dann nicht ich, sondern mein Fahrer«, belehrt ihn der Mann mit sanfter Freundlichkeit. »Aber das spielt ja jetzt zuerst mal keine Rolle. Hauptsache, die junge Frau wird schnellstens medizinisch versorgt.«

»*Fuck!*«, sagt die Frau noch einmal, rappelt sich gegen Ernsts behutsamen Widerstand auf, kommt auf die Beine. Ernst merkt, dass sie leicht schwankt, behält seine Hand auf ihrer Schulter.

»Mir fehlt nichts«, behauptet die Frau. »Sehen Sie doch, ich kann mich einwandfrei bewegen!« Sie macht einen demonstrativen Schritt nach vorn und wischt dabei Ernsts Hand weg. Der tritt einen Schritt zurück und lässt sie gewähren. »Wenn ich einen Unfall hatte, dann schauen wir uns doch zuerst mal an, was mit meinem Triumph ist.« Sie blickt sich um, hat ganz offenbar keinen Überblick über die Situation und weiß ebenso offensichtlich nicht, was kurz zuvor geschehen ist.

»Hab ich schon getan«, sagt der Pomadierte. »Das ist nichts weiter als eine Beule. Das kriegt mein Mechaniker schon wieder hin. Hauptsache ist aber jetzt, dass man Sie untersucht. Sie haben mindestens eine Gehirnerschütterung!«

Die Frau hört ihm nicht zu, hat jetzt ihren Wagen entdeckt und steuert mit unsicherem Schritt darauf los. »Ich hoffe, er fährt noch!«

Ernst gibt es auf, sie zurückzuhalten, wendet sich dem blonden Jungen und dem Pomadierten zu: »Sie muss unbedingt ins Krankenhaus!«

Der Pomadierte macht eine Geste in die Luft. »Krankenhaus! Wie stellen Sie sich das vor? Nein. Wir haben einen guten Hausarzt. Da fahren wir sie jetzt hin und nehmen ihren Wagen in den Schlepp.« Er richtet sich an den Jungen: »Gell, Josef, das schaffst du doch, oder?«

Der Junge, dessen Miene man immer noch den Schrecken über den Unfall ansieht, nickt.

Ernst geht zurück zu seinem Fahrrad. Was hat er weiter mit

dieser Geschichte zu tun? Bis Garmisch sind es nur noch ein paar Kilometer. Er ist froh, die weite Strecke noch vor Einbruch der Dunkelheit geschafft zu haben.

***

Die Sonne ist vor einer halben Stunde untergegangen, doch mit der sich allmählich ausbreitenden Dunkelheit kommt keine Abkühlung, es bleibt so heiß wie schon den ganzen Tag über. Seit vielen Tagen, mehr schon als eine Woche, herrscht in Oberbayern eine für den Mai außergewöhnliche Hitze, selten sinkt das Thermometer auf unter dreißig Grad. Der Boden ist aufgeheizt, das Gras auf den Wiesen und Almen gelb wie Stroh, Partnach und Loisach führen wenig Wasser; im Dorf wird das Trinkwasser rationiert, die Militärregierung hat das Gießen von Rasen verboten.

Josef liegt angekleidet auf seinem Bett, hat nur seine Schuhe ausgezogen. Er würde gerne schlafen, wenigstens für eine halbe Stunde die Augen zumachen, aber es ist einfach zu heiß. Außerdem ist viel passiert heute, immer wieder ziehen die Ereignisse des Tages vor seinem inneren Auge vorbei, verlangen, eingeordnet, verstanden zu werden. Die Wundermaschine Mercedes. Die Fahrt zum Klausenkopf. Der Anstieg hinauf. Das Treffen des Katers mit Pfeiffer. Der Talisman des Katers und dessen Geschichte. Der Unfall, den er verursacht hat, weil er einen Augenblick unkonzentriert war. Die hübsche Engländerin, die jetzt mit kühlen Tüchern um den Kopf nebenan in einer anderen Dachstube liegt. Vor allem die merkwürdige Tatsache, dass der Kater ihn wegen des Unfalls nicht angeschissen hat. Josef hat fest damit gerechnet, dass er ihn rauswirft. Doch nachdem sie auf dem Weg zur Hohen Halde den Triumph der Engländerin in eine Werkstatt geschleppt hatten und der Kater die Engländerin in dem Dachzimmer untergebracht hatte, lud er Josef in der Küche zu einem Bier ein, stieß mit ihm an, klopfte ihm auf die Schulter und sagte, er sei ein grandioser Fahrer, der kleine Unfall gehe auf seine, Hubertus' Kappe, weil er Josef mit dem Louis d'or abgelenkt habe; er solle sich mal keine Gedanken machen, alles würde in Ordnung kommen. Der Kater ist Josef ein Rätsel.

Irgendwann muss er dann doch eingenickt und in einen leichten Schlaf gefallen sein, denn das Geräusch, das ihn daraus aufschreckt, ist nicht sehr laut. Eine Tür draußen im Garten quietscht in den Angeln. Josef steht auf, geht zum Fenster und blickt hinunter. In der Gartenlaube neben der Garage ist das Licht an, durchs Fenster sieht er Hubertus an einem Tisch sitzen und vor sich ein Notizbuch aufschlagen. Er blättert darin, kramt einen Bleistift aus seiner Jacketttasche und beginnt, Notizen zu machen. Warum tut er das in der Gartenlaube? Im zweiten Stock hat er ein geräumiges Zimmer mit einem Schreibtisch darin.

Josef braucht nur eine halbe Minute zu warten, bis die Erklärung für seine Frage auftaucht. Vom Tor her nähert sich jemand, zuerst sieht er seinen Schatten, den das Licht über der Eingangstür wirft, dann ihn selbst. Er kennt den bulligen Mann nicht, der jetzt rasch und leise zur Gartenlaube huscht, die Tür öffnet und sich einen Augenblick später zu Hubertus an den Tisch setzt. Sie schütteln sich die Hände. Ein Treffen, das sonst niemand in der Villa mitbekommen soll. Josef nimmt die Schuhe in die Hand, lässt sie dann aber wieder sinken, schließt geräuschlos die Tür hinter sich und schleicht auf Socken die Treppe hinunter.

»DuBois heißt der Kerl also? Wer schickt ihn?«

Das ist die Stimme des anderen, den Josef nicht kennt. Er hätte gerne das zu der hellen Stimme passende Gesicht gesehen. Die Holzwand zwischen Garage und Gartenlaube, an der er hockt, ist zwar dünn, er hat aber keinen Spalt entdeckt, durch den er in die Laube blicken könnte.

»Wer ihn schickt, ist doch egal.« Das ist die Stimme des

Katers. »Snapp sagt, er gehört zum *Counter Intelligence Corps*. Und Snapp sagt auch, diese Jungs hätten normalerweise was drauf.«

»Haben sie auch!« Das ist die Stimme Lüder von Blüchers, der vor ein paar Augenblicken als Dritter zur Besprechung hinzugekommen ist. »Jedenfalls war DuBois gestern in der Kaserne in Mittenwald und hat sich nach Pfeiffer erkundigt. Der weiß also fast schon alles.«

»Woher weiß er das?« Unglaube, Misstrauen in der Stimme des Fremden.

»Er hat in München die Reichsbankbeamten interviewt, die das Zeug in die Kaserne gekarrt und Pfeiffer übergeben haben.«

»Scheiße. Sie sind ganz dicht dran.«

»Ja. Kommt aber darauf an, was Lüder dem Ami gesagt hat.«

»Das, was wir besprochen haben, natürlich«, sagt Lüder. »Dass Pfeiffer desertiert, untergetaucht ist. Das hat er auch geschluckt. Immerhin ist Pfeiffer ein Nazi. Wie du. Aber das ist nicht das Problem ...«

»Was soll's denn sonst noch für Probleme geben?« Die Stimme des Fremden kippt ins Aggressive. Josef glaubt, Angst darin zu hören, die Angst eines in die Enge getriebenen Tiers.

»DuBois war auch bei dem Alten in Einsiedl.«

»Wie kommt der denn auf den?«

»Pfeiffer ist mit den Reichsbankbeamten zu dem für den Walchensee zuständigen Förster gefahren, damit er mit ihnen zusammen ein geeignetes Versteck aussuchen soll.«

»Und der Alte hat gequatscht!«

»Natürlich nicht. Der Alte ist ein Fuchs. Hat sich ahnungslos gestellt. Oberst Pfeiffer? Nie von gehört ...«

»Und dieser DuBois hat ihm geglaubt?«

»Was ist ihm übrig geblieben?«

In Josef, dem allmählich klar wird, wen sie meinen, wenn sie vom »Alten in Einsiedl« sprechen, steigt Stolz auf. Das hätte er seinem Großvater nicht zugetraut, dass er mit solchen Typen unter einer Decke steckt. Und wie schlau von ihm, ihm an jenem Abend immer wieder Wein nachzuschenken, bevor er Lüder und Pfeiffer das Versteck auf dem Klausenkopf zeigte. Gleichzeitig dämmert ihm jetzt auch, warum Hubertus ihn so großzügig behandelt. Er vermutet, Josef könnte ein Mitwisser sein, will ihn nahe bei sich haben, um herauszukriegen, ob er tatsächlich etwas weiß.

»Wir müssen was unternehmen!« Der Ton des Fremden wird schneidend.

»DuBois ist wieder nach München gefahren. Schreibt da seinen Bericht und fertig …« Lüders beschwichtigende Stimme.

»Nein, so schnell geben die nicht auf.« Hubertus. Ruhig, fast gelangweilt. »Nach DuBois kommt der nächste Ami-Schnüffler. Wir sollten bald tatsächlich was unternehmen.«

»Und was?«

»Zuerst mal ein kleines Ablenkungsmanöver, bevor wir tätig werden. Eine Party veranstalten.« Hubertus lacht.

Josef hätte gerne mitbekommen, was das für eine Party sein soll, doch er spürt, dass das Gespräch der drei bald beendet sein wird und es besser wäre, Hubertus fände ihn in seinem Zimmer, wenn er noch einmal nach ihm schauen will, bevor er selbst schlafen geht. Ohne ein Geräusch zu verursachen, schleicht er sich aus der Garage.

***

So gut hat er seit Urzeiten nicht gegessen. Weißwürste! Er hatte gar keine Erinnerung mehr daran. Kaum daran, wie sie aussehen, aber gar keine daran, wie sie schmecken. Krautsalat mit Speck! Auch daran konnte er sich kaum erinnern. Und jetzt Germknödel! Die Lieblingsspeise seiner Kindheit, an die kann er sich sehr wohl erinnern, so viele hat er in sich hineingestopft. Der Duft des Zwetschgenmuses, der ihnen beim Durchschneiden entströmt, ist etwas, was auch die lange Zeit der erzwungenen Askese ihn nicht hat vergessen lassen.

»Herrschaftszeiten!«, mampft Ernst. »Wie kommt ihr an all diese Köstlichkeiten?«

»Mit Lebensmittelmarken jedenfalls nicht«, grinst Runge, der ihm gegenüber am Küchentisch sitzt und sich mit seinem dicken Zeigefinger die Zuckerkristalle aus den Mundwinkeln wischt. »Marie hat jede Menge Verwandtschaft bei den Bauern in der Gegend.«

»Die anderen müssen manchmal vier, sechs Stunden Schlange vor den Lebensmittelläden stehen«, ruft Marie, Runges Frau, von der Spüle her. »Und wenn sie Pech haben, gibt es dann nichts mehr.«

Marie ist ebenso wohlgenährt wie Jürgen Runge selbst, der Genosse aus der Westend-Gruppe, der sich schon vor dem Krieg der Verfolgung durch die Münchner Gestapo entzog und hier in Garmisch bei seiner Jugendliebe unterkroch. Marie verwaltet die katholische Volksbücherei in Garmisch. Die wurde schon im April 1933 von allem »undeutschen Schrifttum« gesäubert. Durch Maries Vermittlung bekam Runge eine Stelle als Sachbearbeiter in der Meldestelle der Stadtverwaltung. Einen unverdächtigeren Unterschlupf hätte er nicht finden können.

Runge ist Emil Meiers Tipp für Garmisch gewesen, als sie nach Ernsts Rückkehr aus der »Mücke« gestern Nacht am Wohnzimmertisch seiner Eltern noch die Flasche Enzian leerten, die er mitgebracht hatte. Meier hat zwar nach dessen Wegzug aus München den Kontakt zu ihm verloren, wusste aber, dass Runge nach Garmisch gezogen ist, kannte sogar seine Adresse dort in der Partnachstraße. Ernst hat ihn nicht gefragt, woher, da Meier doch keine Verbindung mehr zu Runge hat. Er hätte nämlich keine Antwort bekommen. Meier ist verschwiegen, ein geborener und inzwischen wahrscheinlich auch ein aktiver Geheimdienstler. Nach der Befreiung Münchens durch die 3. US-Armee hat er sich mit den amerikanischen Besatzern in München in Verbindung gesetzt und dort alte Freunde bei den sogenannten Ritchie Boys gefunden, einer vor allem aus Deutschen bestehenden Intelligence-Truppe. Er muss ihnen eine ganze Menge wichtiger Tipps gegeben haben, denn sie zeigten sich ihm auf eine Weise erkenntlich, die Ernst noch sehr zugutekommen würde.

Aber allwissend ist Meier nicht, und über telepathische Fähigkeiten verfügt er auch nicht. Auch funktioniert kein Telefon – in Garmisch zumindest nicht. Deshalb war es für Runge und seine Frau eine Überraschung, als Ernst am Abend an ihrer Haustür klingelte und sie mit seiner mageren Gestalt konfrontiert wurden. Es dauerte ein paar Minuten, bis Runge sich an ihn erinnerte.

»Buchenwald also«, sagt Runge und lässt Zigarillorauch aus seinem Mund strömen.

Marie hat nach dem Essen eine Flasche grünbraunen Kräuterschnaps auf den Tisch gestellt, der Ernst zu süß ist. Er belässt es bei einem Glas.

»Ja«, sagt er. »Vielleicht weißt du ja, dass ich '35 nach Frankreich abhauen musste. Da hat mich dann die Gestapo Anfang des letzten Jahres an der Yonne einkassiert und als ausländischen Spion nach Buchenwald deportiert.«

»Was hast du da gemacht, an der Yonne?«

»In den Wäldern um Auxerre gab es im Frühjahr '44 eine starke Konzentration bewaffneter Résistance, die im Rücken der Deutschen die Invasion vorbereiten sollte. Ich hab zu einer vom englischen Geheimdienst geführten Truppe gehört. Deshalb ›ausländischer Spion‹ …«

»Also keine kommunistische Résistance?«

»Mit der haben wir kooperiert. Aber ich selbst hab mich nach dem Hitler-Stalin-Pakt ein bisschen von den französischen Kommunisten distanziert.«

»Den haben hier auch nicht alle verstanden.«

Marie hat ihre Arbeit an der Spüle beendet, trocknet ihre Hände, bindet sich die Schürze ab und tritt zu ihnen an den Tisch. Das Thema, über das die Männer sprechen, scheint ihr nicht zu gefallen, ihre Körperhaltung ist distanziert, der Anflug einer Unmutsfalte erscheint auf ihrer Stirn, doch sie sagt nichts, setzt ein Lächeln auf: »Jetzt erzähl uns doch mal, was dich hierherverschlagen hat und was du in Garmisch vorhast.«

Auf diese Frage hat er sich den ganzen Nachmittag während der Fahrt hierher vorbereitet und ist zu dem Schluss gekommen, dass er Runge auf gar keinen Fall etwas von seiner wahren Absicht erzählen wird. Misstrauisch gegen ausnahmslos jeden zu sein ist in Buchenwald zu seiner zweiten Natur geworden. Dort ist der Hauptfeind nicht die SS gewesen, sondern die Mitgefangenen. Die SS war berechenbar, die Brutalität ihrer Strafaktionen kannte man und konnte sie einkalkulieren. Der Hass der Mithäftlinge aufeinander und der daraus resultierende gegenseitige Verrat aber waren etwas, das ihn in der ersten Zeit seiner Gefangenschaft im Lager völlig überrascht hat. Statt der von ihm erwarteten Solidarität unter den Gefangenen erlebte er alle Varianten menschlicher Niedertracht und Korrumpierbarkeit, und das nicht nur bei den »Grünen«, den Kriminellen, die dafür bekannt waren. Am Ende sprach er dort nur noch mit denen, die er gut kannte, und das waren fast ausnahmslos Genossen.

»Emil Meier«, beginnt er seine Lügengeschichte, »versucht in München, die Partei wieder aufzubauen. Und er meint, dass es hier in Garmisch außer dir, Jürgen, noch ein paar andere Münchner Genossen gibt, die man vielleicht dazu bewegen könnte, wieder zurückzukommen und dabei zu helfen.«

»Dass du immer noch nicht die Nase voll hast von der Partei!« Maries Miene ist angewidert.

»Warum sollte ich? Sie hat mir in Buchwald das Leben gerettet.«

Ernst sieht, wie Runge seine Hand beruhigend auf den Arm seiner Frau legt.

»Das verstehe ich, Ernst«, sagt er. »Du hast ein schweres Schicksal gehabt. Aber versteh bitte auch, dass ich da nicht mehr mitziehen werde. Ich fühl mich wohl hier und will hierbleiben und meine Ruhe haben.«

»Vollkommen in Ordnung«, sagt Ernst.

Dann herrscht Schweigen. Marie hat beide Hände auf die Tischplatte gelegt und starrt mit zusammengepressten Lippen auf die Lücke dazwischen. Runge fingert ein neues Zigarillo aus der Packung, bietet Ernst auch eines an, der schüttelt den Kopf, und Runge zündet sich seines mit einem Streichholz an. Ernst sieht, wie seine Hand dabei leicht zittert. Vielleicht ist es das Übergewicht, denkt er, vielleicht aber auch ein schlechtes Gewissen. Und wenn es das schlechte Gewissen ist, möchte er gerne dahinterkommen, woher es rührt. Also schweigt er weiter.

»Also es ist so«, sagt Runge schließlich, und es klingt wie ein Seufzen. »Ein paar Genossen treffen sich manchmal noch ab und zu drüben im ›Weißen Rössl‹. Die Wirtin hat früher auch mal zu dem Verein gehört und überlässt ihnen dazu ein kleines Hinterzimmer.«

»Kenn ich die Wirtin?«

»Möglich. Vielleicht seid ihr euch in München mal über den Weg gelaufen. Sie heißt Zenta Troll.«

✳✳✳

Schwitzend wacht sie aus einem Traum auf, in dem Szenen wild durcheinanderwirbelten, die sie als Kind während einer Zugfahrt mit ihrer Familie erlebt hat. Das war in der Zeit gewesen, bevor ihr Vater zum 2. Baron von Redesdale und damit vermögend wurde und sie ins Herrenhaus von Batsford Park umzogen. Davor war die Familienkasse knapp gewesen;

in London lebten sie in einer für eine so vielköpfige Familie viel zu kleinen Wohnung und deshalb hatten die Eltern für den Sommer ein Landhaus in Buckinghamshire gemietet. Die Zugfahrt dahin wurde zu einem skurrilen Drama, weil alle fünf Mitford-Kinder ihre Haustiere mitnahmen. Begleitet von einem halben Zoo, bestehend aus einem Mungo, mehreren Hunden, Hamstern, Mäusen, Ringelnattern und einem Zwergpony namens Brownie, das ihr Vater spontan auf dem Nachhauseweg vom Büro erstanden hatte und das seitdem in der Wohnung im ersten Stock lebte, marschierten sie auf dem Bahnsteig auf. Der entgeisterte Schaffner verweigerte ihnen den Zutritt zur ersten Klasse, woraufhin der ganze Zirkus mit dem Vater an der Spitze in die dritte Klasse stürmte und dort für einen turbulenten Auftritt unter den übrigen Fahrgästen sorgte.

Der Traum davon war weniger lustig als das Erlebnis selbst, wirr und verwirrend. Jetzt braucht sie eine halbe Minute, bevor sie weiß, wo sie ist. Das Handtuch, das ihr eine der Bewohnerinnen des Hauses vor ein paar Stunden feucht und kühl auf die Stirn gelegt hat, ist jetzt trocken und heiß. Sie nimmt es herunter, will sich erheben, aber kaum sitzt sie auf der Bettkante, wird ihr wieder schwindelig. Sie versucht trotzdem, aufzustehen, aber merkt beim ersten Schritt, dass das noch nicht geht; sie hat das Gefühl, beim nächsten Schritt das Gleichgewicht zu verlieren. Außerdem sind die rasenden Kopfschmerzen wiedergekehrt, die sie hatte, bevor sie einschlief. Also legt sie sich wieder aufs Bett, presst beide Hände gegen die Schläfen und wartet, bis zumindest das Schwindelgefühl nachlässt. Draußen ist es dunkel, die schräge hölzerne Decke über ihr wird von der Nachttischlampe in ein honiggelbes Licht getaucht; um sich auf irgendetwas zu konzentrieren und ihren Kopf wieder zur Ordnung zu zwingen, beginnt sie, die Astlöcher in den Fichtenbrettern zu zählen.

Durch die Ränder eines neuen, noch unruhigeren Schlafs,

in den sie bald wieder gefallen sein muss, dringt wie von ganz fern ein Klopfen. Sie öffnet die Augen, lauscht. Es klopft noch einmal, leise, vorsichtig.

»Herein!«

Die Tür öffnet sich behutsam, und derselbe Arzt, den Blücher auf der Fahrt hierher im Dorf aufgegabelt und der sie anschließend untersucht hat, betritt das Zimmer.

»Ich wollte noch einmal nach Ihnen schauen …«

»Das ist sehr nett von Ihnen.«

Dr. Röhrl ist ein alter Mann mit noch vollem, aber vollständig weißem Haar und einem typischen Landarztgesicht, in das sich die tausend kleinen und großen Tragödien eingegraben haben, die es gesehen hat. Er zieht sich einen Stuhl heran, setzt sich neben Susans Bett, fragt sie, wie es ihr geht, und sie sagt es ihm. Zwischendurch steht er auf und schaut nach der Platzwunde an ihrem Hinterkopf, die er bei seiner ersten Visite mit zwei schmerzhaften Stichen genäht und dann mit Mull verbunden hat.

»Und Sie erinnern sich immer noch nicht, wie Sie darangekommen sind?«

»Nicht wirklich. Der Unfall, vermute ich …«

»Ja. Sie sind aus Ihrem Auto heraus- und dann mit dem Kopf gegen einen Wegstein geschleudert worden. Daher die schwere Gehirnerschütterung. Alles andere an Ihnen ist gottlob heil geblieben.«

»Aber morgen kann ich wieder aufstehen?«

»Ich würde sagen, bleiben Sie mindestens noch einen Tag im Bett.«

»Ich halt's im Bett nicht aus!«

Der Arzt runzelt die Stirn. »Was haben Sie vor?«

Sie zögert, schließt für einen Moment die Augen. Aber vielleicht ist ja dieser Mann genau der Richtige, um ihr ihre Frage zu beantworten.

»Ich bin auf der Suche nach Dr. Gregor Ebner«, sagt sie

schließlich. »Ich habe gehört, er soll sich in Garmisch aufhalten ...«

Eine Unmutsfalte gräbt sich in Röhrls ohnehin faltenreiche Stirn. Statt gleich zu antworten, sieht er sie ein paar Augenblicke fragend an. »Und warum suchen Sie ihn?«

Susan weiß inzwischen, dass eine offene Antwort bei vielen Deutschen zumindest Unverständnis, meist sogar Ablehnung provoziert.

»Ich bin Mitglied der British Eugenics Society und arbeite im Department of Social Anthropology in Cambridge an einer anthropologischen Studie ...«

»Eugenik«, murmelt Dr. Röhrl und senkt dabei den Kopf.

»Eugenik wird in Deutschland anders verstanden als bei uns in England!«

»Wirklich? Sogar Churchill hält die ›Verrückten‹ für eine Bedrohung der britischen Gesellschaft und ist für Segregation, Abtreibung und Sterilisation.« Röhrl hat den Blick gehoben und sieht Susan herausfordernd an.

»Aber im Unterschied zu den Deutschen vertreten wir in der Eugenics Society keine rassistischen Standpunkte mehr. Und erst recht sind wir nicht für Ausrottung.«

»Ist das so?« Die Miene des Arztes ist nicht fragend, sondern drückt einen fundamentalen Zweifel aus.

»Ja!«, sagt Susan kämpferisch. »Ich jedenfalls bin keine Rassistin und erst recht keine Befürworterin der Rassenvernichtung, wie sie Ihre Landsleute betrieben haben.«

Wieder antwortet Röhrl nicht gleich, blickt Susan nur gedankenvoll an.

»Und was wollen Sie dann von Gregor Ebner?«

»Mit ihm über seine Erfahrungen mit ›Lebensborn‹ sprechen.«

Statt den Kopf zu schütteln, nickt der alte Arzt bedächtig, aber es ist kein zustimmendes Nicken, eher scheint es zu bedeuten, dass er über Susans Ansinnen gründlich nachdenkt.

»Na schön«, sagt er schließlich, ohne dass man seiner Stimme anhört, ob er das gut oder schlecht findet. »Sie wollen also mit ihm sprechen ...«

»Wissen Sie vielleicht, wo er ist?«

»Ja. Im Camp 7.«

»Was ist das?«

»Das Internierungslager der Amerikaner für Nazis.«

**

Das »Weiße Rössl« ist das oberbayrische Pendant zur »Mücke« in München, nur dass es viel größer ist, ein unüberschaubares Labyrinth verschachtelter, ineinander übergehender Kellergewölbe unter dem Filmtheater »Kurlichtspiele« auf der Bahnhofstraße. Die ockergelben Wände der Gewölbe sind mit Sgrafitto-Gemälden bedeckt; sie stellen Szenen aus der Operette dar, der das Lokal seinen Namen verdankt. Runge hat Ernst erzählt, dass sie Anfang der dreißiger Jahre von einem Lüftlmaler namens Heinrich Bickel gemacht wurden, der später auch das Rathaus mit heroischen Bauernfiguren bemalte und deshalb einer der Lieblingsmaler Hitlers war. Das wäre er nie geworden, wenn der »Führer« gewusst hätte, dass Bickel im Innern des »Rössl« Motive der Operette verwendet hat; denn deren Aufführung war von den Nazis verboten worden, weil Autoren und Komponisten des Stücks Juden waren. Viel zu sehen bekommt Ernst von den Sgrafitti nicht, denn wie in der »Mücke« hängen auch hier schwere blaugraue Tabakwolken unter der niedrigen Decke und vernebeln die Sicht.

Das Lokal ist bis fast auf den letzten Platz voll; neben den uniformierten Amerikanern besteht das Publikum aus den gleichen Typen wie in der »Mücke«: Schwarzmarkthändlern, Schiebern, jungen und älteren, kleinen und großen Gaunern. Fast alle sind hinter schweren Bierkrügen in intensive und halblaut geführte Gespräche vertieft. Ein gleichtöniges Geraune vermischt sich mit der Tabakwolke und durchwabert die Räume.

Ernst macht eine Runde durchs ganze Lokal, versucht, in jedes Gesicht zu schauen. Wenn seine Frau hier die Wirtin ist, ist es nicht unwahrscheinlich, dass auch Max Troll sich hier aufhält. Früher oder später wird er ihn hier treffen, deshalb ist er nach Garmisch gekommen. Doch er entdeckt ihn nicht unter den Gästen. Also muss er etwas anderes probieren.

Im Unterschied zum Münchner Nachtlokal gibt es, abgesehen von einem Dutzend Kellnerinnen, nur wenige Frauen. So ist es nicht schwer, die Wirtin zu finden. Sie trägt ein weiß-blaues Dirndl, steht zwischen dem Bierausschank und dem Durchgang zur Küche und überwacht die ebenfalls in weiß-blauen Dirndln gekleideten Kellnerinnen, die Bier aus großen Fässern in Maßkrüge füllen. Aus der Küche kommen alle fünf Minuten andere Kellnerinnen, die schwere bayrische Speisen ins Lokal tragen. Auch auf die an ihr vorbeiziehenden Teller wirft die Wirtin einen prüfenden Blick. Runge wusste, dass man das Essen hier – im Gegensatz zu allen anderen Lokalen – nicht mit Rationierungsmarken zu bezahlen braucht. »Im ›Rössl‹« sagte er, »kriegst du alles ›ohne‹. Die Zenta hat beste Verbindungen zu den Amis und zum Schwarzmarkt …«

Zenta Troll ist eine schöne Frau mit dickem dunklen, zu einem Zopf geflochtenen Haar; der Zopf windet sich wie eine Krone um ihren Kopf, was ihr vornehmes Profil unterstreicht, das an Botticelli-Frauen erinnern könnte, wäre da nicht das deutliche Doppelkinn. Aber, denkt Ernst, sie muss im Unterschied zu den Botticelli-Frauen schließlich schon über Mitte dreißig sein, und ganz offenbar führt sie hier nicht gerade ein asketisches Leben. Während er sie unauffällig beobachtet, überlegt er, ob er sie in seiner Münchner Zeit schon einmal gesehen hat, ob sie sich schon einmal begegnet sind. Er weiß es nicht genau, hat nur noch Erinnerungen an die wenigen Zusammentreffen mit ihrem Mann, Max Troll, dem Spitzel »Theo«. Er ist sich fast sicher, dass »Theo« immer alleine war, wenn sie miteinander zu tun hatten – und das war ausschließlich bei der Übergabe von Flugblättern. Es hat also praktisch überhaupt keine Gelegenheit für eine Begegnung mit Zenta gegeben. Aber wer weiß, vielleicht hat sie ihn einmal gesehen, ohne dass er das mitbekommen hat. Er muss vorsichtig sein.

Für seine Beobachtung hat er sich einen freien Platz an der Ecke eines Tischs ausgesucht, an dem einige GIs ungeheuerliche Schweinshaxen verzehren. Eine Kellnerin setzt ihm einen Maßkrug hin. Er trinkt bedächtig und überlegt, wie er es am besten anstellt, mit Zenta Troll ins Gespräch zu kommen. Als der Krug halb leer ist, ist ihm nichts Besseres eingefallen, als es mit seinem guten Aussehen, dem von seinem Vater geschneiderten Tweedanzug, seinem Charme und dem Tipp, den Runge ihm gegeben hat, zu versuchen und dabei keine einzige Sekunde lang an Max Troll zu denken. Er steht auf, geht auf den Bierausschank zu und stellt sich neben Zenta Troll.

»Sie sind wohl zu beschäftigt, um mit mir etwas zu trinken?«

Sie sieht ihn kokett von der Seite an. »Bandeln Sie immer so direkt an?«

»Bandel ich an?« Er lächelt. »Ist mir gar nicht bewusst.«

»Schaut schon danach aus.« Sie wendet den Blick kurz von ihm ab, kontrolliert den nächsten an ihr vorbeischwebenden Haxen-Teller.

»Eigentlich wollte ich bloß was Geschäftliches mit Ihnen besprechen.«

»Ach ja?« Sie lächelt verschmitzt, doch ihr Blick wird aufmerksam.

»Und zwar wollte ich fragen, ob in einer Ihrer nächsten Runden vielleicht noch ein Platz frei ist.«

»Darum geht's.« Sie schaut ihn jetzt genauer an, scheint abzuschätzen, ob er genug Geld hat. Denn Runge wusste, dass bei den Pokerrunden, die sie in ihren Wohnräumen im ersten Stock über dem »Weißen Rössl« veranstaltet, die Einsätze ziemlich hoch sind. »Na schön, einem Mann in einem solchen Anzug kann man nichts abschlagen. – Morgen spät, wenn hier Schluss ist?«

»Einverstanden, freut mich«, grinst Ernst. »Und ein bisschen anbandeln können wir dann immer noch ...«

»Nur nicht frech werden!« Sie lacht, und die Spitze ihres rot lackierten Zeigefingers richtet sich gegen seinen Bauch.

Beim Hinausgehen stößt er an einen Tisch, sodass die Bierkrüge darauf zu wackeln beginnen. Er bleibt stehen, entschuldigt sich bei den beiden am Tisch sitzenden Männern. Einer von ihnen ist ein amerikanischer Offizier – ein Major, wie man an seinem siebenblättrigen goldenen Rangabzeichen ausmachen kann. Ihm gegenüber sitzt der pomadierte Typ mit der langen Oberlippe, der ihm am Nachmittag bei dem Unfall auf der Landstraße nach Garmisch begegnet ist. Der erkennt ihn wieder und winkt lässig ab.

»Nichts passiert, das Bier ist noch drin.«

»Na Gott sei Dank«, sagt Ernst verbindlich. »Ist übrigens alles gut gegangen mit der jungen Frau von heut Nachmittag?«

»Bestens«, antwortet der Pomadierte. »Unser Hausarzt hat sie genäht und gut versorgt. Jetzt ruht sie sich bei uns aus.«

»Das ist gut zu hören. – Ihnen noch einen schönen Abend.«

»Ihnen auch.«

Ernst wendet sich ab und fragt sich beim Weggehen, was in einer Kaschemme wie dem »Weißen Rössl« der zwischen dem Pomadierten und dem amerikanischen Major auf dem Biertisch liegende augenscheinlich neue und teure Fotoapparat zu bedeuten hat.

✳✳✳

Ein energisches Klopfen an seine Zimmertür reißt Josef aus einem schweißgetränkten, unruhigen Schlaf. Ohne sein »Herein« abzuwarten, platzt die Tür auf.

»Josef, wir brauchen dich! Zieh dich rasch an, ich wart vor der Garage auf dich.« Die Stimme des Katers, ungewohnt aufgeregt. Die Zimmertür schließt sich wieder.

Josef sieht zum offenen Fenster hinaus. Es ist stockdunkel draußen. Dann schaut er auf die Uhr. Halb drei in der Nacht. Er hat gerade ein paar Stunden geschlafen.

Vor der Garage warten der Kater und ein schwergewichtiger Mann, dessen Gesicht Josef nicht erkennen kann, weil er im Schatten der Beleuchtung über dem Villeneingang steht. Der Kater gibt ihm ein Zeichen, den Mercedes herauszusetzen. Josef, der den Autoschlüssel immer bei sich hat, fährt den Wagen rückwärts hinaus, hält und wartet, bis der Kater ein Päckchen im Kofferraum verstaut hat und die beiden Männer schließlich im Fond sitzen.

»Zuerst geht's mal nach Mittenwald«, sagt der Kater. »Dann schauen wir weiter.«

Josef fährt den Berg nach Garmisch hinunter. Natürlich ist es verboten, nachts mit dem Auto herumzufahren. Aber inzwischen ahnt er, dass für den Kater und auch für sein Auto in und um Garmisch herum nichts verboten zu sein scheint. Hinter sich hört er, wie die gläserne Trennscheibe, die den Fond vom vorderen Bereich des Mercedes abtrennt, zugezogen wird. Der Kater will ungestört sein. Er kann nicht wissen, dass Josef über einen ganz ausgezeichneten und bei den vielen mit seinem Großvater unternommenen Jagdausflügen zusätzlich trainierten Gehörsinn verfügt. Er kann den Schrei eines Marders oder Fuchses auf mehrere hundert Meter nicht nur hören, sondern kann auch bestimmen, um welches Tier es sich handelt. Deshalb bekommt er, von der Scheibe kaum gefiltert, jedes Wort des Streits zwischen den beiden Männer mit, den sie offenbar nur unterbrochen haben, während er das Auto aus der Garage setzte. Jetzt glauben sie sogar, laut werden zu können.

»Ein Blödsinn ist das!« Josef erkennt die für einen so massiven Mann zu helle Stimme des Fremden, der am vergangen

Abend mit Hubertus und Lüder in der Gartenlaube saß. »Als wenn die Amis auf so was reinfallen würden!«

»Es ist der feinste Stoff! Alter Grappa! Die stehen auf so was, die haben ihren ewigen Bourbon satt! Du wirst sehen! Die reißen sich um die zwei Fässer, die wir ihnen schenken. Und den Rest kriegen wir für einen Superpreis verscherbelt.«

»Es geht doch um ein ganz anderes Geschäft! Und nicht um so einen Kleinkram.« Die Stimme des Massigen überschlägt sich.

»Kleinvieh macht auch Mist. Und mit dem Grappa sorgen wir für die richtige Stimmung, um unser eigentliches Ding in Ruhe durchziehen zu können.« Der Kater hat zur gewohnten Ruhe und zu seiner geschmeidigen Stimme zurückgefunden.

»Trotzdem!« Der andere ist aufgebracht, will sich nicht beruhigen lassen. »Das ist Zeitverschwendung, was wir hier machen! Statt nach Tirol zu fahren, sollten wir heute Nacht mit unseren Leuten auf dem Klausenkopf sein!«

»Du kapierst es einfach nicht, Fritz.« Der Kater lässt sich nicht auf den zänkischen Ton des anderen ein, bleibt ruhig und geduldig. »Wir müssen Snapp und seine Leute einwickeln. Mein Leica-Vorrat ist bald aufgebraucht, von unserem Heroin gebe ich ihnen nichts ab, also brauchen wir was anderes zum Schmieren.«

»Doch nicht mit zwei lächerlichen Hundert-Liter-Fässern Grappa!«

»Fürs Erste reicht das. Erstens sind heut Abend alle Amis besoffen. Und zweitens binden wir mit so einem kleinen Geschenk Snapp noch enger an uns, und er hält uns dafür, wenn's darauf ankommt, den Rücken frei vor diesem Geheimdienstmann, DuBois, oder wie der heißt.«

»Eben!« Der andere schreit jetzt. »Eben weil der uns so dicht auf den Fersen ist, hätten wir heute schon auf den Klausenkopf fahren müssen! Du kapierst meine Situation nicht, Hubertus! Für mich wird's eng! Dieser Nazijäger in der Kommandantur, dieser Captain Korner, der kann jeden Augenblick zuschlagen und –«

»Jetzt mach dir nicht ins Hemd, Fritz! Korner ist von Snapp abhängig, deshalb müssen wir erst mal Snapp ruhigstellen.«

»Korner macht, was er will! Wenn der Kohle braucht, locht er schnell mal ein paar Nazis ein. Und wenn ich darunter bin, dann fliegt im Nullkommanichts auf, dass ich mit falschen Papieren unterwegs bin. Ich muss so schnell wie möglich an die Kohle und weg von hier kommen, ganz weit weg …«

Die beiden müssen ihr Gespräch unterbrechen, denn vor dem Scheinwerfer des Mercedes ist ein amerikanischer Militärlastwagen aufgetaucht, der mit laufendem Motor und eingeschaltetem Licht am Straßenrand vor der Ortseinfahrt von Mittenwald steht.

Josef hält an. Der Kater schiebt die Trennscheibe zurück und weist ihn an, auf ihn zu warten. Dann steigt er aus, geht zum Lastwagen und spricht mit dem Fahrer. An den gelben Markierungen auf der Plane des Lkw kann Josef erkennen, dass er zum G-2-Korps der 3. US-Armee gehört, dem in Garmisch stationierten Korps. Nach ein paar Minuten kehrt der Kater zurück, sagt Josef, er solle sich mit dem Mercedes vor den Lastwagen setzen, der würde ihnen folgen. Es gehe nach Tirol, er würde Josef den Weg zeigen. Statt nach hinten in den Fond setzt er sich auf den Beifahrersitz neben ihn.

Bis auf die Hinweise des Katers zur Strecke verläuft die Fahrt schweigend. Kurz vor Scharnitz passieren sie die Grenze zu Österreich; der Schlagbaum ragt in den nächtlichen Himmel, weder auf der einen noch auf der anderen Seite lassen sich Grenzposten blicken. Staatliche Macht existiert nicht mehr. In Osttirol wie in Oberbayern herrscht allein die 3. US-Armee. Die Scheinwerfer des Mercedes schneiden eine helle Schneise durch die Dunkelheit vor ihnen, die düsteren Berge rechts und links der im Tal verlaufenden Straße kann man nur erahnen. Kein einziges Fahrzeug begegnet ihnen. Josef muss sich zurückhalten und nicht zu schnell fahren, damit der sehr viel langsamere Militärlaster hinter ihnen den Kontakt nicht verliert. Sie passieren Seefeld, bis in den Krieg hinein der beliebteste Skiort Tirols; jetzt wirkt er wie ausgestorben, alles ist verdunkelt. Josef erinnert sich an Garmischer Gerüchte, dass vor ein paar Monaten ein Transport mit fast tausendsiebenhundert von den Nazis aus dem KZ Dachau evakuierten Juden hier strandete, weil die Bahnstrecke in Reith zerstört war. Sie mussten zu Fuß von dort nach Seefeld zurückkehren, von wo aus man sie am nächsten Tag mit dem Zug nach Mittenwald transportierte. Eine ganze Reihe von Häftlingen soll den Fußmarsch nach Seefeld nicht überstanden haben.

Hinter Reith und Leithen steigt die Straße an, führt über ein, zwei Serpentinen hinauf nach Zirl. Hinterm Ortseingang dirigiert der Kater Josef durch ein Gewirr kleinerer Straßen, gibt ihm vor dem Tor einer großen Fachwerkscheune ein Zeichen, dass sie am Ziel sind, lässt ihn noch ein paar Meter weiterfahren, steigt dann aus dem Wagen und sagt Josef, er solle im Auto bleiben und auf ihn und Rauch warten. Es ist das erste Mal, dass Josef den Nachnamen des massigen Fremden hört. Rauch, hieß so nicht der Gestapochef von Garmisch?

Der Mercedes steht so, dass Josef nicht sieht, was hinter ihm am Scheunentor passiert, vor dem jetzt der Militärlaster hält. Er muss den Rückspiegel drehen, um beobachten zu können, wie die beiden Flügel des Tores aufklappen, zwei Paar Männer aus dem finstern Innern der Scheune ein gewaltiges Holzfass nach dem anderen herausrollen und dann auf die Ladefläche des Lkw hieven. Der Kater und Rauch stehen abseits wie Kontrolleure und machen keine Anstalten, den schwer schuftenden Männern zu helfen. Nach dem vierten Fass tritt ein weiterer Mann aus dem Dunkel der Scheune, begrüßt den Kater und Rauch mit Handschlag; sie stecken die Köpfe zusammen und beginnen ein Gespräch. Was sie sagen, kann Josef aus dem Wageninneren nicht hören, aber an ihren knappen Gesten kann er erkennen, dass es nicht um irgendwelchen Small Talk geht, sondern dass sie etwas verhandeln. Es dauert nicht lange. Als das fünfte Fass im Lkw ist, kommt der Kater auf den Mercedes zu, holt das Päckchen, das er vor der Fahrt im Kofferraum verstaut hat, heraus und reicht es dem Mann aus der Scheune. Ein Deal, denkt Josef. Wenn es stimmt, was man über Hubertus von Blücher sagt, haben hier gerade ein oder zwei Kilo Heroin den Besitzer gewechselt.

DRITTER TAG

Die ersten Sonnenstrahlen, die durchs Fenster fielen, haben sie geweckt. Und die Hitze, die schon am frühen Morgen herrschte, hat sie aus dem Bett getrieben. Sie ist solche Temperaturen nicht gewohnt. Die Suche nach einem Duschraum auf dem engen Flur des Mansardengeschosses der Villa war vergeblich. Es gibt hier weder eine Dusche noch ein Bad, lediglich eine winzige Toilette. Und hinunter in die unteren Stockwerke der Villa zu gehen hat sie sich nicht getraut; die Bewohner des Hauses schienen noch nicht wach zu sein, und sie wollte niemanden stören. Also begnügt sie sich mit einer Katzenwäsche am kleinen Wasserbecken ihres Zimmers, zieht sich an, trinkt ein Glas Wasser und kramt den Aktenordner mit den Unterlagen über den Lebensborn-Verein aus ihrem Gepäck, das der freundliche blonde Junge gestern für sie hier hinaufgeschleppt hat.

Was ihr jetzt zum ersten Mal auffällt, ist, dass der eigentliche Zweck des von Heinrich Himmler 1933 ins Leben gerufenen SS-Vereins nicht in erster Linie die von ihm propagierte »Menschenzucht« war, sondern zuerst einmal nur die Vermehrung der Menschen. »Das Volk, das sehr viele Kinder hat«, liest sie in einer Rede Himmlers, »hat die Anwartschaft auf die Weltmacht und die Weltherrschaft. Ein gutrassiges Volk, das sehr wenig Kinder hat, besitzt den sicheren Schein für das Grab.« Es ging also um die rasche Vermehrung »gutrassiger« Menschen – rasch deshalb, weil man für die baldigen, zur »Weltherrschaft« führenden Kriege Soldaten brauchte. Die größten Hindernisse für diese Vermehrung sahen Himmler und der Nazi-Chefideologe Alfred Rosenberg in der Homosexualität und in den Abtreibungen. An der Homosexualität konnte man nichts ändern. Gut, man konnte die Homosexuellen ins KZ stecken, aber zur

Vermehrung des Volkes trugen sie auch dort nichts bei. Also musste man sich daran machen, die Abtreibungen zu verhindern. Bis zu achthunderttausend im Jahr zählte der Reichsführer SS. Dazu noch jährlich dreihunderttausend Frauen, die durch unsachgemäße Eingriffe unfruchtbar wurden, also für die Produktion »gutrassigen« Nachwuchses ebenso nicht mehr in Frage kamen wie die bis zu vierzigtausend Frauen, die an den Folgen einer unsachgemäßen Abtreibung starben. Also mussten Abtreibungen verhindert, unehelicher Geschlechtsverkehr legalisiert werden. In »germanischer Vorzeit« sei unehelicher Geschlechtsverkehr erlaubt gewesen, doch auch dabei sei man dem Gesetz des »nordischen Blutes« gefolgt, schreibt Himmler. Nur Frauen und Männer »wertvoller« Rassen seien »einander nähergetreten«. 1934 rief er seinen SS-Männern zu, sie hätten umsonst gekämpft, wenn sie dem politischen Sieg nicht »den Sieg der Geburten des guten Blutes« hinzufügten. – Sollten die Lebensborn-Heime also Zuchtstätten des »guten Blutes« sein? Nicht direkt. Zuerst einmal waren sie nichts anderes als Heime für unehelich schwangere Frauen und der Lebensborn ein Verein, der sich dort scheinbar samariterhaft um sie kümmerte, um Abtreibungen zu verhindern.

Susan blickt von ihrem Aktenordner auf, kramt ihr Päckchen Chesterfield und das Sturmfeuerzeug aus ihrer Tasche, zündet sich eine Zigarette an und schaut rauchend zum Fenster hinaus. Wieder ein so sonnendurchfluteter Tag wie die letzten beiden! Und ein ebenso heißer. Jetzt schon, es ist gerade kurz nach sieben, vibriert die warme Luft, lässt den Blick auf die gegenüberliegenden, dicht bewaldeten Berge zu einer Art Fata Morgana werden. Mit ihrer Gehirnerschütterung, hofft sie, hat das nichts zu tun. Der tiefe Schlaf in der vergangenen Nacht scheint etwas bewirkt zu haben. Der Kopfschmerz und das Schwindelgefühl sind verschwunden, jedenfalls hat sie beim Aufstehen nichts mehr davon gespürt. Das gesunde Leben der letzten Jahre in Batsford Park, das tägliche Reiten und Schwimmen, scheint sich jetzt auszuzahlen. Während sie zum Fenster hinaus und zu den Bergrücken hinüberschaut, denkt sie über den Unterschied zwischen der Auffassung von Eugenik, die sie in dem auf ihrem Schoß liegenden Aktenordner gesammelt hat, und der Idee von Eugenik nach, die ihr Doktorvater Lawson und sie haben. Nicht zum ersten Mal überdenkt sie die gegensätzlichen Positionen, aber jetzt, wo sie ihrem Ziel immer näher kommt, nimmt sie noch einmal einen neuen Anlauf, versucht, die Konturen zu schärfen.

Im Gegensatz zu Gobineau und Chamberlain geht es ihr und Lawson nicht um einen Überlebenskampf verschiedener Rassen. Es geht ihnen auch nicht um die Durchsetzung eines wie auch immer definierten »gesunden Erbgutes«. Mit dem Begriff der »minderwertigen« Rassen, der Vermeidung von »Rassenmischung« und der Durchsetzung von »Rassenreinheit« durch »künstliche Selektion« haben sie nichts am Hut. Überhaupt haben sie mit »Rasse« nichts zu tun. Doch so wie auch Darwins Überlegungen von der Zucht domestizierter Tiere ausgingen, sind auch sie fasziniert von der Möglichkeit der Optimierung von Menschen durch eine wie auch immer vonstattengehende Zucht.

Motorengeräusche von draußen unterbrechen ihre Gedanken. Sie sieht, wie der Mercedes ihres Gastgebers vor dem Eingangstor der Villa wendet, dann rückwärts vor die Garage fährt und dort hält. Hubertus von Blücher und ein ihr fremder Mann steigen aus; der Fremde verabschiedet sich von Blücher, läuft zurück zur Straße, Blücher geht ins Haus. Das Auto setzt zurück in die Garage. Wenig später kommt der blonde Junge heraus, streckt und räkelt sich und geht dann mit zur Entspannung ausgebreiteten Armen der Sonne entgegen in den Garten. Susan hat eine Idee und sucht nach ihren Schuhen.

Der Junge sitzt auf einer Gartenbank, hat seine Arme auf deren Rückenlehne ausgestreckt und blinzelt schläfrig in die Sonne.

Als er Susans Schritte hört, erschrickt er ein wenig, doch dann lächelt er sie an.

»Sie scheinen müde zu sein«, beginnt sie und erwidert sein Lächeln.

»Ja, bin die halbe Nacht gefahren.« Der Junge grinst offen und scheint geschmeichelt, dass Susan ihn hier auf der Gartenbank anspricht.

»Oh«, sagt sie mitfühlend. »Dann bin ich mit meinem Wunsch ja nicht am Richtigen. Dann wollen Sie sich jetzt doch bestimmt lieber hinlegen?«

»Was denn für ein Wunsch?«

Susan winkt ab. »Lassen Sie. Das hat auch Zeit. Ruhen Sie sich erst mal aus, und dann spreche ich Sie noch mal an.«

»Jetzt sagen Sie schon! Soll ich Sie irgendwohin fahren? Sie haben ja schließlich im Augenblick kein Auto mehr.«

Sie zögert einen Moment und nimmt sich vor, jetzt nicht kokett zu sein. Der Junge ist sehr jung. »Das würden Sie wirklich tun?«

»Ja, natürlich. Solange ich Sie nicht nach München fahren soll.«

»Nein. Es ist hier in Garmisch. Das Camp 7.«

»Das Camp 7? Die Gebirgsjägerkaserne unten an der Zugspitzstraße Richtung Reutte? Sind Sie sicher?«

»Ich glaube schon.«

»Aha?« Die Miene des Jungen signalisiert Erstaunen, aber auch eine Spur von Distanz. »Was wollen Sie denn dort?«

»Jemanden besuchen, um mit ihm zu sprechen.«

Der Junge presst die Lippen zusammen und hebt die Schultern. »Das geht nicht. Die lassen niemanden dort unten rein. Es sei denn, Sie melden sich vorher bei Captain Korner an und lassen sich einen Genehmigungsschein ausstellen.«

✳✳✳

»Herrschaftszeiten! Hast du einen Appetit!«

Fast bewundernd sieht Runge zu, wie Ernst sich die dritte Semmel mit zwei Scheiben Schinken belegt und dann noch eine Käsescheibe obendrauf packt. Ernst hält inne, er hat nicht daran gedacht, dass der andere ihn beobachtet, jetzt ist ihm die Situation peinlich.

»Braucht dir nicht unangenehm sein, Ernst«, sagt Runge mit gutmütiger Selbstgefälligkeit. Seine Frau ist vor einer halben Stunde zur Arbeit gegangen, und er darf jetzt sagen, was er will. »Wenn ich was für alte Genossen tun kann, dann tu ich das gerne. Bei allem, was du in Buchenwald durchmachen musstest.«

Ernst nickt. Er hat Runge überhaupt nichts über Buchenwald erzählt und hat es auch nicht vor. Aber seine Worte helfen ihm über das Gefühl der Peinlichkeit hinweg. Er beißt in die Semmel und isst.

»Hast du denn gestern im ›Weißen Rössl‹ jemanden gefunden?«

Ernst schüttelt den Kopf, kaut weiter, will nicht mit vollem Mund sprechen.

»Hast du denn wenigstens mit der Zenta gesprochen? Hat sie dich wiedererkannt?«

Ernst nickt und schluckt den letzten Bissen hinunter. »Ja, ich hab mit ihr gesprochen. Aber sie konnte mich gar nicht wiedererkennen, weil wir uns damals in München nie begegnet sind.«

»Aber sie konnte dir weiterhelfen bei deiner Suche nach den Genossen, die es nach Garmisch verschlagen hat?«

»Sie ist da eher ziemlich zurückhaltend …«

»Kann ich mir vorstellen«, sagt Runge. »Die Amis sind keine großen Kommunistenfreunde. Und Zenta ist auf die Amis angewiesen. Die haben ihr die Konzession verschafft, und mit einem von ihnen steckt sie auch, wie ich gehört habe, ein bisschen enger unter einer Decke.«

»Das erklärt es doch«, sagt Ernst.

»Tja, schade«, sagt Runge und stemmt sich vom Küchentisch hoch. »Ich muss jetzt los ins Amt.«

»Hast du was dagegen, wenn ich dich begleite?«, fragt Ernst. »Ich hab da vielleicht eine Idee.«

Vom Haus der Runges in der Partnachstraße bis zum Rathaus sind es nur ein paar hundert Meter. Ernst und Runge gehen nebeneinanderher. Auf der links abbiegenden Enzianstraße ist nicht viel los, doch dann auf der Bahnhofstraße herrscht auf dem Bürgersteig dichter Fußgängerverkehr. Sie müssen beim Sprechen die Lautstärke drosseln.

»Ich weiß wirklich nicht, ob ich dir da weiterhelfen kann, Ernst.« Runges Stimme bewegt sich in der tiefsten Tonlage subalternen Bedenkenträgertums.

»Aber du bist doch jetzt der Vorsteher der Meldestelle!«

»Das schon. Aber ich hab dir auch erzählt, dass die Amis mich dazu gemacht haben – weil ich kein PG war.«

»Na und?«

»Nur weil ich nicht in der Partei war, heißt das nicht, dass die Amis mir nicht bei allem, was ich auf dem Amt tue, auf die Finger schauen! Da kann ich nicht so einfach mal alle Meldekarteien durchstöbern …«

»Warum nicht? Das gehört doch zu deinem Job.«

»Eben nicht. Nicht mehr. Das hat mein amerikanischer Chef, Captain Korner, an sich gezogen. Wenn der mitkriegt, dass ich die Melderegister durchgehe, wird er misstrauisch.«

»Verstehe ich nicht.«

Runge gibt einen verzweifelten Anblick ab, er windet sich wie ein Aal in der Reuse. »Ach, Ernst! Das ist zu kompliziert. Das kann ich dir nicht so einfach erklären.«

»Sitzt dieser Captain Korner in deinem Büro?«

»Nicht immer. Er kommt ein-, zweimal am Tag herein, schaut mir über die Schulter und gibt mir Aufträge.«

»Und ist er da, wenn du jetzt reinkommst?«

Runge bleibt stehen. Ein nervöses Zucken bringt die Fettschichten in seinem Gesicht zum Zittern. Ganz die Untertanenseele, als die Ernst ihn in Erinnerung hat. »Ernst, ich bitte dich! Du bringst mich in Teufels Küche!«

Ernst schaut ihn ausdruckslos an, zieht aus der Innentasche seines Anzugsjacketts ein grünes Ausweisdokument und reicht es Runge. »Würde das eventuell helfen?«

Runge nimmt den Ausweis, schlägt ihn auf, studiert ihn; seine Augenbrauen wandern in die Höhe.

Es ist ein Dokument, das Ernst Fleck als Mitglied des *Military Intelligence Service* beim Generalstab der 3. US-Armee ausweist. Ein Geschenk von Ernsts Genossen Meier, das der sich wiederum vorausschauend bei seinen Ritchie-Boy-Freunden besorgt hatte.

Runge sieht Ernst so ehrfürchtig an, dass man meinen könnte, er würde gleich vor ihm salutieren: »Warum hast du mir das nicht gleich gesagt?«

***

Der Schub des anfahrenden Autos drückt sie sanft zurück in die weichen Lederpolster. Unfreiwillig gibt sie einen kleinen Juchzer von sich.

»Das ist ja phantastisch! In einem solchen Auto bin ich noch nie gefahren!«

»Das glaube ich«, antwortet ihr jugendlicher Fahrer, der sich ihr nur mit seinem Vornamen, Josef, vorgestellt hat. Daraufhin beließ auch sie es dabei, ihm bloß ihren Vornamen zu sagen. »Davon gibt es auch nur um die hundert auf der Welt«, sagt Josef. »Und an Privatpersonen ist es so gut wie nie verkauft worden.«

»Und wieso fahren Sie beziehungsweise die von Blüchers dann so ein Auto?«

»Nun ja, ein Geschenk von Major Snapp, dem *Town Major* von Garmisch, also dem Ortskommandanten.« Josef grinst.

»Ein Geschenk? Das verstehe ich nicht. Vor ein paar Tagen noch waren die Amerikaner die Feinde der Deutschen, und jetzt beschenken sie sie?«

»Nicht alle. Zuerst musste Major Snapp das Auto hier natürlich dem Feind abnehmen, requirieren nennt man das, glaube ich. Es hat einem hohen Nazi gehört, dem Gauleiter von Bayern. Und natürlich konnte Snapp es erst dann weiter an einen neuen deutschen Freund verschenken.«

Susan muss über die Ironie ihres Fahrers lachen. »Und wieso sind die von Blüchers Freunde des Majors?«

»Tja. So genau weiß ich das auch nicht. Aber ich nehme an, sie machen ganz gute Geschäfte miteinander. Im Dorf kursiert das Gerücht, dass sich Hubertus von Blücher um den Privatverkauf der von Snapp requirierten Autos kümmert. Das sind bisher ein paar hundert gewesen. Sie machen halbe-halbe, sagt man. So ein ähnliches Geschäftsmodell hat übrigens auch Captain Korner, der Mann, zu dem wir jetzt unterwegs sind. Erzählt man sich jedenfalls im Dorf ...«

»Ach ja? Und wer ist dieser Captain Korner?«

Josef kann nicht gleich antworten, muss sich auf den Verkehr konzentrieren. Sie sind den steilen Hügel von der Blücher-Villa hinuntergefahren und stoßen jetzt nach ein paar Kurven auf die Hauptstraße von Partenkirchen, und die ist verstopft. Er hat Mühe, sich mit dem langen Wagen einzufädeln. Eine Unzahl amerikanischer Militärfahrzeuge, darunter auch einige mittelschwere Panzer, bewegt sich Stoßstange an Stoßstange im Schritttempo in Richtung Stadtmitte. Als er es geschafft hat, sich hinter einem offenen Jeep mit vier amerikanischen Soldaten einzureihen, beantwortet er Susans Frage nach Captain Korner.

»Captain Korner ist der Kommandant verschiedener Internierungslager in Garmisch. Davon gibt es mehrere, aber das wichtigste davon ist Camp 7 in der Gebirgsjägerkaserne unten an der Zugspitzstraße. Da sind Nazis und hohe Militärs untergebracht. Und mit denen lassen sich die besten Geschäfte machen.«

»Verstehe ich nicht«, sagt Susan, der angesichts der Erzählungen des Jungen ganz wirr im Kopf wird. Nach allem, was sie bisher im von den Alliierten besiegten und jetzt besetzten Deutschland erlebt und gehört hat, verfolgen die Besatzer – ob Engländer oder Amerikaner – die nationalsozialistischen Funktionäre. Davon, dass man mit ihnen Geschäfte und offenbar ziemlich krumme Geschäfte macht, hat sie bisher nichts mitbekommen.

»Welche Geschäfte?«

»Korner ist der Mann, der die Persilscheine ausstellen kann. So nennt man die offiziellen Bescheinigungen, mit denen bestätigt wird, dass man entweder kein Nazi war oder bloß ein harmloser Mitläufer.«

»Davon habe ich gehört. Es gibt dazu, glaube ich, sogenannte Entnazifizierungskomitees.«

»Genau. Aber Korner kann solche Bescheinigungen auch ohne eine Anhörung und ohne so ein Komitee ausstellen. Dafür will er natürlich Geld.«

»Nein! Das ist ja Korruption.«

»Wenn Sie es so nennen wollen. – Aber richtig zur Sache kommt Korner erst, wenn er knapp bei Kasse ist. Dann geht er in die Meldebehörde, wo wir jetzt gerade auch hinfahren, pickt sich die Nazis aus der Kartei heraus, die er bisher noch nicht verhaftet hat, und schickt dann seine Leute aus, um sie in Camp 7 einzusperren.«

»Warum?«

Josef lacht. »Damit er ihnen einen Persilschein ausstellen kann. Für den sie natürlich ordentlich bezahlen müssen.«

»Das ist ja unfasslich! Dass es so etwas überhaupt gibt.« Susan ist aufrichtig empört. Ihr ist bewusst, dass sie aus einer Familie exzentrischer antisemitischer Reaktionäre mit eindeutigen Sympathien fürs Amoralische, unter anderem eben auch für die Nazis, stammt. Doch sind deren und damit auch ihre Begriffe von Anstand und korrektem, aufrichtigem Verhalten im Umgang der Menschen miteinander ebenso unverrückbar wie im kleinbürgerlichsten anglikanischen Haushalt.

»Und bei einem solchen Menschen muss ich jetzt darum betteln, jemanden in diesem Camp 7 besuchen zu dürfen?«

»Nicht direkt, nein. Die Meldestelle im Rathaus leitet für Korner ein Sachbearbeiter hier aus dem Dorf. Den kenn ich, und der ist in Ordnung. Vielleicht lässt er mit sich reden.«

***

Ernst begutachtet die Meldekarte von Zenta Troll. Geboren in München im April 1910 als Tochter des Schankwirts Alois Bachmeier und seiner Frau Annette. 1932 Heirat mit Max Troll in München. Wegzug aus München im August 1940, im selben Monat gemeldet in Garmisch-Partenkirchen unter der Adresse in der Bahnhofstraße. Von Max Troll gibt es natürlich keine Meldekarte. Aber, kommt Ernst plötzlich ein Gedanke, was wäre, wenn er den Namen gewechselt, sich falsche Papiere besorgt hätte? Er ist Anfang des Krieges, also kurz vor oder im Laufe des Jahres 1940, untergetaucht, hat Emil Meier vermutet. Da würde es passen, wenn er im August 1940 mit seiner Frau Zenta hier aufgetaucht wäre, sich aber mit falschen Papieren gemeldet hätte. Vorher war er in der KPD als Gestapospitzel aufgeflogen, dann auch bei der Gestapo und den Nazis in Ungnade gefallen. Er hat allen Grund für einen Identitätswechsel gehabt. Aber welchen Namen hätte er angenommen? Ernst geht ein paar Schritte weiter zum Karteischrank mit dem Anfangsbuchstaben B. Unter Bachmeier, dem Geburtsnamen von Zenta, findet er eine einzige Karte. Sie ist auf eine fast neunzigjährige Frau in einem Altenheim in der Reintalstraße ausgestellt. Er steckt die Karte zurück, schiebt die Schublade zu und geht vom Aktenraum zurück in die unmittelbar anschließende kleine Meldehalle, in der Runge allein hinterm Empfangstresen sitzt.

Runge dreht sich zu ihm um. »Und, was gefunden?«

»Nichts.« Ernst schüttelt bedauernd den Kopf. Sein Bedauern ist so echt, dass es noch für die nachfolgende Lüge ausreicht. »Nichts. Bin alle Namen, die Meier mir genannt hat, durchgegangen, aber kein einziger Treffer …«

Runge lehnt sich in seinem Stuhl zurück, kreuzt die Arme vor seinem schweren Bauch, denkt nach. »Vielleicht haben sich die Genossen gar nicht hier, sondern in einer Nachbargemeinde gemeldet, in Oberau oder Oberammergau …«

»Warum hätten sie das tun sollen?« Ernst ist froh, dass Runge sich so ernsthaft auf seine Geschichte einlässt.

»Na, das ist dir vielleicht gar nicht so klar, aber Garmisch-Partenkirchen war immer schon eine Nazihochburg. Es ist gerade mal drei Wochen her, da hat der Bürgermeister mit mehr als hundert Leuten im ›Alpenhof‹ noch Hitlers sechsundfünfzigsten Geburtstag gefeiert. Welcher Kommunist hätte sich hier schon gerne aufgehalten?«

Ernst nickt und denkt darüber nach, wie es kommt, dass Runge, der schließlich auch mal ein Kommunist war, damit offenbar keine Schwierigkeiten hatte. Sowohl sein Gedanke wie das Gespräch werden unterbrochen, denn die Tür zur Meldestube geht auf, und herein kommt der blonde Junge, der gestern mit dem schweren Mercedes den Unfall auf der Landstraße verursachte. Hinter ihm taucht die Frau auf, die nach dem Unfall benommen und mit einer Platzwunde am Kopf auf dem Rasenstreifen lag und felsenfest behauptete, ihr ginge es gut.

»Grüß Gott, Jürgen«, sagt der Junge. »Ich hab eine Bitte …«

»Nur zu.«

»Das hier ist Susan, Susan ähm …«

»Mitford«, sagt die Frau.

»Susan Mitford ist Engländerin und arbeitet an einem wissenschaftlichen Projekt der Universität Cambridge und möchte dazu jemanden im Camp 7 befragen …«

»Absolut unmöglich!« In Runges Stimme vibriert die Autorität seines hoheitlichen Amtes. So hat Ernst ihn bisher noch nicht erlebt. »Das kann ich unmöglich selbst entscheiden. Frau Mitford muss einen schriftlichen Antrag an den zuständigen amerikanischen Kommandanten stellen.«

»Aber Jürgen! Lässt sich da nicht …?«

Statt dem Jungen zu antworten, bückt sich Runge, zieht ein Formular aus einer Lade seines Empfangstresens und reicht es ihm. »Hier. Ausfüllen. Und dann geb ich es weiter an Captain Korner. Kann aber dauern, sag ich jetzt schon. Mehr kann ich im Augenblick nicht für dich tun, Josef.«

»Na gut, aber ich meine, Frau Mitford hat es ein bisschen eilig und …«

Ernst bekommt den darauffolgenden Wortwechsel zwischen Runge und dem Jungen nicht mehr mit, denn sein Blick und der der Engländerin haben sich getroffen und ineinander verfangen. Er kann sich nicht mehr von ihr abwenden, und sie kann offenbar auch nicht anders, als ihn anzuschauen. Fassungslosigkeit zeichnet sich in ihrer Miene ab, und ihm ist, als habe er aufgehört zu atmen. Ist das dieselbe Frau, die gestern vor ihm auf dem Rasen lag?

Dann ist dieser ewige Augenblick vorüber. Er hat das Gefühl, als tauche er aus großer Tiefe wieder auf und müsse nach Luft ringen, im selben Moment schämt er sich, sie so lange fixiert zu haben, und auch sie wendet, fast erschrocken, ihr Gesicht ab, schaut zur Seite. Als sie schließlich mit ihrem Chauffeur die Amtsstube verlässt, dreht sie sich noch einmal nach ihm um. Wieder treffen sich ihre Blicke für einen kurzen Moment, dann schließt sich die Tür hinter ihr.

»Was die Leute manchmal für Vorstellungen haben, man könnte meinen …«, sagt Runge.

Ernst hört nicht mehr, wie der Satz weitergeht. Der riesige Mercedes steht auf dem Parkplatz ein paar Meter vor dem Eingang des Rathauses. Am Steuer der Junge, neben ihm auf dem Beifahrersitz die Engländerin. In dem Moment, in dem er den Motor anlässt, ist Ernst auf seiner Seite und klopft an die Scheibe. Der Junge lässt sie herunter.

»Ich hätte vielleicht eine Möglichkeit, wie man den Papierkram umgehen könnte«, sagt Ernst und schaut dabei zur Engländerin.

Sie lächelt ihn an. »Ach wirklich?«

»Als Mitglied des Military Intelligence Service habe ich Zutritt zu allen Einrichtungen der 3. US-Armee, also auch zum Camp 7.«

Der Blick der Engländerin wandert zu ihrem Chauffeur.

Der zuckt die Schultern. »Ich kann euch da hinfahren. Aber nur hin. Muss danach gleich weiter.«

»Einverstanden.« Die Engländerin strahlt.

»Dann steigen Sie ein«, sagt der Junge zu Ernst.

***

Der Wagen hält am Ortsausgang von Garmisch vor einem beidseitig mit Wachhäuschen bewehrten Tor. Es ist der einzige Eingang zu einem weitläufigen Kasernengelände, das von einem hohen Stacheldrahtzaun und mit bewaffneten GIs besetzten Wachtürmen umgeben ist. Hinter fünf massiven zweistöckigen Mannschaftsgebäuden und einer Reihe von Verwaltungs- und Versorgungsbauten glitzert ganz nah die schneebedeckte Zugspitze in der Morgensonne; es sieht aus, als erhöbe sich der Berg nur einen Steinwurf von den Gebäuden entfernt für ein Postkartenmotiv.

Auf dem Gelände ist eine Menge von Männern unterwegs, in Zweier- oder Dreiergruppen gehen sie spazieren, unterhalten sich dabei, bleiben stehen, disputieren, gehen dann weiter. Manche halten sich in der Nähe des Zaunes auf, stehen dort, meist alleine, schauen hinaus, scheinen auf etwas oder jemanden zu warten. Viele der Männer tragen Wehrmachtsuniformen, von denen die Rang- und Hoheitsabzeichen entfernt worden sind. Fast alle rauchen. *Camp for Civil Internees 7* liest Susan auf einem Schild am geschlossenen Gittertor, und darunter auf Deutsch und auf Englisch die Warnung, dass der Zutritt verboten ist und bei Missachtung von Schusswaffen Gebrauch gemacht wird. Sie klettert aus dem Wagen und dankt Josef hinterm Steuer; der grinst, deutet einen militärischen Gruß an, indem er zwei Finger an seine Stirn führt. »Viel Glück!«

Hinter ihr steigt der Mann im auffällig eleganten Tweedanzug aus, vertritt sich die Beine, als hätte er eine stundenlange Fahrt hinter sich, und zieht sich dabei das Jackett gerade. Er lächelt ihr aufmunternd zu. Sein Lächeln berührt sie, weckt ein kleines Glückgefühl in ihr; obwohl er mager und sein Gesicht hohlwangig ist, geht seit ihrer Begegnung vorhin im Rathaus ein Zauber von ihm aus. Sie kann ihn sich nicht erklären und beschließt, auch nicht nach einer Erklärung zu suchen, sondern einfach abzuwarten, was weiter geschieht. Josef lässt den Motor des Mercedes ein bisschen aufrollen, dann fährt er los. Er ist mit Hubertus von Blücher zu einem Ausflug verabredet, hat er gesagt.

Aus einem der Wachhäuschen kommt ein amerikanischer Militärpolizist mit umgehängter Maschinenpistole auf sie zu, an seiner Miene ist nicht abzulesen, dass ihn die Vorfahrt mit der Staatskarosse irgendwie beeindruckt hätte.

»Wo wollen Sie hin?«, fragt er auf Englisch.

Der Mann im Tweedanzug zieht einen Ausweis aus der Innentasche seines Jacketts, reicht ihn dem Soldaten und sagt in mit einem deutlichen deutschen Akzent behafteten Englisch: »Zum Kommandanten, Captain Korner.«

»Sind Sie angemeldet?«

Er weist auf den Ausweis in der Hand des Soldaten und sagt trocken: »Der Military Intelligence Service braucht keine Anmeldung. Wir kommen meistens unangemeldet.«

Der Soldat wirft einen genauen Blick auf den Ausweis, vergleicht das Foto darin mit dem Gesicht des vor ihm Stehenden. Seine Haltung wird eine winzige Spur straffer. »Bitte warten Sie trotzdem noch einen Augenblick hier. Ich muss telefonieren, und dann holt Sie jemand ab.«

Während sich der GI zurück in sein Wachhäuschen begibt und dort telefoniert, geht Susan einen Schritt näher auf den Mann im Anzug zu.

»Sind Sie wirklich ein so wichtiger Mann?«

Er bemerkt die Ironie in ihrer Stimme und lächelt. »Ach wo. Die Papiere sind gefälscht. Man braucht nur den passenden Auftritt.«

»Ich glaube Ihnen kein Wort.«

»Brauchen Sie auch nicht. Hauptsache ist doch, Sie können gleich Ihren Doktor interviewen, oder?«

Susan ist angesichts dieser Kaltschnäuzigkeit einen Augenblick sprachlos und zögert, ob sie sich jetzt schon für seine Hilfe bedanken soll.

»Sie brauchen sich nicht zu bedanken.« Der andere kann offenbar auch Gedanken lesen. »Ich heiße übrigens Ernst.«

»Ernst?« antwortet Susan. »Ein ernster deutscher Name! – Ich heiße Susan.«

Dr. Gregor Ebner ist ein glatzköpfiger Zyniker, in dessen dicken Brillengläsern das Licht der tief hängenden Deckenbeleuchtung ständig so reflektiert, dass man die Augen dahinter nicht sehen kann. Susan ist sich nicht klar darüber, ob er sich dieses Effekts bewusst ist und er ihn willentlich provoziert; jedenfalls verleiht er Ebners ohnehin höhnischer Miene einen zusätzlichen diabolischen Effekt. Bei jeder Frage Susans lässt er seine heruntergezogenen Mundwinkel verächtlich zucken und signalisiert damit, dass sie weder die Kompetenz noch das Recht dazu hat, ihm diese Fragen zu stellen.

»Wie viele Kinder gab es zuletzt im Heim ›Hochland‹ in Steinhöring?«

»Das weiß ich nicht.«

»Aber Sie waren doch der Leiter dort!«

Ebner presst die schmalen Lippen zusammen und schweigt.

»Fest steht jedenfalls, dass Sie sich in den letzten Monaten vornehmlich dort im Heim aufgehalten haben. Also müssten Sie doch einen Überblick haben.«

»Fragen Sie die Buchhalterin dort. Die müsste es wissen.«

»Das Heim ist, wie ich inzwischen erfahren habe, aufgelöst worden. Ich werde dort niemanden mehr antreffen.«

»Das tut mir aufrichtig leid.« Ebner zog bei dieser Antwort einen bedauernden Flunsch.

»Wissen Sie denn wenigstens, wo die Kinder geblieben sind und wo man sie nach der Auflösung des Heims untergebracht hat?«

Wieder schweigt Ebner mit zusammengepressten Lippen.

»Sie hatten beziehungsweise haben die Verantwortung für diese Kinder!«

Statt einer Antwort lässt Ebner durch eine leichte Drehung des Kopfes seine Brillengläser aufblitzen. Susan wirft einen hilfesuchenden Blick in Richtung des Mannes, der sich ihr eben mit dem Namen Ernst vorgestellt hat. Er sitzt eine Ellbogenweite entfernt neben ihr am Tisch im Verhörzimmer des Camps. Doch der hebt nur leicht die Schulter, sein Gesicht bleibt dabei ausdruckslos. Susan überlegt einen Augenblick, ob sie nicht vielleicht doch Ted Harte, den Leitenden Vernehmungsoffizier des Camp 7, zur Hilfe holen soll, der sich mit Captain Korner das Büro nebenan teilt. Als sie und Ernst vor einer Viertelstunde dort aufkreuzten und der sie als seine wissenschaftliche Assistentin vorstellte, die wegen ihrer Fachkenntnisse das Gespräch mit Ebner führen werde, bot Harte ihnen seine Hilfe an, falls es Probleme geben sollte. Denn Ebner sei ein »verstocktes Stück Scheiße«, ein Nazi durch und durch, schon seit 1931 Mitglied der SS und seit 1939 SS-Oberführer. Er wisse, wie man mit solchen Burschen umgehe. Der joviale fette Captain Korner, der, die Füße auf dem Schreibtisch, Harte gegenübersaß, grinste und nickte bestätigend. Es schien hier Konsens darüber zu herrschen, dass die viertausend internierten Nazis in Camp 7 nicht mit Samthandschuhen angefasst werden.

Die Tür zum Büro nebenan, vor die ein Militärpolizist zur Bewachung Ebners postiert ist, steht einen Spaltbreit offen. Sie braucht nur aufzustehen und hinüberzugehen. Doch Ernst nimmt ihr die Entscheidung ab. Er erhebt sich leicht von seinem Stuhl, stemmt beide Hände auf den Tisch vor sich, beugt sich zu Ebner, sodass sein Gesicht dem des Naziarztes ganz nahe kommt. Obwohl er flüstert, versteht Susan jedes Wort.

»Überleg dir noch mal, Drecksack, ob du nicht doch was ausspucken möchtest. Und zwar alles. Du hast bis morgen Zeit. Dann schicke ich dir jemanden, der dir jedes einzelne Wort aus den Gedärmen prügelt.«

Er setzt sich wieder auf seinen Stuhl, die Hände vor sich, mit den Innenflächen nach unten, nebeneinander auf dem Tisch abgelegt. Ganz ruhig und wie in sich gekehrt schaut er auf sie herab. Susan ist begeistert. Denn Ebners Gesicht ist während Ernsts Ansprache kreidebleich geworden.

***

Josef kennt die Strecke, er fährt sie jetzt schon zum zweiten Mal: die schmale Straße an der Isar entlang, die auf Höhe der Walchenklamm einen leichten Linksknick macht und dann breiter wird, weil auch das Tal, durch das sie führt, sich verbreitert und die bewaldeten Gebirgszüge zu beiden Seiten weiter wegrücken. Nach rund zehn Kilometern passiert er

Lenggries; am Ortsausgang geht es links über einen Feldweg über Almen hinweg hoch bis zum Waldrand. Der Feldweg geht in einen steilen und mit Autos ohne Vierradantrieb kaum zu befahrenden Forstweg über. Die Hitze sowohl draußen wie auch hier drinnen im Wagen ist schon jetzt um die Mittagszeit fast wieder unerträglich. Seine Hände schwitzen, das Hemd klebt am Leder des Rückenpolsters. Er kurbelt sein Fenster herunter, damit ein bisschen Fahrtwind in den Wagen kommt. Dem Kater, der neben ihm sitzt, scheint die Hitze allerdings nichts auszumachen. Er ist in bester Plauderlaune, dreht sich alle paar Augenblicke zu Fritz Rauch um, der wieder breitbeinig und mit angespannter, mürrischer Miene im Fond sitzt. Der Kater erzählt, welch ein großartiger Erfolg ihre Grappa-Aktion der vergangenen Nacht war und noch zu werden verspricht.

»Noch sind sie nicht besoffen, die Amis«, wendet Rauch ein.

»Natürlich nicht! Noch sind sie alle im Dienst. Aber Snapp hat ihnen erlaubt, während ihrer Dienstzeit die Fässer in Flaschen umzufüllen. Und damit sind sie jetzt beschäftigt.«

»Hoffentlich lassen sie uns auch wirklich in Ruhe.«

»Hast du in Garmisch oder auf dem Weg irgendwo eine Streife oder Patrouille der Militärpolizei gesehen? Wirst du auch nicht. Wenn wir heute Abend zurückkommen, ist die ganze Garnison am Feiern, und wir haben in der Hohen Halde freie Bahn.«

»Vielleicht hält die Garnison still, aber was ist mit diesem DuBois vom Counter Intelligence Corps?«

»Wenn der noch mal im Anmarsch wäre, würde Snapp mich warnen. Das habe ich dir schon mal gesagt.«

»Du hast aber auch schon mal gesagt: Wenn DuBois nicht noch mal aufkreuzt, dann kommt ein anderer Schnüffler!«

»Meine Güte, Fritz! Heute Abend ist das Versteck da oben geräumt! Was willst du mehr?«

»Wir werden sehen«, murmelt Rauch grimmig.

Rauch hat vielleicht recht. Der Kater glaubt, alles im Griff zu haben, weil er Snapp im Griff hat. Aber hat Snapp auch die Jungs vom Counter Intelligence Corps im Griff? Wohl eher nicht, nach allem, was er bisher mitbekommen hat. Die amerikanischen Ortskommandanten sind kleine Könige in ihrem Reich, aber über die Geheimdienste der Armee haben sie keine Kontrolle. Erst in diesem Augenblick wird Josef klar, in welch gefährliches Unternehmen er verwickelt ist. Was ist, wenn gleich oben auf dem Klausenkopf die Jungs vom CIC schon auf sie warten? Wenn sie ihn erwischen, wird es sie nicht interessieren, ob er »nur der Fahrer« ist. Und dass Hubertus von Blücher ihn zu diesem Job quasi zwangsverpflichtet hat, werden sie für ein an den Haaren herbeigezogenes Märchen halten. Sie werden ihn festnehmen. Diebstahl von Nazivermögen bestrafen sie hart. Er ist mittendrin in einer kriminellen Karriere. Aussteigen geht nicht mehr.

Er stoppt den Mercedes an derselben Stelle wie am Tag zuvor, am Rand einer kleinen Lichtung, auf der der Forstweg selbst für diesen Wagen zu steil wird. Auf der Lichtung wartet ein junger Kerl auf sie. Er hält ein Maultier am Zügel. Das Maultier trägt rechts und links herabhängende Taschen aus grobem Leinen auf seinem Rücken. Den jungen Kerl kennt Josef. Es ist ein Rekrut aus der Gebirgsjägerschule in Mittenwald, der ab und zu bei seinem Großvater im Forsthaus in Einsiedl auftauchte, um Holz zu hacken oder die Regenrinnen zu säubern. Jetzt hat er natürlich seine Uniform ausgezogen und steckt, wie auch der Kater und Fritz Rauch, in einer Wanderkluft – in Bundhosen, Bergstiefeln und einem karierten Hemd. Josef ist der Einzige von ihnen, der nicht über eine solche Kleidung verfügt, weil er bisher noch keine Zeit hatte, sie von zu Hause zu holen.

Er steigt aus dem Auto, auch der Kater und Rauch steigen aus. Der Kater geht auf den jungen Soldaten zu, schüttelt ihm die Hand; offenbar kennen sie sich, und offenbar ist der Soldat von seinem Großvater hier heraufgeschickt worden. Josef bleibt am Wagen, wartet ab, was jetzt geschieht. Der Kater sieht sich nach ihm um und schaut ihn ein paar Sekunden lang an. Ein langer, prüfender Blick. Josefs Herz pocht. Er hat das Bild noch im Kopf, wie der Kater über der Partnachklamm aus dem Mercedes heraus seine Pistole auf ihn richtete. Jetzt, hier auf dem Klausenkopf, könnte er ihn genauso ungestraft erschießen. Und bestimmt hätte er mehr Grund dazu als noch vor zwei Tagen. Jetzt ist er ein Mitwisser. Und vielleicht einer, der sehr bald nicht mehr gebraucht wird. Seinen Job als Fahrer könnte der Soldat übernehmen.

Doch dann verglimmt die Schärfe im Blick des Katers. »Ohne Bergschuhe ist der Weg hinauf nichts für dich, Josef«, sagt er gönnerhaft. »Pass du derweil auf das Auto auf und ruh dich aus. Wir sind in zwei, drei Stunden zurück.«

»Ist in Ordnung«, sagt Josef so gelassen wie möglich. Er sieht dem kleinen Trupp mit dem Maultier hinterher, bis er hinter der nächsten Biegung des Waldweges verschwunden ist. Dann greift er in das Seitenfach der Fahrertür und kramt das Päckchen Chesterfield heraus, das die Engländerin ihm geschenkt hat. Seine Hand zittert, als er eine Zigarette herauszieht und sie sich ansteckt.

»Natürlich fasst niemand von uns auch nur eine einzige Dollarnote an! Das ist das Vermögen des Reiches, und keinem von uns steht zu, sich davon etwas anzueignen.« Oberst Pfeiffer, der mit den drei anderen Männern und dem voll bepackten Maultier den Berg herunterkam, sitzt neben Fritz Rauch im Fond des Mercedes. Josef schaut kurz in den Rückspiegel und registriert, dass Pfeiffer es trotz des salbungsvollen Tons ernst zu meinen scheint. Die beiden prallen Leinensäcke, die sie vom Klausenkopf mitbrachten, liegen im Kofferraum des Wagens. Nachdem sie verladen waren, machte sich der Rekrut mit seinem Maultier auf der anderen Seite des Bergs auf den Weg hinab zum Walchensee. Die drei übrigen Männer schmieden seit der

Viertelstunde, die sie jetzt schon über den Forstweg hinunter nach Lenggries unterwegs sind, lautstark phantastische Pläne, was mit dem erbeuteten Geld zu tun sei. Der Kater schätzt, dass es mehr als vierhunderttausend Dollar sind, vielleicht auch fünfhunderttausend. Genau nachzählen wollen sie unten in der Hohen Halde.

»Richtig. Es ist das Geld des Reiches«, sagt Rauch in einem getragenen Ton, den Josef bisher noch nicht von ihm kennt. »Und ich als SS-Obersturmbannführer und Beauftragter des Reichssicherheitshauptamtes bin verantwortlich dafür. Aber das Reich existiert nicht mehr. Man könnte mit dem Geld etwas anderes machen: einen neuen bayrischen Staat gründen …«

»Darauf können wir lange warten, bis die Amis uns eine Chance dazu geben«, sagt Pfeiffer. »Ich denke, besser ist, wir schaffen das Geld heimlich in den Vatikan.«

»Und dann?« Der Kater schüttelt den Kopf und grinst ungläubig.

»Die Kirche legt einen Fonds auf, und daraus wird das Geld an die Kriegerwitwen und Kriegsversehrten verteilt. Um die kümmert sich doch kein Mensch!«

»Dazu hätte ich 'ne bessere Idee!« Der Kater hebt den Zeigefinger. »Wir bauen mit dem Geld eine Fabrik auf, die Prothesen für unsere Kriegsversehrten herstellt. All die Einbeinigen und Einarmigen – die müssen doch ewig warten, bis die Krankenkassen das wieder finanzieren können.«

»Auch nicht schlecht«, sagt Rauch, allerdings wenig überzeugt. »Die Idee mit dem Vatikan finde ich dagegen gar nicht so dumm. Ich hätte da sogar die eine oder andere Verbindung …«

Josef hört gar nicht mehr auf das nicht endende Gerede, konzentriert sich aufs Fahren, das im abfallenden Gelände nicht leicht ist. Bei jedem der Vorschläge von Rauch und dem Kater ist ganz offensichtlich, dass er nur eine vorgeschobene Idee beinhaltet, es ist pure Heuchelei. Sie wollen sich vor Pfeiffer keine

Blöße geben, dem Einzigen unter ihnen, der es vielleicht ernst meint mit seiner Vorstellung von der »ehrlichen« Verwendung des geraubten Geldes. Und natürlich auch nicht vor ihm, Josef, dem Fahrer. – Sie wollen es sich selbst unter den Nagel reißen, das ist klar wie Kloßbrühe. Und klar wie Kloßbrühe ist auch, dass sie keinerlei Recht dazu haben. Aber wer überhaupt hat einen Anspruch auf den Besitz des Geldes? Das Reich, wie Pfeiffer meint? Das Reich existiert nicht mehr, da liegt Rauch richtig. Die Amis vielleicht? Die sind dahinterher – aber mit welchem Recht? Nur weil sie die Sieger sind? Und der Kater und Rauch? Das sind Verbrecher. Wer sonst also? Jeder, der das Geld gefunden hat, ist doch klar. Und gehört er, Josef Kreißl, nicht auch irgendwie zu denen, die es gefunden haben?

∗∗∗

Schon in der dritten Runde des ersten Spiels wird Ernst klar, dass er gegen die anderen vier Spieler am Tisch absolut keine Chance hat. Es sind routinierte und völlig undurchschaubare Männer, alle, bis auf einen, amerikanische Offiziere. Einer von denen ist Captain Korner, den er in Camp 7 als einen glatten Typen mit einer durchtriebenen Visage kennengelernt hat. Hier ist seiner Miene absolut nichts anzumerken; er hätte einen Royal Flush oder gar nichts in petto haben können. Die anderen drei hat er noch nie gesehen, obwohl: Bei einem von ihnen, dem Deutschen, einem vielleicht vierzigjährigen athletischen Mann mit einem bayrischen Vierkantschädel, ist er sich nicht sicher. Er hat das Gefühl, ihm schon einmal begegnet zu sein, kann sich aber nicht erinnern, wo und wann.

Die erste Runde passt er mit einer Fünf und einer Sieben auf der Hand komplett durch, zu Recht, denn bis zum Schluss hätten sich diese mit den Community-Cards auf dem Tisch nicht zu einer sinnvollen Kombination ergänzt. In der zweiten Runde verfährt er genauso, obwohl eine seiner verdeckten

Karten eine Zehn ist, aber auch mit der hätte er bis zum Ende kein gewinnversprechendes Blatt hinbekommen. In der dritten Runde hat er ein Neuner-Pärchen auf der Hand. Im ersten Spiel passt er noch, erhöht aber um einen Chip, als auf dem Tisch eine dritte Neun liegt. Die anderen vier gehen ungerührt mit. Im vierten Spiel liegt ein Ass neu auf dem Tisch. Korner erhöht gleich um zwei Chips. Da Ernst links vom Dealer und Korner rechts von ihm sitzt, hat er Zeit zu beobachten, ob die beiden anderen das für einen Bluff halten. Es ist verschwendete Zeit. Keinem von beiden ist anzumerken, was sie von Korners Blatt halten. Der eine geht mit, der andere passt. Beim Showdown stellt sich heraus, dass Korner nicht geblufft hat; er gewinnt gegen zwei Paare mit einem Drilling aus Assen. Nach der letzten Runde, die er wieder komplett durchgepasst hat, steigt Ernst ganz aus. – Er hat fünfundvierzig Dollar verloren, fast die Hälfte seines Dollar-Budgets. Die anderen Männer bleiben sitzen und spielen weiter.

»Zum Pokern bist du wohl ned herkommen?« Zenta Troll lacht leise und ein wenig zu schrill, stößt mit ihrem halb vollen Champagnerglas gegen Ernsts Whiskyglas und setzt sich auf die Lehne seines Sessels. Bisher hat sie mit einer Runde von Männern – Deutschen und amerikanischen Offizieren – um einen Couchtisch am anderen Ende des mit bunten bayrischen Bauernmöbeln ausgestatteten Zimmers in ihrer Wohnung gesessen und von dort ab und zu einen Blick auf das Spiel am Pokertisch geworfen.

»Natürlich bin ich zum Pokern gekommen«, lügt Ernst und hat keine Mühe, glaubhaft dabei zu wirken.

»Aber oft spielst des wohl ned?«, hakt Zenta nach.

»Bin ein bisschen raus«, sagt Ernst. Und dann fügt er mit dem Anflug eines anzüglichen Grinsens hinzu: »Wie aus so vielem. So kurz nach dem Krieg.«

»Du gehst ja schon wieder ganz schön ran«, reagiert Zenta prompt und wendet sich kokett ein paar Millimeter ab.

Ernst gefällt das Spiel. Es lenkt von seinen wahren Absichten ab. Die spürt er an seiner linken Hüfte. In der Erwartung, Max Troll hier zu treffen, hat er heute Abend die Walther in seiner Jacketttasche. Aber Max Troll ist nicht in diesem Zimmer. Ob er in einem anderen Zimmer der Wohnung ist, kann er nicht sagen. Er wird abwarten.

»Ich meine, ich halt mich ganz schön zurück, dafür, dass sich eine so attraktive Frau neben mich gesetzt hat.«

»Nicht so laut«, flüstert Zenta, die heute Abend im tief ausgeschnittenen Dirndl ihren Busen tatsächlich ziemlich hoch gebunden hat. »Feind hört mit …«, fügt sie mit verschwörerischem Blick auf Captain Korner hinzu, der ihnen am Spieltisch sitzend allerdings den Rücken zudreht und ganz auf die Partie konzentriert zu sein scheint.

»So läuft das also. Da hab ich ja wohl keine Chance …«

»Jetzt verrat mir doch zuerst amal, weshalb du überhaupt hergekommen bist, wenn schon nicht zum Pokern.«

»Ich sag doch, ich bin zum Pokern hier – und auch, weil's mir bei den Runges abends auf Dauer ein bisschen fad ist.«

»Du wohnst beim Jürgen! Seid ihr Freunde?«

»Wir kennen uns aus München, von vor dem Krieg. Und in München bin ich ausgebombt, also dachte ich …«

»Ah, so is des …«

Zenta lächelt undurchsichtig. Jetzt hat sie erfahren, was für einer er ist: ein Kommunist, zumindest ein ehemaliger Kommunist. Natürlich kommentiert sie das nicht, sie hat ja auch einmal dazugehört, und es wäre irgendwie peinlich, hier an diesem Ort und in diesen Zeiten, wenn das herauskäme.

»Ja, so ist das«, sagt Ernst abschließend und lächelt Zenta freundlich an. Lieber hätte er ihr gegenüber weiterhin ein Geheimnis aus seiner Person gemacht, aber bei einer Wirtin wie ihr hätte es keinen Tag länger gedauert, bis sie alles erfahren hätte.

»Ja, dann amüsier di noch a bisserl«, sagt Zenta, deutet dabei auf die gut bestückte Bar auf einer Anrichte und lässt sich von der Sessellehne gleiten.

Neben ihr steht Captain Korner und reicht ihr mit einer Geste, die wohl galant sein soll, die Hand. Das Pokerspiel ist beendet, die Runde hat sich aufgelöst. Zenta hakt sich bei Korner unter, und sie gehen zu dem Couchtisch, an dem sie bisher gesessen hat. Ernst stemmt sich aus dem Sessel, steuert auf die Anrichte mit der Bar zu und gießt ein bisschen Whisky in sein Glas nach.

»Ich überlege die ganze Zeit, woher ich Sie kenne. Irgendwo sind wir uns schon einmal begegnet …«

Neben ihm steht der Mann mit dem Vierkantschädel aus der Pokerrunde. Ernst dreht sich nach ihm um, schaut ihn an, und in der Sekunde wird ihm klar, dass er ihn tatsächlich kennt. Er setzt ein indifferentes Lächeln auf, tut einen Augenblick so, als überlege er, und sagt dann: »Ich würde es Ihnen gerne sagen, aber es tut mir leid: Ich kann mich nicht daran erinnern, Sie schon einmal gesehen zu haben.«

»Schade«, sagt der andere. »Da verwechsle ich Sie bestimmt mit jemandem.«

»So wird es wohl sein«, sagt Ernst.

**

Es ist weit nach eins in der Nacht, die Villa Hohe Halde liegt in tiefem Schlaf. Susan sitzt an dem kleinen Tisch unter dem Fenster ihrer Dachstube und dreht unschlüssig Daphne du Mauriers »Rebecca« in den Händen. Sie hat heute Abend und dann in die Nacht hinein das erste Viertel des dicken Romans in einem Zug geschafft, aber nicht, weil er sie gefesselt hätte, sondern sie hat gelesen, weil sie aus irgendeinem Grund nicht schlafen kann. Sie weiß nicht, was sie von diesem langatmigen Gegrusel und den verklemmten Charakteren halten soll; die Geschichte packt sie nicht. Ihre Mutter ist von dem Buch begeistert gewesen und hat es gleich nach seinem Erscheinen vor ein paar Jahren verschlungen. Ihr Vater, der prinzipiell keine Romane liest, kennt allerdings das Ehepaar du Maurier und Frederick »Boy« Browning; er war mit Browning sogar mal eine Zeit lang im selben Londoner Club und hat dessen Karriere als General aufmerksam verfolgt. Von seinen militärischen Fähigkeiten hielt er nach dem von ihm verursachten Scheitern der Operation »Market Garden« in Arnheim jedoch überhaupt nichts mehr und knurrte, als er sah, dass Susan »Rebecca« in ihren Koffer packte: »Soll ganz nett sein. Vielleicht taugt wenigstens seine Alte was.«

Susan denkt noch ein wenig über die bemerkenswerten Widersprüche ihres Vaters nach, darüber, wie jemand den deutschen »Führer« als politischen Hoffnungsträger verehren und gleichzeitig mit derselben Begeisterung dessen militärische Vernichtung minutiös an Generalstabskarten verfolgen und feiern kann. Ein Rätsel, über dem sie schon lange brütet, das sie aber auch heute nicht wird lösen können, denn sie spürt, dass sie allmählich doch müde wird. Sie hat schon ihr Nachthemd angezogen und gerade die kleine Leselampe ausgeknipst, als sie durch das Fenster, das sie wegen der sich im Zimmer stauenden Hitze einen Spalt offen gelassen hat, von draußen ein metallisches Geräusch hört. Sie öffnet das Fenster ganz und schaut vorsichtig hinaus. Unten im Gartenhäuschen neben der Garage brennt Licht, und um den runden Holztisch in der Mitte des Häuschens sind drei Männer bei einer überaus merkwürdigen Arbeit: Sie packen Bündel von Geldscheinen aus zwei auf dem Boden liegenden großen Leinensäcken auf den Tisch, zählen die Bündel, wickeln sie in Wachspapier ein und stecken sie dann in bereitstehende große Blumentöpfe.

Sie erkennt Hubertus von Blücher, der die Aufgabe des Zählens und Notierens der Beträge übernommen hat, dessen schwer lädierten Bruder Lüder und einen Mann, den sie zwar schon einmal auf dem Gelände der Hohen Halde gesehen hat, von dem sie aber nicht weiß, wer er ist. Sie haben alle Hände voll zu tun, denn es sind ungeheure Mengen von Geldscheinen, die sie auf diese Weise umzuverteilen haben. Hören kann sie durch die verschlossenen Fenster des Gartenhäuschens nichts. Das metallische Geräusch, das sie vorhin aufmerken ließ, kommt von woanders her: Im Garten neben der Laube sieht sie im fahlen Licht des Halbmondes den blonden Jungen, Josef, mit einem Spaten große Löcher in den Rasen graben, die Grasnarben hat er vorher sorgfältig ausgestochen und neben die Vertiefungen gelegt. Sie zählt drei komplett ausgehobene Löcher, Josef arbeitet gerade am vierten, und sie fragt sich, warum sie bisher nichts gehört hat. Vielleicht war sie zu sehr in Gedanken vertieft; wahrscheinlicher ist, dass Josef eben zum ersten Mal während seiner Graberei auf etwas gestoßen ist, das dieses metallische Geräusch verursacht hat.

Susan ist begeistert. Dass sie Zeugin einer solchen abenteuerlichen Geschichte werden würde, hätte sie sich nicht träumen lassen, als man sie gestern nach dem Unfall hier hinaufverfrachtete. Gut, dass es sich bei den von Blüchers um Gauner nicht allzu kleinen Formats handelt, ist ihr heute im Laufe des Tages durch die Erzählungen des Jungen klar geworden. Aber dass sie Gaunereien in solchem Stil betreiben, das hat sie nicht gedacht. Es müssen Abertausende von Geldscheinen sein, die sie dort unten vergraben. Sie kann von hier oben nur erahnen, dass es Dollarnoten sind; wenn das stimmt, muss es sich um einige hunderttausend Dollar handeln, die gerade in Blumentöpfen unter den Rasen wandern. Sie spürt, wie ihr Herz schneller schlägt. Eine echte *robbery*! So etwas hat sie bisher noch nicht erlebt. Sie tritt einen Schritt vom Fenster zurück, damit niemand sie von unten sehen kann, aber sie ist nicht imstande, ihren Blick von dem Geschehen dort in der Laube und im Garten zu lassen. Sie beobachtet die nächsten anderthalb Stunden lang, wie die Männer immer weitere Geldbündel in Blumentöpfe verpacken und diese anschließend in die

Löcher stecken, die Josef gegraben hat. Sobald ein Blumentopf drin ist, schaufelt er das Loch zu, legt die dazugehörige Grasnarbe darüber und trampelt sie anschließend so fest, dass man morgen kaum noch etwas wird sehen können.

Es ist vier Uhr in der Früh, als sie ihre Arbeit beendet haben. Hubertus stellt im Gartenhäuschen eine Flasche auf den Tisch, füllt daraus Schnapsgläser, sie prosten sich zu, setzen sich dann rund um den Tisch und trinken weiter. Ihre Mienen strahlen, und sie werden noch lange trinken. Josef aber verabschiedet sich nach dem ersten Glas mit einem müden Handheben.

Sie wartet genau drei Minuten, nachdem sie seine Schritte auf der Treppe gehört hat, wartet noch das Zuklappen seiner Zimmertür gleich nebenan ab, dann schleicht sie ohne Schuhe und auf Zehenspitzen hinaus, geht zwei Schritte den Flur hinunter und klopft sacht an seine Zimmertür.

»Ich bin müd! Ich muss schlafen!«

»Ich bin's, Susan«, flüstert sie durchs Schlüsselloch.

Es dauert eine halbe Minute, bis er die Tür öffnet, sie hineinlässt. Sie zieht die Tür hinter sich zu und tritt ein. Er geht einen Schritt rückwärts und lässt sich rücklings auf sein Bett plumpsen. Das Zimmer ist dunkel, nur ein wenig Mondschein, der durchs offene Fenster fällt, lässt sie seine Konturen erkennen.

»Was gibt's?«, fragt er.

»Ich hab alles gesehen«, flüstert sie.

Er schweigt einen Augenblick. Dann sieht sie, wie er sich im Bett aufrichtet und auf die Bettkante setzt.

»Da, setz dich auf den Stuhl dort!«, sagt er barsch, aber doch so leise, dass man ihn weder draußen noch vom Flur her hören kann. Sie tut, was er sagt. »Und, was hältst du davon?«, fragt er, als sie sitzt.

»Unglaublich!«, entfährt es ihr. Ihre Begeisterung kann ihm nicht entgehen.

»Wie meinst denn des?«, fragt er misstrauisch.

»Na, es ist eine unvorstellbare Menge Geld! So viel hab ich noch nie auf einem Haufen gesehen. Wem gehört es? Und wie seid ihr darangekommen?«

»Raub«, antwortet Josef. »Einfacher, glatter Raub.«

»Und wem gehört das Geld?«

»Spielt keine Rolle«, sagt er. »Es gehört jedem. Jedem, der es findet.«

Fast eine halbe Minute schweigen sie. Eine lange Zeit. Sie hört ihn atmen, und sie weiß, dass auch er ihren Atem hören kann und mitbekommt, wie er schneller geht vor Aufregung.

»Also auch dir?«, fragt sie.

»Oder auch dir«, antwortet er. »Wenn du willst.«

***

Die Partnach führt während der langen Hitzeperiode nicht allzu viel Wasser, fließt aber immerhin noch so schnell, dass ihre Wellen in rascher Abfolge im Halbmondlicht aufblitzen. Ernst sitzt seit zwei Stunden auf einer Bank am Ufer, verdeckt vom Stamm einer Platane, sodass man ihn von der parallel zum Flüsschen verlaufenden Gasse nicht sehen, er aber diese Gasse überblicken kann, bis hinunter zur Bahnhofstraße, von der sie abzweigt. Jeder, der um diese nächtliche Zeit das Gebäude verlassen will, in dem sich das »Weiße Rössl« befindet, wird gut daran tun, diese Gasse zu benutzen. Andernfalls müsste er die Bahnhofstraße nehmen, und über die patrouillieren in recht kurzen Abständen Streifen der amerikanischen Militärpolizei. Es herrscht strikte nächtliche Ausgangssperre. Wen sie erwischen – zumal um diese verdächtige Stunde –, der landet im Gefängnis und kann sich nur gegen eine recht hohe Geldstrafe wieder freikaufen.

Seitdem er hier sitzt, wartet und raucht, hat er einige der Männer aus der Runde in Zenta Trolls Wohnung am anderen Partnachufer entlang vorbeikommen sehen. Niemand hat ihn beachtet, denn er verschmilzt beinahe mit dem Schatten der Platane. Der Quadratschädel ist bisher nicht darunter gewesen. Auf den wartet er. Denn Max Troll gehörte nicht zu Zentas Gästen, da ist sich Ernst inzwischen ganz sicher. Der Quadratschädel aber ist jemand, der ihn zu Troll führen könnte. Er ist einer von den Gestapoleuten, die ihn im Herbst 1935 im Wittelsbacher Palais in der Brienner Straße verhört haben. Das heißt, er hat ihn nicht direkt verhört, das war jemand anders. Der Quadratschädel stand während des Verhörs im Hintergrund, an den Türrahmen des Verhörzimmers gelehnt, beobachtete ihn, sagte dabei kein Wort. Ernst hat ihn damals nur aus den Augenwinkeln sehen können, deshalb konnte er sich vorhin nicht so schnell an ihn erinnern. Andererseits war die Erfahrung, von der Gestapo vernommen zu werden, so einprägend für ihn, dass er auch die Details nicht aus dem Gedächtnis verloren hat. Die aufgedunsene rote Polizistenfresse des Verhörenden selbst würde er heute noch, fast zehn Jahre später, unter Hunderten Gesichtern sofort identifizieren können. Aber auch der Typ an der Tür besitzt einen so markanten Schädel, dass man ihn, obwohl damals eigentlich nur ein Schatten, nicht so leicht vergisst.

Auch nicht vergessen hat Ernst die erbosten und enttäuschten Mienen der beiden Männer, als sich herausstellte, dass sie, wie sie glauben mussten, den Falschen erwischt hatten. Eigentlich hatten sie an einem der letzten Briefkästen der damals schon stark dezimierten Westend-Gruppe einen anderen seiner Genossen festnehmen wollen. Doch statt seiner war Ernst aufgetaucht. Allerdings kannten sie ihn nicht, konnten ihn auch nicht identifizieren, weil er damals schon falsche Papiere besaß. Sie mussten ihm glauben, dass er nur zufällig an dem Versteck – einem Baum im Bavariapark – vorbeigegangen war. Zähneknirschend ließen sie ihn wieder laufen.

Hinter den dunklen Bergkämmen im Österreichischen fingern die ersten rosafarbenen Vorboten der Sonne in den allmählich grau werdenden Nachthimmel hinein, als Ernst den Quadratschädel endlich die Gasse hinunterkommen sieht. Es ist gegen fünf am Morgen. Die Gelassenheit, mit der er bisher gewartet hat, weicht einer sich rasch aufbauenden inneren Spannung. Er lässt den anderen auf der gegenüberliegenden Uferseite passieren, dann geht er mit schnellen Schritten parallel zu ihm über die befestigte Uferböschung, so schnell, dass er als Erster an dem geländerlosen hölzernen Steg ankommt, der über das Flüsschen führt. Er läuft darüber und tritt dem Quadratschädel entgegen. Der bleibt stehen und erkennt ihn. Der Mann ist nicht überrascht.

»Wusst ich es doch! Wir kennen uns!«

»Ist Ihnen inzwischen auch wieder eingefallen, woher wir uns kennen?«

»Brienner Straße, tippe ich mal.«

»Anfang Oktober 1935.«

»So genau weiß ich des nicht. Wir hatten damals eine Menge zu tun.«

»Mit so Leuten wie mir?«

»Wir mussten Sie damals wieder laufen lassen, wenn ich mich recht erinnere. Aber das war ein Fehler, wie sich später herausstellte. Sie hatten sich falsche Papiere besorgt und sind dann nach Frankreich abgehauen.«

»Sie waren gut informiert. – Durch Theo? So nannte er sich damals. Tatsächlich heißt er Max Troll.«

Der Quadratschädel reagiert nicht auf die Frage, sieht Ernst nur kühl abschätzend an, tritt dabei einen halben Schritt zurück, so, als erwarte er einen Angriff.

»Sie brauchen keine Angst zu haben«, sagt Ernst. »Ich suche nur ihn. Von Ihnen will ich nichts. Außer dass Sie mir sagen, wo ich ihn finden kann.« Es ist inzwischen hell genug, dass er sehen kann, wie der Quadratschädel seine Augen zusammenkneift – und wie ihm aus diesen Augen blanker Hass entgegenblitzt. »Was also?«, fragt er und versucht, ruhig zu bleiben, obwohl jetzt jeder Muskel in seinem Körper angespannt ist. »Wissen Sie, wo ich ihn finde, oder wissen Sie's nicht?«

»Einen Teufel werde ich tun, einer roten Ratte wie dir irgendetwas zu sagen.«

»Ich dachte, die Zeiten wären vorbei. Wir haben zuerst verloren. Jetzt habt ihr verloren. Was natürlich nicht heißt, dass wir jetzt quitt sind.«

»Stimmt. Das sind wir noch lange nicht. Aber du, du hast noch die eine oder andere Rechnung offen, oder?« Der Hals des Quadratschädels wird kürzer, die Schultern runder, die bisher herunterhängenden Hände heben sich langsam auf Gürtelhöhe.

Vorsichtig bringt Ernst seine Rechte in die Nähe der Jacketttasche mit der Walther. »Wer hat heutzutage keine Rechnung offen? Aber von Ihnen will ich ja wie gesagt nichts.«

»Du bekommst auch nichts. Ums Verrecken nicht!«

»Sagen Sie mir nur, ob Max Troll sich hier aufhält. Mehr will ich gar nicht. Dann lass ich Sie in Ruhe.«

Statt einer Antwort springt der Kerl mit gespreizten Händen auf Ernst zu, will an seinen Hals. Die Wut verleiht seinem Angriff eine intuitive Sicherheit. Trotz der inzwischen entstandenen Entfernung bekommt er Ernsts Hals in den Griff, und es ist der Griff von zwei gewaltig breiten, starken Händen. Ernst geht die Luft aus. Aber er kann mit seinen Händen die Handgelenke seines Gegners umfassen, umklammert sie mit aller Kraft, versucht, dessen Hände herunterzuziehen, den Griff zu lockern. Einen Augenblick lang herrscht ein Gleichgewicht der Kräfte. Dann lässt der Quadratschädel plötzlich los, geht ein, zwei Schritte zurück, zieht eine 7,65er Mauser aus seiner Hosentasche, richtet sie auf Ernst. Ernst sieht, wie er die Waffe durchlädt. Der Mann meint es ernst.

»Das wollen Sie doch nicht wirklich«, sagt Ernst ruhig und lässt seine Rechte in die Jacketttasche mit der durchgeladenen und entsicherten Walther wandern.

»Ihr roten Schweine macht uns hier nix kaputt!«, kommt es giftig zwischen den Lippen des anderen hervor.

»Was soll ich euch kaputtmachen? Ich will nur Max Troll.«

»Eben!«

»Was heißt denn jetzt ›eben‹?« Ernst versucht, irgendwie ein Gespräch mit dem Mann in Gang zu bringen. Aber der hat nicht die geringste Lust, sich darauf einzulassen.

»Eben heißt eben.« Der Quadratschädel funkelt ihn wütend an und hebt seine Mauser ein Stück, sodass ihr Lauf jetzt auf Ernsts Stirn gerichtet ist.

»Gut«, sagt Ernst. »Dann lassen wir es, und ich verzieh mich ...«

»Du verziehst dich hier nimmer, dreckiger Kommunist!«

Ernst sieht, wie der Mann mit dem Daumen den Sicherungshebel seiner Waffe umlegt und den Schussfinger krümmt. Im selben Augenblick hat er die Walther gezogen, tritt einen Schritt zur Seite und schießt – gleichzeitig mit dem anderen. Der verfehlt, er aber trifft dessen Brust. Ernst zögert nur den Bruchteil einer Sekunde, dann schießt er ein zweites Mal, jetzt gezielt auf die Stirn des Mannes. Das erste Projektil in die Brust hat ihn zum Taumeln gebracht, jetzt, mit dem Loch in der Stirn, knicken seine Beine ein, und er kippt rückwärts um.

Ernst blickt zurück in Richtung Bahnhofstraße, niemand ist zu sehen. Er überlegt ein, zwei Sekunden, hebt die am Boden liegende Pistole auf und steckt sie ein. Dann tritt er mit dem Fuß gegen den leblosen Körper des Quadratschädels, sodass der zur Partnach hinrollt; er tritt ein zweites Mal, und noch einmal dreht sich der Körper um die eigene Achse aufs Partnachufer zu. Ernst tritt so lange, bis der Körper den Scheitelpunkt der Uferböschung erreicht hat – ein letzter Tritt, und der Gestapomann rollt ins Flüsschen. Sanft nehmen ihn die Wellen mit und tragen ihn mit den Füßen voran flussabwärts. Wenn er nirgendwo hängen bleibt, wird er im Laufe der nächsten halben Stunde in die Loisach gespült, und vielleicht, wenn

Ernst Glück hat, fischt man ihn erst in zwei, drei Tagen aus der Isar.

✳✳✳

»Aber das ist doch irgendwie albern, das Geld in Blumentöpfe zu stopfen und zu vergraben«, sagt Susan. »Das kommt mir vor wie ein kindisches Abenteuerspiel. Schätze verstecken im Garten!«

»Nee, so kindisch find ich das nicht«, sagt Josef. »Zumindest nicht aus ihrer Sicht. Zuerst einmal musste das Geld so schnell wie möglich weg aus dem ursprünglichen Versteck oben auf dem Klausenkopf.«

»Warum?«

»Weil irgendein amerikanischer Geheimdienst, der Counter Intelligence Corps, auch dahinterher ist. Und die Blüchers wissen, dass die Amis da ganz nahe dran sind. Deswegen gab es auch Streit zwischen ihnen. Der andere Typ, Rauch, wollte das Geld schon gestern holen, Hubertus meinte, es wäre besser, die Amis mit einer Grappa-Lieferung eine Weile außer Gefecht zu setzen.«

»Aber hier im Garten der Villa vergraben …?«

»Hier suchen die Amerikaner bestimmt zuletzt. Die Blüchers stehen unterm Schutz von Major Snapp, dem Ortskommandanten – das weißt du doch.«

Susan nickt, zieht sich eine neue Chesterfield aus der Packung, Josef gibt ihr Feuer. Seit zwei Stunden sitzen und flüstern sie in seinem Zimmer im Dunkeln, haben trotz Hitze und Zigarettenrauch das Fenster geschlossen, damit sie niemand von draußen hören kann. Susan schweigt eine Weile, scheint die abenteuerliche Erzählung für sich einsortieren zu wollen. Aber sie ist nicht zufrieden, schüttelt den Kopf.

»Was ich nicht verstehe«, sagt sie schließlich, »ist, warum sie dich zu einem Mitwisser gemacht haben. Das könnte doch ziemlich gefährlich für sie werden …?«

»Ohne Mitwisser geht so eine Aktion sowieso nicht über die Bühne.«

»Gott, wie weise du bist!«

Josef zuckt die Schultern, mit dem Spott der Engländerin kann er mittlerweile ganz gut umgehen. Außerdem fühlt er sich zwar nicht weise, aber er glaubt inzwischen einigermaßen den Durchblick zu haben. So ganz kompliziert ist das, was die Blüchers und Rauch vorhaben, ja auch nicht. Pfeiffer, der Oberst aus der Gebirgsjägerschule, ist da erheblich naiver als er. Er glaubt wirklich an die Märchen, die der Kater und Rauch ihm davon erzählten, was sie mit dem riesigen Vermögen anfangen wollten. Er hat sich tatsächlich gleich nach der Bergung auf den Weg nach Südtirol gemacht, um von da über das Rote Kreuz Kontakte zum Vatikan zu knüpfen. Sagte er jedenfalls. Vielleicht will er sich aber auch so schnell wie möglich aus dem Staub machen. Er ist nach Rauch sicher der Nächste, den die Typen vom Counter Intelligence Corps auf ihrer Liste haben, weil sie wissen, dass er das Versteck auf dem Klausenkopf mit ausgesucht hat.

»Trotzdem verstehe ich nicht«, beharrt Susan, »warum sie ausgerechnet dich mit reingezogen haben. Du bist doch gerade …«

»… immerhin schon zwanzig. Außerdem ein viel besserer Autofahrer als die anderen.«

»Ich hab's mitgekriegt. Ich saß in dem Triumph, den du gerammt hast.«

»Himmel! Das war doch nicht meine Schuld!«

»Also weißt du es nicht.«

»Doch, natürlich weiß ich es. Bin ja nicht blöde.«

Die Engländerin schaut ihn ernst an. Sie fragt nicht nur zum Spaß, sie will wirklich wissen, wie tief er in der Geschichte drinsteckt. Er zieht ihr Päckchen Chesterfield zu sich, holt sich eine heraus. Diesmal gibt sie ihm Feuer.

»Na schön«, sagt er nach dem ersten Zug. »Mein Großvater,

der Vater meiner Mutter, steckt mit drin. Er ist der Förster der Region um den Walchensee. Die Typen von der Reichsbank sind zu ihm nach Einsiedl gekommen, damit er das Versteck am Klausenkopf aussucht. Und das hat er zusammen mit dem Chef der Gebirgsjägerschule in Mittenwald und Lüder von Blücher auch getan. Und Fritz Rauch, der Gestapochef von Garmisch, war in alles eingeweiht und hatte das Kommando über alles.«

»Und woher weißt du das?«

»Ich habe zwei Jahre bei meinem Großvater gelebt, der hat mich vor den Nazis versteckt. Ich bin da erst ausgezogen, als es mit den Nazis vorbei war. Und seit zwei Tagen wohn ich hier in der Hohen Halde. Da hab ich auch schon eine Menge mitbekommen.«

»Verstehe.« Susan nickt. »Und Rauch, dieser Gebirgsjäger und Lüder von Blücher haben das Versteck an Hubertus verraten.«

Josef schüttelt den Kopf. »Verraten ist nicht der richtige Ausdruck. Lüder ist ja der Bruder von Hubertus.«

»Dann verstehe ich auch«, fährt Susan fort und legt dabei einen Zeigefinger an ihren Mund, »weshalb sie auch dich in alles einweihen und dich für sie arbeiten lassen.«

»Und wieso?«

»Mit dir haben sie ein Druckmittel gegen deinen Großvater.«

Ein kleiner Schreck durchfährt Josef. Etwas Ähnliches ist ihm zwar auch schon durch den Kopf gegangen. Aber so genau hat er es bisher noch nicht gesehen: dass er so etwas wie eine Geisel sein könnte, mit der sie notfalls das Stillschweigen seines Großvaters erpressen können. Er nickt, presst die Lippen zusammen und sieht, dass Susan ihn sehr genau beobachtet.

»Haben sie dir eigentlich schon mal versprochen, dich an ihrer Beute zu beteiligen …?«

Die Engländerin ist wirklich schlau. Nein, daran hat er bisher tatsächlich noch nicht gedacht. »Vielleicht stecken sie mir ein Bündel Dollarnoten in die Tasche, bevor sie abhauen. Mehr bestimmt nicht.«

»Sie wollen mit der Beute verschwinden?«

»Zumindest Rauch hat das vor, weil er glaubt, dass die Amerikaner ihn als Nazi verfolgen.«

»Aber etwas Genaues über seine und ihre Pläne weißt du nicht?«

»Nein. Bisher noch nicht …«

Josef steht von seinem Bett auf, tritt vorsichtig ans Fenster und schaut hinunter auf die Gartenlaube. Dort sitzen der Kater, Lüder und Rauch immer noch, trinken Schnaps und beraten sich.

»Aber ich weiß vielleicht, wie ich es erfahren könnte.«

VIERTER TAG

Schon wieder so ein strahlender Tag, der wunderbar warm zu werden verspricht. Susan tritt aus der Villa, schaut zum Himmel, dessen makelloses Blau durch einige weiße Wölkchen hervorgehoben wird. Wölkchen, so schwerelos und so dekorativ, dass man ihnen zu keinem Zeitpunkt ihres Daseins zutrauen würde, dass sie so etwas wie Regen bringen könnten. Vor ihr setzt der Mercedes rückwärts aus der Garage, hält, und Susan steigt auf der Beifahrerseite ein. Hinterm Steuer sitzt Josef.

»Guten Morgen!«, begrüßt er sie aufgekratzt.

»Guten Morgen? Es ist zwölf Uhr durch! Sagt man da bei euch immer noch ›Guten Morgen‹?«

Sie hat nur ein paar Stunden geschlafen, und die sehr unruhig und oberflächlich. Das nächtliche Gespräch mit dem Jungen hat sie so aufgewühlt, dass sie erst die Augen zumachen konnte, als die Sonne schon recht hoch am Himmel stand. Josef dagegen wirkt ausgeruht und tatendurstig, obwohl er doch eigentlich nur noch weniger geschlafen haben konnte als sie. Er muss die Nacht bis zum Morgengrauen in der Garage verbracht haben, um das Gespräch zwischen den Blüchers und Rauch zu belauschen. Sie hat nicht auf seine Rückkehr gewartet, ist zurück in ihr Zimmer gegangen und brennt jetzt darauf, was er berichten wird.

Er wendet den Wagen, fährt im Schritttempo auf das offen stehende Tor der Villa zu, da klopft es sanft gegen ihre Scheibe. Es ist Hubertus von Blücher, mit frisch rasierten, rosig glänzenden Wangen und glitzernder Pomade im Haar. Er steckt in einem hellgrauen Janker mit waldgrünen Aufschlägen und walnussgroßen Hirschhornknöpfen und sieht aus, als wäre er auf dem Weg zur Sonntagsmesse. Dabei ist erst Samstag. Susan kurbelt das Fenster herunter.

»Guten Tag!«, sagt er freundlich. »Geht es Ihnen wieder gut? Was sagt der Doktor zu ihrer Gehirnerschütterung?«

»Ach!« Sie winkt fröhlich ab. »Die ist fast schon wieder vergessen! Mir geht es sehr gut, und ich sehe zu, dass ich so bald wie möglich weiterkomme.«

»Von mir aus brauchen Sie sich nicht zu beeilen. Bleiben Sie, so lange Sie wollen!«

»Das ist sehr freundlich von Ihnen, vielen Dank.«

»Wir wollen trotzdem mal hinunter zur Werkstatt fahren und schauen, wie weit die mit dem Triumph sind«, meldet sich Josef neben ihr mit einer flotten Lüge.

»Das ist brav, Josef«, sagt von Blücher mit einem zugewandten Lächeln. »Aber denk daran: Die Rechnung zahle ich!«

»In Ordnung.«

»Und lasst euch Zeit, macht einen Ausflug meinetwegen. Ich brauch den Wagen heute nicht. Gute Fahrt!«

Josef gibt sanft Gas, und als der Wagen auf der Straße hinunter in Richtung Partenkirchen rollt und Blücher ihn nicht mehr hören kann, grinst er. »Da siehst du, was für ein hinterhältiger Fuchs er ist. Er wollte uns nur zeigen, dass er uns im Auge hat.«

»Ja«, sagt Susan, »er scheint ein gefährlicher Mann zu sein. – Aber du bist auch ganz schön clever.«

»Man lernt dazu«, antwortet Josef selbstbewusst.

Sie halten auf dem Platz vor dem Kasernentor von Camp 7. Der Mann, den sie bisher nur unter seinem Vornamen Ernst kennt, ist noch nicht da, was daran liegt, dass sie zehn Minuten vor der gestern vereinbarten Zeit hier sind – und das ist Susans volle Absicht. Sie wollte vor ihm da sein, um sich auf das Wiedersehen vorbereiten zu können. Sie ist aufgeregt, hat ein wenig Angst vor der Begegnung, denn der Mann hat sie vom ersten Augenblick an fasziniert. So einen *coup de foudre* hat sie bisher nur einmal in ihrem Leben erfahren. Da war sie allerdings siebzehn. Jetzt ist sie fünfundzwanzig Jahre alt, Ernst ist wohl Anfang dreißig und ein nicht nur gut aussehender, sondern auch imposanter Mann. Von dem Augenblick an, als er mit seiner Drohung diesen SS-Arzt in Schrecken versetzte, bewundert sie ihn. Was merkwürdig ist, denn eigentlich verabscheut sie brutale Männer. Aber dieser Ernst ist ja nicht im eigentlichen Sinne brutal: Sein Auftreten gegenüber Ebner war absolut souverän, in ihm blitzte eine natürliche Autorität auf, aber auch eine Gefährlichkeit, die sie bisher noch bei keinem Mann erlebt hat.

Josef hat den Motor ausgestellt, bittet sie um eine Zigarette. Ja, Rauchen ist gut jetzt. Sie reicht ihm die Schachtel, gibt ihm Feuer, zündet sich selbst eine an.

»Wir haben noch gar nicht darüber gesprochen, was du gestern Nacht herausgekriegt hast ...«

»Oh ja!«, sagt er lachend. »Dazu sind wir gar nicht gekommen. Dieser dämliche Mechaniker!«

Tatsächlich mussten sie sich in der Werkstatt, in der der Triumph mit dem lädierten Heck steht, länger aufhalten, weil der Mechaniker ihnen umständlich erklärte, wie kompliziert die Reparatur sei. Zwar seien eigentlich nur die hintere Stoßstange und der hintere rechte Kotflügel demoliert, beides kriege er notdürftig schon wieder gedellt. Aber um die Teile zu demontieren, brauche er Werkzeuge mit englischen Maßen, und an die sei schwer zu kommen. Er wolle aber versuchen, sie heute noch zu besorgen. Mit ein bisschen Glück könne sie morgen den Wagen wiederhaben. Susan war es egal. Sie hat keine Eile, im Gegenteil: Bevor sie die Lebensborn-Kinder gefunden haben wird, scheinen noch ein paar andere Abenteuer auf sie zuzukommen.

»Also?«, fragt sie Josef.

»Dieser Rauch hat es eilig. Und jetzt, wo sie das Geld haben, will er so schnell wie möglich damit abhauen.«

»Mit seinem Anteil ...«

»Nehme ich an. Darüber, wie sie es aufteilen, hab ich sie noch nie sprechen gehört. Aber ich glaube, da sind sie sich einig.«

»Und warum hat Rauch es so eilig? Der Schatz ist doch unterm Rasen erst mal in Sicherheit.«

»Rauch drängt schon die ganze Zeit. Er meint, die Amerikaner seien ihm dicht auf den Fersen, weil er als hoher Nazi für das Verstecken der Dollar-Devisen zuständig war. Genau blicke ich da nicht durch.«

»Hat er denn gesagt, wohin er damit will?«

»Genau wie Pfeiffer, dieser Oberst von der Gebirgsjägerschule, zuerst mal nach Südtirol, nach Meran. Da hätte er gute Kontakte, und die würden ihn weiter nach Genua schleusen.«

»Genua?«

»Ja, Genua. Keine Ahnung, was er da will.«

»Genua ist ein Überseehafen«, sagt Susan. Sie denkt eine Weile schweigend nach, den Blick auf die staubige Fläche vor dem Kasernentor gerichtet. Dann schaut sie Josef an. »Und wann, denkst du, wäre der richtige Zeitpunkt, ihnen das Geld abzunehmen?«

Sie kann beobachten, wie durch sein beinahe noch kindliches, naives Gesicht eine Schockwelle fährt, die es in Sekundenschnelle um Jahre altern zu lassen scheint. Nachdem er kapiert hat, dass er richtig gehört hat, legt er ein breites Grinsen auf. Ein Grinsen, das ihr sagt, dass er genau den gleichen Gedanken hat wie sie.

***

»Das ist doch völlig hirnrissig!« Er schreit das fast, ist wirklich empört. Wie kommen diese beiden Idioten dazu, ihn in so etwas hineinziehen zu wollen? »Wenn das alles stimmt, was ihr gesagt habt, dann legt ihr euch mit Verbrechern an. Und begeht selbst ein Verbrechen, einen Diebstahl!«

»Wer solchen Dieben was klaut, ist kein Dieb, sondern sorgt für Gerechtigkeit.« Der Junge am Steuer grinst altklug und ist unbeeindruckt von Ernsts Wutanfall. Und die Engländerin, Susan, auf dem Beifahrersitz scheint in sich hineinzukichern, genau kann er das vom Fond des Mercedes aus aber nicht sehen. Obwohl sie trotz des kindischen Streichs, den sie offensichtlich mit ausgeheckt hat, nichts von ihrer Faszination für ihn verloren hat, macht ihn der von den beiden ausgeheckte Plan wütend.

»Das ist doch Unsinn! Diebstahl ist Diebstahl, Raub ist Raub. Wie kommt ihr überhaupt auf die Idee, dass ich bei so etwas mitmachen würde?«

»Weil wir es alleine nicht schaffen«, sagt der Junge trocken.

»Aha. Und warum sollte ich es schaffen können? Vorausgesetzt, ich mache mit. Was natürlich absurd ist.«

»Sie waren in Frankreich ein Partisanenführer und haben eine Menge Nazis umgebracht.«

»Wer sagt das denn?«

»Das haben Sie doch gestern auf der Fahrt vom Rathaus zum Camp 7 selbst erzählt – dass Sie in Frankreich in der Résistance im Maquis gekämpft haben.«

»Aber dass ich Nazis umgebracht habe, habe ich nicht erzählt.«

»Was hat man denn anderes getan in der Résistance?«

Eine Weile herrscht Schweigen. Der Junge steuert den Wagen über eine Loisachbrücke und dann durch eine Siedlung mit protzigen Villen aus der Stadt hinaus. Ernsts Aufgabe im Camp 7, für die er sich Susan angeboten hatte, war schnell erledigt. Seine Drohung hat gewirkt, und der SS-Arzt Gregor Ebner hat klein beigegeben. Statt sich einem weiteren Verhör auszusetzen, hat er einen Brief geschrieben und beim Wachhabenden am Kasernentor hinterlegt. Susan hat ihn geöffnet, gelesen und war mit dem Inhalt zufrieden. Ebner hat ihr drei Adressen gegeben, wo sich die Kinder aus dem Lebensborn-Heim »Hochland« in Steinhöring jetzt aufhalten. Damit komme sie weiter, hat sie gesagt. Sobald ihr Wagen repariert sei, würde sie dorthin fahren.

Der Junge ist von der Straße in einen steil bergan führenden

Waldweg eingebogen, ein paar Augenblicke später fahren sie durch einen Gebirgswald aus dicht stehenden Fichten.

»Wo fahren wir eigentlich hin?«, fragt Ernst den Jungen.

»Zu einer Jagdhütte.«

»Warum? Und zu welcher Jagdhütte?«

»Sie gehört Franz Strauss, dem Sohn des Komponisten Richard Strauss. An der Strauss-Villa sind wir übrigens vor drei Minuten vorbeigefahren.«

»Und wieso fahren wir zu einer Jagdhütte?«

»Weil wir dort in aller Ruhe reden können, ohne dass uns jemand sieht oder beobachten kann.«

»Und warum glaubt ihr, dass ich das auch will?«

»Weil ich weiß, dass Sie in Gefahr sind«, sagt der Junge in aller Seelenruhe.

Ernst hat den Sinn der Worte nicht verstanden, so wütend ist er. Er fühlt sich bevormundet, kommt sich wie ein gegen seinen Willen Entführter, wie ein Gefangener vor. »Was hast du gesagt?«, bringt er, vor Erstaunen krächzend, heraus.

»Ich erzähl es Ihnen, wenn wir in der Hütte sind.«

Die Gelassenheit des Jungen bringt ihn auf die Palme. Er muss sich sehr anstrengen, um ruhig zu bleiben und der Geschichte zuhören zu können, die ihr Fahrer ihnen auf dem weiteren Weg hoch in den Bergwald erzählt: Die beiden Söhne von Franz Strauss gingen aufs selbe Gymnasium wie er selbst. Mit dem Jüngeren von ihnen, der wie sein Komponisten-Großvater Richard heißt, war er befreundet. Am 10. November 1938, am Morgen nach dem von den Nazis »Reichskristallnacht« genannten antijüdischen Pogrom, sind beide Jungen von einem SA-Trupp auf dem Weg zur Schule angehalten und ins Rathaus geschleppt worden, weil ihre Mutter, Alice Strauss, Jüdin ist und ihre Jungen deswegen als »Halbjuden« galten. Der Großvater, Richard, der es gut mit den Nazis konnte, kümmerte sich sofort darum, telefonierte mit Goebbels und mit wer weiß wem und wollte Alice, Richard junior und dessen

Bruder Christian irgendwo außerhalb des Reiches in Sicherheit bringen. Bis es so weit war, schien es den Straussens sicherer, dass Alice und die Jungen nicht weiter in der Strauss-Villa wohnten. Sie versteckten sich eine Woche lang im Jagdhaus, und die Aufgabe ihres Fahrers war es, sie dort oben mit Lebensmitteln zu versorgen. Am Tag ihrer Abreise in die Schweiz gab Franz Strauss ihm die zum Jagdhaus gehörenden Schlüssel und die Erlaubnis, es zu benutzen, wann immer er wollte. Heute, sagt er, sei die erste Gelegenheit, von diesem Angebot Gebrauch zu machen.

Es ist ein Bild wie aus einer Touristenbroschüre, das sich von hier oben bietet. Über ihnen der weiß-blaue bayrische Himmel, gegenüber, im Süden, das Zugspitzmassiv mit dem ewigen Wolkenkranz um den Gipfel, und ganz tief unten im Tal breiten sich die beiden ineinanderfließenden Dörfer Garmisch und Partenkirchen aus; trotz der Entfernung erscheint jede Straße und jedes Haus so scharf konturiert, als blicke man auf eine Generalstabskarte. Sie sitzen auf der Terrasse der Jagdhütte und essen. Josef, so heißt der blonde Fahrer, hat ein bisschen Brot, Wurst und Käse aus der Blücher-Villa mitgebracht; in der Vorratskammer der Hütte, die sich als ein solides, kleines, einstöckiges Holzhaus herausstellte, fanden sich etliche Flaschen Wein. Es könnte eine gemütvolle, friedliche Jause sein. Doch Ernsts Zorn über seine Vereinnahmung ist, obwohl er während der restlichen Fahrt und auch hier oben schwieg, keineswegs verflogen. Lediglich die Anwesenheit der Engländerin hat bisher verhindert, dass er laut geworden ist.

»Du hat vorhin irgendetwas von einer Gefahr gesagt, in der ich angeblich bin«, murrt er zwischen zwei Schlucken eines viel zu warmen Weißweins in Josefs Richtung.

»Ja«, antwortet der. »Hubertus von Blücher und seine Freunde halten Sie für einen kommunistischen Spion.«

Unfreiwillig entfährt Ernst ein abfälliges Lachen. Es klingt wie das Bellen eines Kettenhundes. »Ach ja? Und was soll ich ausspionieren?«

»Was Genaues haben sie nicht gesagt. Nur, dass Sie hinter einem von ihnen her seien, einem hohen Nazi. Fritz Rauch.«

»Ich hab den Namen noch nie gehört. Wer ist das?«

»Er steckt mit den Blüchers unter einer Decke und war dabei, als sie die Dollars aus dem Versteck auf dem Klausenkopf geholt haben.«

Ernst schweigt und denkt nach. Wer Hubertus von Blücher ist, weiß er erst, seitdem Josef es ihm erzählt hat. Begegnet ist er ihm bisher zweimal. Einmal bei dem Unfall mit Susans Wagen, da war Blücher abgesehen von Josef allein. Dann an dem Abend im »Weißen Rössl«, da saß er mit einem amerikanischen Major an einem Tisch und mit sonst niemandem. Bei der Pokerrunde in der Nacht darauf war außer Zenta Troll und Captain Korner niemand dabei, den er kannte oder schon einmal gesehen hat – außer dem Quadratschädel natürlich, fällt ihm plötzlich ein. Und der hatte, bevor er die Pokerrunde verließ, reichlich Zeit, sich an ihn zu erinnern und andere über seine Identität zu informieren. Wenn das vorher nicht schon jemand anderes getan hatte.

»Wie kommst du eigentlich an deine Informationen?«, fragt er Josef.

»Er belauscht die Bande, wenn sie nachts in der Gartenlaube Pläne schmiedet«, mischt sich Susan ein. Ihre Blicke begegnen sich, und wieder ist es wie ein Sprung in tiefes, klares Wasser, der ihm den Atem nimmt. Er muss sich zwingen, seinen Blick von ihrem zu lösen, um sich wieder dem Jungen zuzuwenden.

»Und die Gefahr, von der du gesprochen hast? Was genau haben sie gesagt?«

»Der Rauch sagte, er habe gehört, dass Sie – ›der, der bei Runge wohnt‹, hat er gesagt – einer seien, der ihnen hier alles kaputtmachen würde. Darauf sagte Hubertus, Rauch solle sich mal nicht ins Hemd machen. Und dann hat er noch so was gesagt wie: ›Wir überprüfen das, und wenn dem so ist, dann lass ich ihn aus dem Verkehr ziehen. Das geht ruckzuck.‹«

＊＊＊

Die Villa von Mathias Stinnes, einem Freund der Blüchers, steht bergab die Gsteigstraße hinunter hundert Meter von der Hohen Halde entfernt. Die Hohe Halde hat die Hausnummer 38, die Stinnes-Villa die Nummer 40. Das Haus des früher einmal steinreichen Industriellenerben steht dem selbstbewussten Protz der Blücher-Villa in nichts nach, den man aber mit verspielten Erkern und mit Spitzdächern verzierten Türmchen an jeder Ecke des Baus noch zu übertrumpfen versucht. Josef nähert sich dem Gebäude nicht über die Gsteigstraße, sondern über einen schmalen, mit Natursteinen befestigten Pfad, der die Gärten der beiden Villen miteinander verbindet. Der Pfad ist von hohen Ginsterhecken gesäumt, was den Vorteil hat, dass Josef auf seinem Weg von der Hohen Halde hierher nicht gesehen werden kann.

Die Gelegenheit, das Quartier von Fritz Rauch zu besuchen, ist günstig. Bei ihrer Rückkehr von der Jagdhütte sind Josef und Susan dem Kater und Rauch auf der Gsteigstraße begegnet. Die beiden Männer gingen zu Fuß Richtung Garmisch, wo sie in der Militärkommandantur etwas zu regeln hatten. Die Hitze machte ihnen zu schaffen, weshalb der Kater sich froh zeigte, sein Auto samt Fahrer wiederzuhaben. So setzte Josef Susan ab und fuhr die Männer hinunter in die Stadt, erzählte ihnen auf dem Weg, dass die Engländerin unterwegs Kopfschmerzen bekommen habe und sie deswegen ihren Ausflug abgebrochen hätten. Vor der Militärkommandantur lässt er sie hinaus, in zwei Stunden soll er sie wieder abholen. Zwei Stunden sind eine Menge Zeit.

Gestern Nacht hat Josef von Susans Fenster aus beobachtet, wie Rauch nach der Besprechung in der Gartenlaube hinunter zur Stinnes-Villa ging, wo er wohnt. Aus einem früheren Gespräch weiß Josef, dass der Kater seinen Freund Mathias gebeten hat, Rauch dort aufzunehmen, weil die Hohe Halde vollständig mit Blücher-Verwandten belegt ist. Stinnes hatte nichts dagegen; in seinem Haus ist Platz genug. Josef steht jetzt an der Tür, durch die er gestern Nacht Rauch verschwinden sah. Sie führt in ein ebenerdiges Erkerzimmer an der rückwärtigen Ecke des quadratischen Hauses. Er schaut durch eines der beiden Fenster rechts und links neben der Tür. Das Zimmer ist pedantisch aufgeräumt, die Tagesdecke über dem Bett straff gezogen, Rasierzeug, Rasierwasserflaschen und Zahnputzzeug reihen sich wie zur Parade stramm auf einer Linie nebeneinander auf dem Bord über dem Waschbecken; das glatt gezogene Handtuch auf dem Handtuchhalter daneben hängt im korrekten Winkel. Nirgendwo liegt ein Kleidungsstück oder steht ein Paar Schuhe herum. Die Tür ist natürlich verschlossen. Das erste Fenster, durch das Josef geschaut hat, ebenfalls. Er geht um die Ecke herum zu einem weiteren Fenster – und tatsächlich, es ist gekippt, steht einen Spaltbreit offen. Josef zieht den dicken Draht, den er aus der Garage der Blüchers organisiert hat, aus der Hosentasche.

Susan blättert lustlos in »Rebecca« und ärgert sich, dass sie nicht noch mehr Bücher mit auf ihre Reise genommen hat. Evelyn Waughs »Scoop« und P. G. Wodehouse' Romane »Uncle Fred in the Springtime« und »Right Ho, Jeeves«, von denen sie sich mehr Spaß erhofft, will sie sich für später aufheben. Und vor Virginia Woolfs »The Years« hat sie eigentlich zu viel Respekt, um es zwischendurch als Reiselektüre zu konsumieren. Vielleicht hätte sie stattdessen noch einen älteren Wodehouse einpacken sollen. Ein leises Geräusch lässt sie von ihrem Buch aufblicken, sie schaut hinunter zur Stinnes-Villa und sieht, wie Josef mit einem Draht, aus dem er eine Art Schlinge gebogen hat, durch ein angelehntes Fenster der Erkerwohnung stochert, in der Fritz Rauch wohnt. Susan blickt nach rechts in Richtung Gsteigstraße, niemand ist dort zu sehen. Ihren Platz auf der Bank im Garten der Hohen Halde hat sie gut gewählt; von hier kann sie sowohl die Stinnes-Villa wie den Straßenabschnitt beobachten, der in einer sanften Rechtskurve zur Einfahrt der Blücher-Villa führt. Das Manko ihres Postens ist, dass sie von hier keinen Blick nach oben zur Hohen Halde hat, denn der ist von den Büschen versperrt, die den Gartenweg zur Stinnes-Villa flankieren.

Sie hält den Atem an, als sie merkt, dass Josef doch erhebliche Schwierigkeiten zu haben scheint, von außen an den Hebel oder Griff oder was auch immer im Inneren zu gelangen, durch den sich das Fenster öffnen ließe. Sie sieht seinem geröteten Gesicht an, dass er beim dritten oder vierten Versuch kurz vor dem Aufgeben steht. Er dreht seinen Kopf und wirft ihr einen verzweifelten Blick zu. Aufmunternd nickt sie ihm zu. Er lächelt schwach zurück und versucht es ein weiteres Mal.

Endlich hat Josef mit seiner Schlinge den gusseisernen Griff, mit dem man das Fenster in eine Kippstellung bringen kann, erwischt und eine Position gefunden, von der aus er ausreichend Kraft anwenden kann, um den Griff hochzuziehen, sodass er jetzt das Fenster ganz aufstoßen kann. Bevor er einsteigt, wirft er Susan noch einen Blick zu. Sie signalisiert mit einer ausladenden Geste, dass keine Gefahr droht.

Josef sieht sich um. Die einzigen Möbelstücke, in denen Rauch etwas verstecken könnte, sind das Nachttischschränkchen neben dem Bett und ein weiß lackierter Einbauschrank. Zuerst öffnet er die Schublade des Nachtschranks: Sie enthält nichts außer einer großkalibrigen Pistole mit einem Schalldämpfer, einem Ersatzmagazin und einem Päckchen Munition. Im unteren Teil stehen zwei Paar Schuhe. Josef zieht sie heraus, doch hinter ihnen verbirgt sich nichts. Dann geht er zum Einbauschrank, der Schlüssel steckt, er dreht ihn um und inspiziert das Innere des Schranks. Sorgfältig gestapelt liegen Rauchs Hemden, seine Unterwäsche und Socken auf den Regalbrettern. Vorsichtig hebt er einen Hemdenstapel an, um zu schauen, ob etwas darunter liegt. Nichts. Im untersten Regalbrett wird er fündig: eine schwarze Aktentasche mit einer abschließbaren Schnalle. Sie ist nicht abgeschlossen, Josef öffnet die Tasche. Auch hier findet er nichts Besonderes. Ein paar Straßenkarten von Südtirol und Oberitalien, eine Broschüre vom Internationalen Roten Kreuz mit Adressen in Bozen und Meran. Sonst nichts. Doch dann entdeckt er zwischen den Karten einen Briefumschlag; er ist offen, die Lasche lediglich ins Innere geschoben. Vorsichtig zieht Josef sie heraus, da hört er Susans Pfeifen. Sie pfeift die Melodie von »I Cover the Waterfront«, das zwischen ihnen vereinbarte Signal, dass Gefahr in Verzug ist. Josefs Herz schlägt so heftig, dass er meint, es säße in seiner Kehle. Trotzdem kann er nicht widerstehen und wirft einen Blick auf den Inhalt des Briefumschlags. Es sind bloß Fotos.

Vor dem Eingangstor zur Hohen Halde fährt ein offener amerikanischer Jeep vor. Am Steuer ein GI, auf der Rückbank Hubertus von Blücher und Fritz Rauch. Die beiden steigen über die Bordwände des Jeeps aus, Hubertus dankt dem Fahrer mit angedeutetem militärischen Gruß. Offenbar war ihr Gespräch mit Major Snapp kürzer als vorgesehen und er hat ihnen einen Fahrer zur Verfügung gestellt. Der Fahrer wendet. Susan pfeift ihr Liedchen, denn sie weiß, was jetzt kommt. Hubertus hat sie beim Vorüberfahren auf der Gartenbank gesehen und ihr erstaunt zugewinkt. Es wird keine Minute dauern, bis er zu ihr hinunterkommen wird. Und mit ihm Rauch.

Es dauert bloß eine halbe Minute, bis die beiden vor ihr stehen.

»Wie es scheint, geht es Ihnen wieder gut, Miss Mitford«, begrüßt sie Hubertus, fast triefend vor fürsorglicher Freundlichkeit. »Sind die Kopfschmerzen verflogen?«

»Nicht ganz von selbst«, sagt Susan mit einem Lächeln. »Ihr Dr. Röhrl war so nett und hat mir eine Medizin dagelassen, die scheint Wunder zu bewirken.«

»Ja dann ...« sagt Hubertus höflich.

Rauch nickt bloß mürrisch und geht auf den von Ginster-büschen eingefassten Weg zu, um zur Stinnes-Villa zu gelangen. Susan japst nach Luft, ein kleiner, unfreiwilliger Schrei dringt aus ihrer Kehle. Sie weiß nicht, wie das geschehen konnte. Rauch dreht sich zu ihr um, bleibt stehen und schaut sie miss-trauisch an.

»Ist was?«

»Ach nichts. Ich habe mich, glaube ich, bloß verschluckt.«

Rauch nickt noch einmal, ebenso mürrisch wie vorhin, und verschwindet dann zwischen den Büschen.

**

Die Sonne ist inzwischen vom Zenit weiter nach Westen ge-wandert und hat das Blau des Himmels verändert. Es ist tiefer, satter geworden. Schönwetterwölkchen ziehen wie den ganzen Tag schon gemächlich vorbei, als hätten sie alle Zeit der Welt. Es gibt so gut wie keinen Wind, die Luft steht. Und außerdem ist es merkwürdig still hier oben im Wald über dem Tal. Jetzt erst fällt es Ernst auf: Man hört kein Vogelgezwitscher, wie man das wohl inmitten eines Bergwaldes erwartet. Er denkt eine Weile darüber nach und kommt zu dem Schluss, dass die Vögel heute ihre Mittagspause ausdehnen und dass dafür wie-derum die Hitze verantwortlich ist, die einfach nicht aufhören will. Trotzdem ist es eine Idylle hier oben, und er ist jetzt froh, dass er sich entschieden hat, eine Weile in der Strauss'schen Jagdhütte zu bleiben. Und besonders ist er froh darüber, dass er zum Treffen mit Susan bis auf sein Fahrrad alle seine persön-lichen Besitztümer aus der Wohnung der Runges mitgenom-men hat. Es ist mehr als eine Ahnung gewesen, die ihn dazu gebracht hat. Von dem Augenblick an, wenn der Quadratschädel vermisst werden wird, gleichgültig, ob man seine Leiche findet oder nicht, wird man ihn, Ernst Fleck, verdächtigen, damit zu tun zu haben. Garmisch-Partenkirchen ist kein Pflaster mehr für ihn. Und welch glücklicher Zufall, dass sich jetzt dieses Refugium hier für ihn ergeben hat. Von dem glücklichen Zufall, dieser irisierenden Frau begegnet zu sein, erst gar nicht zu reden.

Nachdem der Junge und Susan wieder hinuntergefahren waren, hat er die Mittagszeit damit verbracht, die Jagdhütte zu inspizieren. Im ersten Stock gibt es zwei Schlafzimmer. Er hat sich für das entschieden, von dem aus er den besten Blick auf den Waldweg hat, der zur Hütte führt. Das untere, ebenerdige Stockwerk besteht aus einem großen Raum, der sich in eine geräumige Küche und einen Wohnbereich mit einer Couch und mehreren Sesseln aufteilt. Die Wände verzieren, wie nicht anders zu erwarten war, die üblichen Jagdtrophäen. Auch gibt es einen gut ausgestatteten Waffenschrank; den passenden Schlüssel dazu hat er am Schlüsselbund gefunden, den der Junge ihm überlassen hat. Neben zwei Repetierbüchsen mit Zielfernrohr stehen darin mehrere Bockdoppelflinten. In der Vorratskammer hat er außer einem ordentlichen Weinvorrat noch einige Dutzend Konserven entdeckt. Hier kann er sich durchaus eine Weile verstecken. Die Frage ist, wie es weitergeht. Und vor allem: Was seine Feinde da unten vorhaben.

Dass er dort Feinde hat, steht nach allem, was in den letzten achtzehn Stunden gehört und erfahren hat, außer Zweifel. Und außer Zweifel steht auch, weshalb es seine Feinde sind: Sie müssen sowohl hinter seine Identität wie auch hinter seine Absichten gekommen sein. »Ihr roten Schweine macht uns hier nix kaputt«, hat der Quadratschädel gesagt. Obwohl er tat, als kenne er ihn nicht, muss er genau gewusst haben, wer er ist. Von wem auch immer er das erfahren hat, wahrscheinlich von Zenta Troll; vielleicht haben auch Runge oder dessen Frau getratscht. Aber was meint er mit »nix kaputt machen«? Den gleichen Ausdruck hat dem Bericht des Jungen zufolge auch Rauch gegenüber Hubertus von Blücher verwendet. Und der schloss daran seine Drohung an, ihn, Ernst, »aus dem Verkehr zu ziehen.« Wie auch immer: Will er sein Ziel weiterverfolgen, sollte er so schnell wie möglich dahinterkommen, was dieses »es« ist, das er angeblich kaputtzumachen droht.

Er drückt seine Zigarette in dem aus imposanten Keilerhauern geformten Aschenbecher auf dem Tisch vor sich aus, steht auf und verschiebt den Sonnenschirm so, dass er weiter im Schatten auf der Terrasse sitzen kann. Josef und Susan wollen erst gegen Abend wieder herkommen, bis dahin, hat Josef großspurig angekündigt, sei er hinter das eine oder andere Geheimnis gekommen. Ernst glaubt nicht daran. Er traut dem Jungen nicht, kann ihn nicht für voll nehmen; vor allem ist ihm dessen kindischer und größenwahnsinniger Plan, den Blüchers ihren gestohlenen Devisenschatz zu rauben, suspekt. Ein Unternehmen, das von vornherein zum Scheitern verurteilt ist. Er wird es ihm und auch dieser wunderbar verrückten Engländerin gründlich ausreden. Er muss sich um seinen eigenen Plan kümmern.

**

Der Nachmittag schreitet voran, die Sonne schwebt schon über der Kette von Alpengipfeln im Westen, aber es ist kein Grad kühler geworden. Die Hitze, unter der die Einheimischen hier allesamt leiden, macht Susan nichts aus. Ihr kann es nie warm genug sein. Aus ihrem Zimmer hat sie den Brief des SS-Arztes Gregor Ebner und eine Straßenkarte von Oberbayern geholt und die Karte auf dem Rasen neben der Bank ausgebreitet, auf der sie einen Großteil des Nachmittags verbrachte, lesend und gleichzeitig für Josefs Einbruch Schmiere stehend. Das Abenteuer ging in allerletzter Sekunde noch gut aus. In dem Augenblick, in dem Rauch auf dem Weg hinunter zur Stinnes-Villa zwischen den Büschen verschwand und ihr Herz stillstand, weil er dort unweigerlich auf Josef treffen würde, tauchte Josef plötzlich in ihrem Rücken auf, kam munter von der Hohen Halde herunter und begrüßte Blücher und sie, als wäre nichts gewesen. Als Blücher gegangen war, sagte er ihr, dass er es nach ihrem Warnliedchen noch geschafft habe, Rauchs Zimmer rechtzeitig zu verlassen, weil sich die Tür von innen öffnen ließ. Danach sei er außen um die Gärten herum nach oben gerannt und konnte dann ganz unschuldig wieder herunterkommen. Auf ihre Frage, ob er in Rauchs Zimmer fündig geworden sei, schüttelte er den Kopf und sagte, er sei jetzt vollständig »platt« und müsse zuerst mal für die nächsten ein, zwei Stunden in seinem Zimmer die Beine hochlegen.

Die Leute, bei denen einige der Kinder aus dem Lebensborn-Heim »Hochland« untergekommen sein sollen, wohnen alle in der Nähe von Steinhöring, wo sich das Heim befindet – in kleinen oberbayrischen Orten, die Pfaffing, Aßling und Rott am Inn heißen. Die Namen der Leute sind nichtssagend, jedenfalls ist daraus nicht zu schließen, was das für Menschen sind. Susan versucht sich vorzustellen, wie diese Kinder aussehen, ob sie wirklich so sind, wie es in der Absicht dieses Menschenzuchtexperiments lag. Ob sie schöner, ob sie intelligenter sind als der Durchschnitt ihrer Altersgenossen, vor allem, ob sich an ihnen das Potenzial entdecken lässt, zu guten, zu besseren Menschen zu werden.

In einer Erzählung von Virginia Woolf hat sie einmal gelesen, dass es das Ziel des Lebens sei, gute Bücher und gute Menschen hervorzubringen. Beides aber sei in einer von Männern – vor allem von machtbesessenen, bornierten Männern – beherrschten Welt nicht möglich. Also muss man sich, so Susans Gedanke, daran machen, ohne diese Hierarchen Wege zu finden, gute Menschen herzustellen. Die klassischen Methoden der Menscherziehung sind gescheitert, ein Blick auf die lächerlich mediokren Produkte, die britische Internate nach mehrjähriger »Erziehung« verlassen, genügt. Mit einer solchen »Elite« konnte das Empire nicht anders, als in seinen Untergang zu steuern. Warum also nicht die Wissenschaft einspannen, und das wäre in diesem Fall die Genetik, um bessere Menschen zu produzieren? Wobei sich natürlich das Problem auftut, dass es ja nicht »die« Wissenschaft ist, die festlegt, wie die besseren Menschen beschaffen sein sollten. Sondern wiederum Menschen. Wer entscheidet über die Züchtungsziele? Und darüber, was denn ein »guter Mensch« ist? Könnten das vielleicht dieselben Männer sein, die entschieden haben, dass Millionen von Juden es nicht wert sind, überhaupt zu leben?

Susan beobachtet die in einem sich rot färbenden Horizont schwimmende und allmählich darin ertrinkende Sonne, die bald ins Nichts hinter der blauen Bergkulisse stürzen wird, und dabei wird ihr mit einem Mal klar, dass sie in ganz ähnlichen Widersprüchen gefangen ist wie ihr Vater. So wie der den »Führer« verherrlichen und gleichzeitig den Untergang dessen Reiches beklatschen kann, so hat auch sie die Menschenzuchtexperimente der Nazis gespannt und sogar begeistert verfolgt, dabei aber bisher ganz ausgeblendet, dass es sich bei Letzteren um nichtswürdige Verbrecher und Mörder handelt.

Schritte über den Rasen hinter ihr reißen sie aus ihrem Gedanken und hindern sie daran, ihn zu Ende zu denken. Sie dreht sich um. Hubertus von Blücher und Josef kommen gemeinsam von der Hohen Halde auf sie zu.

»Sie sind ja unermüdlich!«, lobt von Blücher sie mit gewohnter, immer etwas zu triefender Freundlichkeit. »Sie erlauben?« Er setzt sich auf die Bank ihr gegenüber und schlägt, damit gleichsam ein Gespräch einfordernd, die Beine übereinander.

Er trägt immer noch denselben Janker wie am Mittag; seine Wangen und die Pomade in seinem am Kopf klebenden Haar haben trotz der Hitze nichts an Frische eingebüßt. Josef nimmt neben ihm Platz. Die beiden wirken, als hätten sie ein Komplott geschmiedet. Susan setzt ein wissendes Lächeln auf, obwohl sie absolut nicht weiß, was die beiden spielen.

»Ich hab Hubertus gefragt, ob wir noch mal den Wagen für eine kleine Abendtour zu einem schönen Ausflugsziel in der Gegend haben können«, sagt Josef. »Wo deine Kopfschmerzen jetzt weg sind und es vielleicht etwas kühler wird.«

Susan wundert sich, dass Josef von Blücher als »Hubertus« anspricht, aber wirklich überraschen tut es sie eigentlich nicht. Josef ist ein echter Filou.

»Ich fand das eine hervorragende Idee, zumal Sie ja Ihrem Ziel näher gekommen sind, wie Josef mir sagte, und vielleicht bald schon unser schönes Tal verlassen könnten.« Blücher deutet dabei auf den über der Karte aufgeschlagenen Brief Ebners.

Josef hat ihn also auch darüber informiert. Kein schlechter Schachzug, um Blücher in Sicherheit zu wiegen.

»Ja«, sagt Susan. »Ich bin ein wenig weitergekommen, das stimmt.«

»Aber bitte, liebe Miss Mitford!« Blücher hat den sanftesten Diplomatenton angeschlagen: »Bleiben Sie hier, so lange Sie wollen. Sie sind uns immer willkommen!«

»Danke«, sagt Susan und schlägt mit gespielter Bescheidenheit die Augen nieder.

***

Eigentlich ist die ganze Vorstellung von Rache und Bestrafung ein kindischer Tagtraum. Genau genommen gibt es gar keine Rache. Rache ist etwas, das man sich vorstellt, solange man ohnmächtig ist und weil man ohnmächtig ist. Sobald das Gefühl der Ohnmacht vorbei ist, verschwindet auch dieser Wunsch. Einige Jahre, während des Krieges und dann auch in Buchenwald, war das auch bei ihm so. Aber jetzt – ist jetzt sein Gefühl der Ohnmacht vorbei? 1935, als er nach Frankreich abhauen musste und als er herausfand, dass Rosa durch Trolls

Denunziation verhaftet worden war, da hat er sich ohnmächtig gefühlt und ist wirklich auch vollkommen ohnmächtig gewesen. Und seitdem er letztes Jahr im Lager erfahren hat, dass man sie 1940 in Ravensbrück ermordet hatte, da hat er sich erst recht ohnmächtig gefühlt, und sein Rachewunsch ist in ihm hochgekocht, stärker als je zuvor. Und deshalb hat er so lange angehalten, bis jetzt, bis zu diesem Augenblick, in dem er hinunter ins rasch im Dämmerlicht versinkende Tal schaut und weiß, dass sich dort irgendwo Max Troll versteckt. Und merkwürdig: Jetzt fühlt er sich keineswegs ohnmächtig. Friedliche Menschen können vielleicht in dem Moment, in dem sie über die Macht zur Rache verfügen, keine Befriedigung mehr daraus ziehen. Aber er ist kein friedlicher Mensch, ganz und gar kein friedlicher Mensch. Und er weiß, dass er auch über die Macht zur Rache verfügt, und auf jeden Fall über den unbedingten Willen dazu.

Er erinnert sich daran, dass man in Buchenwald über einen litauischen Juden namens Abba Kovner gesprochen hat, einen noch nicht einmal dreißigjährigen Dichter, der im Begriff war, eine Organisation aufzubauen, die eine systematische Rache an den Deutschen vorhatte, plante, sie umzubringen – zuerst sämtliche SS-Angehörigen, dann alle, wirklich alle Deutschen, weil sie alle Täter waren. Ernst hat seitdem nichts mehr von Abba Kovner und seiner Organisation gehört. Er hat das Gefühl, aus ähnlichem Holz geschnitzt zu sein wie er.

Durch den Wald unter ihm sticht ein Scheinwerferlicht, verlöscht schlagartig, um kurz darauf wieder aufzublitzen. Dann hört er den Motor des schweren Mercedes, ein paar Augenblicke später fährt der Wagen die Auffahrt zur Terrasse hoch, die Scheinwerfer gehen aus, der Motor wird abgestellt.

Im Inneren des Jagdhauses gibt es kein elektrisches Licht, dafür aber einige Karbidlampen, die für eine angenehm warme Beleuchtung sorgen. In der Vorratskammer hat Ernst eine Flasche Cognac und in der Anrichte im Wohnbereich die dazu passenden Gläser gefunden. Sie trinken. Susan und Josef sitzen ihm gegenüber nebeneinander auf der Couch wie ein schüchternes Geschwisterpaar. Trotz dessen Unschuld spürt Ernst einen Anflug von Eifersucht auf Josef. Der ist zerknirscht, weil er seine großspurige Ankündigung, hinter »das eine oder andere Geheimnis zu kommen«, offenbar nicht wahrmachen kann.

»Es tut mir furchtbar leid«, sagt Josef. »Ich hab in Rauchs Zimmer nichts Brauchbares gefunden, keine Papiere, keine Dokumente. Außer den Landkarten von Südtirol und Oberitalien. Aber das wussten wir ja vorher schon, dass er sich dahin verdrücken will.«

»Und die Fotos?«, erinnert ihn Susan.

»Ach ja, die Fotos«, winkt er ab. »Erinnerungsfotos halt. Nichts Besonderes …«

»Bis auf das eine …«

»Ach ja. Das ist schon merkwürdig. Ein Hochzeitsfoto. Darauf sind Rauch und die Zenta Troll als Brautpaar. Ich kenn die Zenta schon ziemlich lang und hatte keine Ahnung, dass die mit Rauch verheiratet ist oder war.«

»Fritz Rauch und Zenta Troll auf einem Hochzeitsfoto?« Ernst ist elektrisiert, er springt aus seinem Sessel, tritt nahe vor Josef. »Bist du ganz sicher?«

»Ja, natürlich bin ich sicher. Ich kenne die Zenta und kenne den Rauch.«

»Stand ein Datum auf dem Foto?«

»Ja, auf der Rückseite.«

»Welches Datum?«

»Keine Ahnung, welches Datum genau. Ich hab mir nur das Jahr gemerkt. 1932.«

1932! Das war das Jahr, in dem Zenta Bachmeier in München Max Troll heiratete. Fritz Rauch ist Max Troll. Er hat ihn.

***

»Ah, da kommts ja doch noch!«

Der Kater hat offenbar am Eingangstor auf sie gewartet, beugt sich zu Josef ins Wageninnere und flüstert jetzt: »Lass das Auto so steh'n, wie es ist. Wir müssen was besprechen.«

Susan hat trotz des Flüsterns verstanden, was Blücher sagte, steigt aus und geht zum Eingang der Hohen Halde. »Dann gute Nacht!«

Der Kater wartet, bis sich die Tür hinter ihr schließt, dann geht er um den Mercedes herum, öffnet die Beifahrertür und nimmt auf dem Sitz Platz, auf dem eben noch Susan saß.

»Bist du bereit für eine längere Tour?«

»Klar. Immer. Ich bin doch der Fahrer.«

»Jetzt sofort?«

»Natürlich.«

»Brav, mein Junge. Vorher gibt es noch a bisserl Schaufelei, aber das müsste in einer halben Stunde geschafft sein. In der Zwischenzeit mach ich den Tank voll …«

Der Kater deutet auf eine Batterie von Benzinkanistern, ganz offenbar aus amerikanischen Armeebeständen, im Inneren der Garage. Josef sieht sie zum ersten Mal. Sie müssen heute Abend geliefert worden sein. Wahrscheinlich als Bezahlung für den Grappa. Der Kater ist mit allen Wassern gewaschen.

Es dauert eine ganze Weile, bis Ernst sich in der Dunkelheit des steil ansteigenden Fichtenhangs zurechtfinden und einen einigermaßen ebenen Platz finden kann, von dem aus er einen guten Blick hinunter auf die Blücher-Villa hat. Doch ist es so dunkel, dass er außer der Leuchte über deren Haupteingang kaum etwas davon sieht. Er breitet den mitgebrachten Schlafsack unter sich aus, setzt sich darauf und öffnet im Schein einer kleinen, abgeblendeten Taschenlampe den Gewehrkoffer, den er aus der Strauss'schen Jagdhütte mit hierhergenommen hat. Das Zielfernrohr, das er als Erstes herausnimmt, ist, soweit er das beurteilen kann, das Neueste und Teuerste, was es zu

kaufen gibt. Und entsprechend schwer, weil seine Eintritts-
pupille so groß ist, dass das Objektiv sehr viel Licht durchlässt,
also absolut nachttauglich ist. Dann montiert er die Repe-
tierbüchse, eine werkzeuglos zusammensetzbare kurzläufige
Mauser mit Buchenholzschaft, und bringt dann das Zielfernrohr darauf an.

Natürlich hat er den beiden anderen nicht gesagt, was er
vorhat, hat das Gewehr, das Zielfernrohr und eine Packung
Munition erst aus dem Schrank geholt, das Gewehr auseinan-
dergenommen und alles in den Koffer gepackt, als sie schon
im Auto saßen. Besprochen und abgemacht hatten sie zuvor,
dass er sich an dem von den beiden geplanten Coup, die Blücher-Bande um die geraubten Devisen zu erleichtern, beteiligen
werde. Ohne diese Zusage hätten sie ihn wohl nicht zur Villa
mitgenommen und ihm den Hang gegenüber dem Gebäude
gezeigt, von dem aus er unbemerkt alles beobachten kann.
Josef meinte, aus allem, was er in der Villa so mitkriege und
beobachte, sei zu schließen, dass die Blüchers und Rauch aus
Furcht vor dem amerikanischen Geheimdienst das im Garten
vergrabene Geld sehr bald ausgraben und irgendwo anders
verstecken würden. Vielleicht schon heute Nacht. Und wenn
sie das tun würden, das ist ihre gemeinsame Überlegung oben
in der Jagdhütte gewesen, sei das der günstigste Zeitpunkt für
sie, herauszukriegen, wo das neue Versteck ist. Dort ergebe
sich für sie sicher eine bessere Gelegenheit, ihnen das Geld
abzunehmen.

Selbst für das lichtempfindliche Zielfernrohr ist es zu dunkel,
um Details der Blücher-Villa unter ihm deutlich erkennen zu
können. Er kann lediglich die Konturen des massigen Haupt-
baus, der Garage und des daran anschließenden Gartenhauses
ausmachen. Der Schein der Lampe über dem Haupteingang der
Villa beleuchtet gerade mal die zur Haustür hinaufführenden
Stufen. Die wenigen trüben Glühbirnen, die in den Zimmern
brennen, geben kaum Licht nach außen ab. Er hebt den Blick,

sieht im Hintergrund den Schattenriss des mächtigen schwarzen Zinkens der Zugspitze vor einem kaum weniger dunklen Himmel. Bleibt es weiter so dunkel, ist sein Plan im Eimer.

Breitbeinig steht Rauch neben Josef und beobachtet, wie er die rund ausgestochene Grasnarbe vorsichtig mit dem Spaten an allen Seiten ein wenig hochhebt, damit er sie anschließend leicht wegziehen kann. Die lockere Schicht Erde, die er in der Nacht zuvor auf den Blumentopf gepackt hat, ist schnell zur Seite geschaufelt. Rauch bückt sich und hebt den Topf heraus.

»Mach dich gleich ans nächste Loch«, sagt er. »Den Dreck kannst du morgen wieder einschaufeln.«

Josef schaut ihm hinterher und sieht ihn in der Garage verschwinden, in die er eben den Mercedes gefahren hat. Dann macht er sich an die Bergung des nächsten Dollar-schwangeren Blumentopfs.

Unversehens schiebt sich hinter der steil abfallenden östlichen Wand der Zugspitze ein fast drei viertel voller Mond hervor und überzieht innerhalb weniger Minuten die ganze Landschaft unter Ernst und schließlich auch die Blücher-Villa und das Gelände um sie herum mit seinem silbrigen Licht. Jetzt erst kann er durch das Zielfernrohr der Büchse erkennen, was dort im Garten zwischen Haupthaus und Garage geschieht, und sein Herz beginnt plötzlich laut zu schlagen. Dort unten steht Max Troll und schaut zu, wie Josef auf dem Rasen ein Loch aushebt.

Jetzt erst denkt er daran, das Gewehr zu laden. Eilig, mit zitternden Händen, klinkt er das Magazin heraus, schiebt die Patronen mit den Vollmantelgeschossen hinein, fünf Stück, mehr fasst das Magazin nicht, lässt es wieder einrasten, lädt durch und hebt dann erneut das Gewehr. Max Troll ist verschwunden. Er schwenkt zu Josef hinüber. Der ist dabei, mit seinem Spaten neben einem bereits gegrabenen Loch ein weiteres rundes Stück Grasnarbe auszuheben. Ernst streift mit dem Fernrohr den restlichen Garten ab, zum Haupthaus, von dort zur an die Garage angrenzenden Gartenlaube. Nichts. Niemand. Dann ein Schatten hinter der Garage. Er schwenkt hastig herum. Eine Sekunde später hat er Max Troll im Visier, kann seine schwere Figur wiedererkennen und sein flaches Gesicht mit dem eingefrorenen Grinsen darin. Ernst fixiert dieses Gesicht, zielt auf die linke Wange; er sieht schon das Loch darin und den in einer Blutwolke explodierenden Hinterkopf Trolls. Sein Zeigefinger senkt sich, sucht den Druckpunkt – dann ist das Gesicht weg. Ein anderes hat sich davorgeschoben, das von Hubertus Blücher, der mit Max Troll aus der Garage gekommen ist und ihn in den Garten begleitet. Dort hat Josef inzwischen einen ziemlichen großen Blumentopf aus der Erde geholt.

Ernst senkt die Waffe, um sie einen Augenblick später wieder zu heben und Max Trolls Kopf erneut ins Visier zu kriegen. Aber es ist wie verhext: Jedes Mal, wenn er ihn sauber anvisieren kann, kommt ihm ein anderer in die Quere, entweder Blücher oder der Junge. Schließlich sind sie alle drei in der Garage verschwunden. Von hier oben hat er keine Sicht in das Gebäude hinein, er muss darauf warten, dass Troll wieder herauskommt. Aber er kommt nicht mehr heraus. Stattdessen rollt der Mercedes rückwärts auf die Zufahrt, wendet auf der Straße und fährt hinunter ins Dorf. Darin Josef und Max Troll. Hubertus von Blücher ist zurückgeblieben und schließt zuerst das Garagentor und dann das große hölzerne Zugangstor zur Villen-Auffahrt.

Das Auftauchen des Mondes war ein Glück. In seinem Licht konnte Susan aus ihrem Zimmerfenster genau beobachten, was im Garten vor sich ging, wie Josef unter Rauchs Anleitung zwei Blumentöpfe ausgrub und in die Garage trug, wie kurz darauf Josef und Rauch mit dem Mercedes die Gsteigstraße hinunterfuhren und Hubertus später mit dem Spaten die beiden Löcher im Rasen zuschaufelte, die Grasnarben wieder darüberlegte, den Spaten an die Wand des Gartenhauses anlehnte und kurz darauf in der Villa verschwand.

Das alles geschah fast geräuschlos, selbst als Josefs Spaten an einem der Blumentöpfe kratzte, ist das kaum hörbar gewesen. Jetzt, nachdem Hubertus ins Haus gegangen ist, ist es vollkommen ruhig geworden. In der Ferne ruft ein Käuzchen. Sie richtet ihren Blick in die Richtung, es muss aus dem Fichtenwald oberhalb des Hangs kommen, in dem sich dieser merkwürdige, faszinierende Mann versteckt hat. Mit einem Mal wird ihr gewahr, dass sie beide in der letzten Viertelstunde das Gleiche dort unten beobachtet haben; die Vorstellung lässt ein überwältigendes, brausendes Gefühl von Gemeinsamkeit in ihr entstehen. Und ein ebenso überwältigendes Begehren. Ohne Licht zu machen, sucht sie nach ihren Schuhen, die irgendwo auf dem Boden liegen.

FÜNFTER TAG

Noch ehe die Sonne aufgegangen ist, schickt sie auch heute ihre rosenfingrigen Vorboten in den allmählich aufklarenden Himmel. Eine Stimmung wie am Morgen des Vortages, nur dass er an jenem Morgen tötete, an diesem hingegen als Liebender aufwacht. Er unterdrückt die Lust, über den Unterschied nachzudenken, es wäre zu trivial. Den Gestaposchergen erschoss er ohne die geringste Emotion, so, wie er vor einem Jahr im Maquis an der Yonne die Verräter in seiner Truppe erschossen hatte, ohne einen Gedanken daran zu verschwenden, dass sie Mütter hatten, vielleicht Frauen, vielleicht Kinder, dass sie vielleicht geliebt wurden. Im zerbrechlichen Licht des frühen Morgens betrachtet er das Gesicht der schlafenden Susan neben sich, sie hat sich unter dem Schlafsack in seinen Arm gekuschelt. Es ist ein sehr schönes Gesicht, obwohl der Mund darin vielleicht zu kräftig, die Augen vielleicht zu groß sind, aber zusammen verkünden Augen und Mund, dass dem Menschen als letzter Ausweg immer noch der Mut bleibt. Der Mut, der aus ihrem Gesicht spricht, ist das, was ihre Schönheit ausmacht, und der ist es auch, warum man sie lieben muss, warum er sie lieben muss.

Ein noch entferntes, sich aber rasch näherndes Grollen lässt ihn aufhorchen. Vorsichtig löst er sich aus Susans Umarmung, um sich so drehen zu können, dass er die Straße, die unten am Grundstück entlangführt, beobachten kann. Susan seufzt leise, atmet einmal ein wenig tiefer, dann wird ihr Atem wieder flach und regelmäßig. Sie schläft weiter. Das Grollen kommt näher, und in es hinein mischt sich jetzt ein metallisches Rasseln, das er kennt. Es ist das Rasseln von Panzerketten.

Ernst richtet sich ein wenig auf, stützt sich auf seine Ellbogen und kann jetzt den M4-Sherman-Panzer erkennen, der gerade in die letzte Straßenkurve vor der Villa Hohe Halde einbiegt. Das kurze Geschützrohr ist steil nach oben gerichtet, sodass auf dem Heck des Panzers Platz für aufsitzende GIs ist. Ernst zählt vier mit Maschinenpistolen bewaffnete Soldaten und einen Offizier in der Uniform eines Majors. Er zieht das vor ihm liegende Fernglas zu sich heran. Das Gewehr hatte er, bevor Susan kam, wieder zusammengebaut und im Koffer verstaut, das Fernglas aber bei sich behalten. Er richtet es auf das Gesicht des Offiziers. Er kennt den Mann nicht, auf jeden Fall ist es nicht jener Major, den er vor drei Tagen abends zusammen mit Hubertus von Blücher im »Weißen Rössl« gesehen hat und von dem er inzwischen weiß, dass es Major Snapp, der Ortskommandant von Garmisch, war. Dieser Major auf dem Panzer ist also nicht Major Snapp, aber wer ist es dann, und weshalb besucht er Hubertus von Blücher mit einem Panzer? Denn dass das ein Besuch ist, wird ein paar Augenblicke später klar. Und was für ein Besuch!

Der Gast macht sich nicht die Mühe anzuklopfen. Der Sherman fährt einfach durch das geschlossene hölzerne Tor, die wertvollen Handschnitzereien darin zersplittern mit einem solch kreischenden Lärm, dass davon auch Susan wach wird, sich auf den Bauch dreht und mit vor Staunen geöffnetem Mund neben Ernst das weitere Schauspiel beobachtet. Der Sherman rollt über das zerborstene Tor, kommt ein paar Schritte vor der Garage zum Stehen; die GIs und der Major springen ab und gehen auf Hubertus von Blücher zu, der soeben an der Haustür der Villa erschienen ist – nicht etwa im Schlafanzug, wie man es morgens um halb sechs vermuten müsste, sondern bereits fertig angezogen. Es scheint, als habe er diesen Besuch erwartet; seine Gestik zeigt auf jeden Fall keinerlei Anzeichen von Empörung über das zerstörte Tor. Im Gegenteil, er geht mit ausgestreckter Hand auf den Major zu, und dann schütteln sie sich die Hände, als seien sie alte Freunde.

»Was ist das?«, hört er Susan in sein Ohr flüstern.

Ernst reicht Susan das Fernglas. »Keine Ahnung«, sagt er. »Aber irgendwie sieht es nach einem abgekarteten Spiel aus.« Mit zu diesem Spiel scheint zu gehören, dass Blücher zum Gartenhaus geht, darin verschwindet, nach wenigen Minuten mit zwei Spaten und einer Schaufel wiederauftaucht, sie an die GIs verteilt und dann, den Major an seiner Seite, ihnen voranschreitet und mit ausgestrecktem Zeigefinger auf verschiedene Rasenflächen deutet. Sein Schreiten, seine ganze Körpersprache hat etwas Feierliches, Zeremonielles. Ernsts Verdacht, dass Blücher ein im Vorhinein abgesprochenes Spiel treibt, verdichtet sich.

Die GIs heben mit den Spaten vorher abgestochene Rasennarben ab, schaufeln ein wenig Erde darunter zur Seite und graben dann nach und nach die großen Blumentöpfe aus. Beim ersten ans Tageslicht gebrachten Topf kommt der Major hinzu, bückt sich, entnimmt dem Topf ein Päckchen und faltet das Wachspapier so weit auseinander, bis er auf den eigentlichen Inhalt stößt. Er betrachtet ihn einen Augenblick lang, dann nickt er und gibt damit dem dabeistehenden Soldaten ein Zeichen, den Blumentopf zum Panzer zu tragen und in dessen offen stehende Bugluke zu schieben.

»Blücher liefert seine geraubten Dollars an die Amerikaner aus«, sagt Susan. Ihre Stimme klingt tonlos.

»So sieht es jedenfalls aus.«

Susan schweigt eine Weile. Dann sagt sie: »Ein Deal?«

Ernst sagt nichts.

»Auf jeden Fall ist unsere Beute futsch«, sagt Susan. Noch tonloser als vorhin. »Das kann ja wohl nicht wahr sein!«

»Wie viele Töpfe insgesamt hat Josef da unten vergraben? Du hast ihn doch beobachtet.«

»Genau hab ich nicht gezählt. Ich schätze, es waren zehn.«

»Zwei hat Rauch mitgenommen ...«

»Heißt, dass die GIs insgesamt acht ausgraben müssten«, Susan legt dabei ihren rechten Zeigefinger über den Mund, als könne ihr das beim Nachdenken helfen. Eine liebenswerte

Geste, die Ernst schon einmal bei ihr beobachtet hat. Wenn es nicht ums Blumentopfzählen ginge, würde er sie deswegen auf der Stelle umarmen.

»Jetzt sind sie bei Nummer vier«, sagt er stattdessen.

»Und das war's offenbar«, ergänzt Susan, denn die GIs haben die Arbeit eingestellt, ihre Spaten und Schaufeln an die Wand des Gartenhäuschens gelehnt. Einer von ihnen schiebt gerade den letzten Blumentopf in die Luke des Panzers und schließt sie.

»Bleiben vier in der Erde«, sagt Ernst.

»Oder drei oder auch fünf, ich hab wie gesagt vielleicht nicht richtig gezählt …«

»Auf jeden Fall scheint das aber der Deal zwischen den Amis und Blücher zu sein: Dafür, dass er ihnen einen Gutteil seiner Beute abgibt, darf er den Rest behalten.«

»Glaubst du denn, er hat ihnen erzählt, dass sein Kumpel Rauch schon mit zwei Töpfen abgehauen ist und noch ein paar da unten unterm Rasen schlummern?«

»Du bist schlau.«

»Ich weiß«, sagt Susan und küsst ihn auf den Mund. Ernst hätte den Kuss erwidert, wenn er nicht aus den Augenwinkeln ein weiteres erstaunliches Geschehen vor dem Eingang der Blücher-Villa beobachtet hätte: Der Major reicht dem auf dem Treppenabsatz stehenden Blücher ein Klemmbrett und einen Füllfederhalter. Blücher liest das auf dem Klemmbrett befestigte Blatt durch, nickt, unterschreibt dann mit ausholender Geste und gibt dem Major das Brett zurück; der unterschreibt dann seinerseits, zieht das Blatt vom Brett, übergibt es Blücher und unterzeichnet dann ein weiteres. Offenbar die Zweitschrift des Vertrags. Nachdem Blücher auch die unterschrieben hat, steckt der Major das Papier ein, verabschiedet sich mit einer lässigen militärischen Geste und steigt zu seinen Soldaten auf den Panzer, der inzwischen gewendet hat und jetzt über die knirschenden und knackenden Reste des Tors der Villa wieder die Gsteigstraße hinunterfährt.

»Na schön«, sagt Susan lakonisch. »Sechs sind weg. Wenn vier übrig sind, ist das allemal genug für dich, mich und Josef.«

∗∗∗

Erschrocken stoppt Josef den Mercedes vor der Einfahrt. Das schöne Holztor mit den alten Schnitzereien in den Füllungen ist vollkommen zerstört, liegt zermalmt auf dem Boden, die weißen Splitterkanten sehen wie frisch gerissene Wunden aus. An der linken Seite sind die Beschläge aus den Angeln gerissen, auf der rechten sind sie zwar noch intakt, die Latten daran aber sind in der Mitte durchgebrochen und hängen schief und wirr herab. Er traut sich nicht, über die Splitter zu fahren, parkt das Auto schräg davor, damit es den Verkehr auf der Straße nicht behindert, stürzt ins Haus, springt die Stufen zu Hubertus' Büro hoch, doch das steht leer. Auch im Raum nebenan, in dem Lüder wohnt, ist niemand.

Verwirrt steigt er zu seinem Zimmer im Dachgeschoss hoch, will sich sofort aufs Bett legen. Er hat eine vierzehnstündige höllische Autofahrt hinter sich, von den Serpentinen des Brenner- und des Jaufenpasses ist ihm immer noch schwindlig. Unter der Tür durchgeschoben findet er einen Zettel. *Bin mit Ernst auf dem Hang gegenüber. Wir müssen sprechen. Dringend. Susan.* Also steigt er die Treppe wieder hinunter.

Als er aus dem Haus tritt, fällt sein Blick auf den Rasen hinterm Gartenhaus. Vier der Löcher, die er dort vor zwei Nächten gegraben hat, sind wieder ausgehoben und nicht mehr mit der Grasnarbe bedeckt. Die leeren Krater im Rasen und das zermalmte Tor lassen ihn ahnen, was Susan mit »dringend« meint.

»Nein!« Ernsts sonst eher leise und zurückgenommene Stimme klingt mit einem Mal scharf und herrisch. »Für mich haben die drei oder vier oder fünf verdammten Blumentöpfe da unten keine Priorität! Für mich ist allein dieser Rauch wichtig!«

Susan öffnet verblüfft den Mund angesichts Ernsts kalter Entschlossenheit. Für Josef macht seine Reaktion vollends klar, um welche Art von Mann es sich bei ihm handelt; seine Bewunderung für den Partisanen, wie er ihn für sich nennt, steigt noch einmal um ein paar Grade.

»Rauch?«, fragt Susan leise und ein wenig hilflos. »Was ist mit diesem Rauch?«

»Ich habe mit ihm noch eine Rechnung offen. Mehr gibt es da nicht zu sagen.«

»Aber die werden Sie ihm nicht so einfach übergeben können, Ihre Rechnung. Ich hab ihn gerade nach Meran gefahren. Das sind mehr als hundertsiebzig Kilometer von hier. Einmal quer durch die Hochalpen.«

»Dann muss ich eben da hin!«

»Und wie?«

Ernst schaut Josef an. Der schüttelt den Kopf. »Das haut nimmer hin. Ich kann mit dem Mercedes nicht einfach für einen ganzen Tag verschwinden. Hubertus wird mir das auf keinen Fall durchgehen lassen, egal was für eine Ausrede ich erfinde. Mal ganz abgesehen vom Sprit.«

Ernsts Blick wandert zu Susan. Die zieht die Schultern hoch. »Und mal ganz abgesehen von der Frage, ob ich mich darauf einlasse und meinen Goldenen Topf da unten sausen lasse …«

»Da können wir uns später noch drum kümmern«, sagt Ernst. »Die Blüchers fühlen sich jetzt sicher und werden sie so schnell nicht ausgraben.«

»Okay. Dann bleibt aber immer noch das Problem, wie wir nach Meran kommen.«

»Wir?« Ernst hebt die Augenbrauen.

»Natürlich wir. Die einzige Chance hast du mit meinem Triumph. Also bist du auf mich angewiesen …«

Ernst sieht Susan ausdruckslos an. Was die aber bloß zum Kichern bringt. »Mal ganz abgesehen davon, dass es mir einen höllischen Spaß machen würde.«

Ernst ist nicht anzumerken, ob er sich über Susans Angebot freut. Ein paar Augenblicke herrscht Schweigen. Bevor es peinlich wird, fragt Josef: »Habt ihr überhaupt Kleingeld für eure Reise – für Sprit und so zum Beispiel?«

»Eigentlich hab ich nur Lucky Strikes«, antwortet Susan.

Ernst zuckt statt einer Antwort bloß die Schultern.

Josef zieht ein dickes Bündel Zwanzig-Dollar-Noten aus seiner Hosentasche und reicht es Susan. Sie starrt darauf, ohne es anzurühren. Dann scheint ihr ein Licht aufzugehen, und sie grinst breit.

»Habt ihr etwa gedacht«, sagt Josef, »ich würd mir umsonst die Nächte mit Löchergraben um die Ohren schlagen?«

✳✳✳

Nachdem er drei Stunden wie ein Stein geschlafen hat, fühlt sich Josef bereit, es wieder mit der Welt aufzunehmen. Es ist kurz nach zwei am Nachmittag. Als Erstes geht er hinunter in die Küche und schaut nach, ob der Blücher-Clan irgendetwas Essbares vom Frühstück übrig gelassen hat. Seit der kargen Vesper, die man ihm in der Pfarrei im Dorf Tirol um Mitternacht spendierte, hat er nichts mehr zu sich genommen. Im Vorratsschrank findet er zwei angetrocknete Semmeln und ein Stück Käse. Er setzt sich damit an den riesigen Tisch und macht sich darüber her. Lautlos geht die Tür auf, und der Kater steht vor ihm, begrüßt ihn mit seinem notorisch öligen Grinsen.

»Na, alles gut gegangen mit unserem Fritz?«

»Bestens«, antwortet Josef. »Er ist jetzt beim Roten Kreuz in der Pfarrei im Dorf Tirol.«

»Fein gemacht!«, lobt der Kater. »Und hast du schon gesehen, was für eine Schweinerei inzwischen hier passiert ist?«

»Ja, das Tor und die Blumentöpfe ... Was war da los?« Josef tut erschüttert, spielt den Naiven, obwohl er durch Susan und den Partisanen natürlich über alles genau Bescheid weiß.

»Irgendeiner vom Counter Intelligence Corps ist uns dahintergekommen. Ein Major Neumann. Ich vermute, dieser
DuBois hat ihn auf die Spur gebracht. Rollte heute in aller Herr-
gottsfrüh mit einem Panzer durch unser Tor und hat mich ge-
zwungen, ihm unseren kompletten Schatz zu übergeben.« Der
Kater klingt, als bliebe ihm jetzt nichts mehr als Selbstmord.

»Alles? Das ist ja furchtbar!« Josef heuchelt tiefstes Mit-
gefühl.

»Ja, es ist furchtbar!« Der Kater lässt seine Stimme versagen.
Auch kein schlechter Schauspieler. Wie einer, der sämtliche Le-
benslust verloren hat, lässt er sich auf einen Küchenstuhl neben
Josef sinken. »Der einzige Trost ist, dass wir jetzt wenigstens
sauber dastehen, dass die gottverdammten Gerüchte über uns
im Dorf aufhören …«

Josef sieht ihn verständnislos an.

»Na, dieser Major Neumann hat mir quittiert, dass ich ihm
die kompletten Devisen aus dem Reichsbank-Versteck auf dem
Klausenkopf übergeben habe.«

Der Kater kramt ein sorgfältig zweimal gefaltetes Blatt
Papier aus der Innentasche seines Jankers und reicht es Josef.
Der überfliegt es, registriert die Zahlen. Vierhunderttausend
Dollar. Das ist fast dreimal so viel, wie in den vier Blumen-
töpfen steckte, die die Amis mitgenommen haben.

»Die ganze Mühe umsonst«, sagt Josef nickend, als bräche
auch seine Welt zusammen.

Auch der Kater seufzt theatralisch. »Aber wie gesagt ist
unser Ruf jetzt wiederhergestellt.« Er deutet auf die Quittung.
»Tu mir den Gefallen, Josef, und bring des runter in die Drogerie. Die haben so einen Apparat zum Fotokopieren. Sag dem
Drogisten bitte, er soll dreißig Kopien machen.«

Anderthalb Stunden später, als Josef, die Kopien auf dem Sitz
neben sich, die Hauptstraße durch Partenkirchen zur Gsteigstraße zurückfährt, kommt ihm der rote Triumph mit Susan am

Steuer und Ernst auf dem Beifahrersitz entgegen. Das Verdeck ist geöffnet, und Susan winkt ihm im Vorüberfahren wild zu. Josef antwortet mit einem Victory-Zeichen. Es gibt einigen Grund, ihnen Glück zu wünschen: An einem Baum gegenüber der Drogerie hing ein Fahndungsplakat mit dem Foto des Partisanen. Gesucht wegen Mordes an einem Deutschen namens Emil Puhl, den man erschossen aus der Loisach gezogen hat.

***

Als sie die Serpentinen hinter sich haben, die über dem Stubaital hoch zur Brennerstraße führen, fragt Susan, ob Ernst eine Weile das Steuer übernehmen könne. Sie fühlt sich müde, zerschlagen. Zum Schlafen ist sie in der vergangenen Nacht mit ihm im Schlafsack nicht so richtig gekommen. Wie auch? Das sagt sie ihm natürlich nicht. Sie sagt ihm bloß, sie sei ein bisschen »kaputt«, und benutzt damit ein Wort, das ihr, seit sie in Deutschland ist, so oft begegnet und das ihr irgendwie gefällt. Nachdem sie sich am Steuer abgewechselt haben und sie sieht, wie konzentriert er fährt und wie souverän er mit der Rechtslenkung klarkommt, entspannt sie sich, lässt sich ins Polster zurücksinken, schließt für eine Weile die Augen.

Zum Schlafen kommt sie aber auch jetzt nicht. Sie ist zu aufgeregt, und es gibt zu viele unbeantwortete Fragen. Zum Beispiel die, was Ernst, bevor sie über die Grenze nach Österreich fuhren, in Garmisch bei seinem Besuch bei Captain Korner im Camp 7 noch herausgefunden hat. Ernst hat bisher nichts über das Gespräch gesagt, wirkt, seitdem er danach wieder ins Auto gestiegen ist, in sich gekehrt, nachdenklich, fast mürrisch, und sie hat sich bisher nicht getraut, ihn darauf anzusprechen. Weil es bei Korner aber um Fritz Rauch ging und sie jetzt gemeinsam auf der Suche nach diesem Kerl sind, scheint es ihr allmählich an der Zeit, ihn danach zu fragen.

»Rauch ist ein Nazi mit der üblichen rechtsradikalen Karriere«, antwortet Ernst mit einem Schulterzucken, so, als gäbe es in Deutschland nur solche Lebensläufe. »Er war in München schon mit fünfzehn Jahren bei dem Freikorps, das die Anführer der Münchner Räterepublik ermordet hat. 1922 ist er in die NSDAP eingetreten, wurde zuerst SA-, dann SS-Mitglied. Ab 1924 arbeitete er bei der Münchner Polizei. Da wurde er gleich nach der ›Machtergreifung‹ befördert, kam als ›Sicherheitsfachmann‹ in die Reichskanzlei nach Berlin, machte da weiter Karriere, am Schluss war er SS-Obersturmbannführer. Anfang 1944 kehrte er als Oberstleutnant der Polizei nach München zurück und wurde im August letzten Jahres nach Garmisch versetzt, wo er den damaligen Gestapochef ablöste.«

»Das alles weiß dieser Captain Korner?«

»Er ist für die Verfolgung von hohen Nazis zuständig und hat die entsprechenden Akten.«

»Und warum gibt er dir seine Informationen?«

»Er ist dazu verpflichtet, die Ritchie Boys zu unterstützen. Und ich bin einer davon.«

»Einer mit einem gefälschten Ausweis – hast du gesagt …« Susan versucht, neckisch zu klingen, aber Ernst lässt sich nicht darauf ein, konzentriert sich mit undurchdringlicher Miene aufs Autofahren.

Eine Weile schweigt sie, weil sie das Gefühl hat, ihm vielleicht zu nahe getreten zu sein. Aber dann entscheidet sie sich doch, ihn zur Rede zu stellen. Sie steckt schon so tief in dieser Geschichte drin, hat sie da nicht das Recht zu erfahren, worum es dabei überhaupt geht?

»Was ist das für eine Rechnung, die zwischen dir und Rauch noch offen ist?«

»Ich habe mit Rauch keine Rechnung offen.«

»Das hat sich aber heute Morgen noch anders angehört.«

»Nicht mit Rauch, sondern mit einem Kerl namens Max Troll.«

»Ich verstehe gar nichts.«

»Max Troll ist Fritz Rauch. Ganz offenbar hat er dessen Identität angenommen.«

»Wie das denn?«

»Ich weiß es nicht, Susan. Ich kann nur spekulieren. Aber es scheint so zu sein, dass irgendwann im Sommer 1944, bevor oder nachdem Rauch als neuer Gestapochef nach Garmisch kam, Troll seine Identität angenommen hat und in seine Rolle geschlüpft ist. Wie er das gemacht hat, weiß ich nicht. Es ist mir aber auch egal. Hauptsache ist, dass ich den richtigen Troll gefunden und wiedererkannt habe.«

Während er das sagt, wirkt Ernst abwesend, mit seinen Gedanken und Gefühlen ganz fern von ihr, obwohl er doch nur ein paar Zentimeter neben ihr sitzt und obwohl es erst kurze Zeit her ist, dass sie einander nahe waren, sehr nahe. Die Kälte, die er jetzt zwischen sich und ihr erzeugt, verwirrt sie. Aber, denkt sie, sie wäre nicht sie, sie wäre nicht Susan Mitford, wenn sie das einfach so mit sich geschehen ließe, wenn sie es gestatten würde, dass ihr Liebhaber sie einfach so abblitzen lässt.

»Und wer ist Max Troll, und warum hast du mit ihm eine Rechnung offen?«

Ernst antwortet nicht, schaut geradeaus auf die Straße. Erst als sie eine lange Kurve hinter sich gelassen haben und die Strecke für eine Weile gerade wird, sieht er zu ihr herüber. Und sie glaubt in seinem Blick, der plötzlich ganz sanft geworden ist, eine Bitte erkennen zu können. Ein plötzlicher Schwall von Zuneigung überflutet ihr Herz. Am liebsten hätte sie ihn umarmt und geküsst. Stattdessen legt sie ihre Hand auf seinen Arm.

»Du brauchst mir nichts zu erklären, Darling.«

Auf dem Jaufenpass steuert Ernst eine Haltebucht an; es war anstrengend, die Serpentinen hinaufzufahren.

»Zigarettenpause«, sagt er. In einem Cabriolet während der Fahrt zu rauchen hat keinen Sinn. Die Zigaretten verglühen, bevor der erste Zug in der Lunge angekommen ist. Er steigt aus, lehnt sich an die Motorhaube, schnipst eine Zigarette aus seinem Päckchen und hält es ihr hin. Sie nimmt eine, er gibt erst ihr und dann sich selbst Feuer. Sie stellt sich neben ihn, schmiegt sich bei ihm an; er legt einen Arm um sie, um sie zu wärmen, denn es ist kalt hier oben. An die Hitze in Oberbayern gewöhnt, sind sie viel zu dünn angezogen.

»Warst du schon einmal hier oben?« Sie deutet auf die riesigen Berge um sie herum, die sie so beeindrucken, dass es ihr fast den Atem verschlägt. Man könnte wieder an Gott glauben, kam es ihr während der Fahr hier hinauf in den Sinn. Aber das sagt sie ihm nicht.

»Hier in Südtirol war ich noch nicht. Aber ansonsten kennt sich jeder, der in München groß geworden ist, natürlich in den Alpen aus.«

»Noch ein Punkt, dich zu bewundern.«

»Wie? Gibt es noch andere?«, fragt er grinsend und lässt sich auf ihren ironischen Unterton ein. Es ist das erste Mal, seitdem sie vom Camp 7 losgefahren sind, dass er einen Scherz macht. Doch im selben Augenblick erlischt sein Grinsen. Er deutet auf ein kleines graues Auto, das die Passstraße hochkeucht und jetzt an ihnen vorbeifährt. Susan erkennt zwei Männer darin. Der Beifahrer schaut zu ihnen herüber, Erstaunen zeigt sich in seiner Miene, dann blickt er abrupt wieder geradeaus.

»Ist dir das schon mal aufgefallen, das Auto?«, fragt Ernst. Susan schüttelt den Kopf.

»Derselbe Opel Olympia mit deutschem Kennzeichen. Ich hab ihn das erste Mal am Grenzübergang nach Österreich gesehen, da war er hinter uns. Hinterm Brenner, als wir eine Pause machten, ist er an uns vorbeigefahren und war dann vor uns.«

»Ja und?«

»Warum war er jetzt wieder hinter uns und überholt uns?«

»Vielleicht haben sie zwischendurch auch eine Pause gemacht?«

»Möglich«, sagt Ernst. »Nur dass die beiden Kerle darin

nicht so aussahen, als wären sie scharf darauf, Pausen zu machen.«

***

Das Zimmer wirkt größer, als es der gedrungene Hotelbau in der engen Gasse gegenüber der Barockkirche von außen vermuten ließ. Das schwere Eichenmobiliar ist mit alpenländischen Bauernmotiven bunt bemalt, außer dem Doppelbett, einem riesigen Kleiderschrank und einem Waschtisch gibt es noch einen kleinen Schreibtisch gleich unter dem Fenster. Von hier aus hat er mit dem Fernglas nicht nur eine schöne Aussicht auf das Örtchen Dorf Tirol und das darunter, talwärts liegende Meran und seine unter der tief stehenden Sonne gleißenden Dächer; er kann auch bequem auf das ockerfarben verputzte Pfarramt auf der anderen Straßenseite schauen. Über dessen Eingang hat man das Emblem des Internationalen Roten Kreuzes angebracht.

Es scheint alles so, wie Josef es ihnen berichtete: Der Pfarrer hat dem Roten Kreuz einen guten Teil seiner Pfarrei überlassen. Im Erdgeschoss, erzählte die Hotelwirtin, befinde sich das Büro der Organisation. Einige der Zimmer in den beiden oberen Stockwerken seien für Gäste, das heißt für vom Roten Kreuz betreute Flüchtlinge, vorgesehen. Einer von ihnen muss Max Troll alias Fritz Rauch sein. Josef jedenfalls sagte, er habe ihn mitsamt seiner Reisetasche dort abgeliefert; in die habe Rauch unterwegs den Inhalt der zwei Blumentöpfe gestopft. Außerdem erzählte Josef noch, dass der Pfarrer Rauch wohl erwartet habe und ihn freundlich empfing.

Weshalb so jemand wie Fritz Rauch Zuflucht in einer Rotkreuz-Niederlassung in Südtirol sucht und findet, hat Josef natürlich nicht herausfinden können. Auch aus Captain Korner war nichts herauszukriegen. Ernst hatte gehofft, von Korner Informationen über Rauchs Pläne zu bekommen und etwas darüber zu erfahren, was der über die Bergung des Devisenschatzes hinaus mit den Blüchers im Schilde führte. Doch als Ernst ihm sagte, die Ritchie Boys interessierten sich für Rauch, zog Korner lediglich seine Unterlagen über Rauch aus einem vor ihm liegenden Aktenstapel und trug ihm daraus das wenige über ihn vor, was Ernst auf der Fahrt Susan berichtet hat. Mehr war Korner nicht zu entlocken gewesen, zumal er ihn auch nicht direkt befragen konnte, um in ihm nicht den Verdacht zu wecken, er wäre aus persönlichen Gründen hinter Rauch her. Während des kurzen Gesprächs verließ ihn allerdings nie das Gefühl, als wisse Korner mehr über Rauch, als er ihm zu sagen gewillt war. – Worum es sich dabei handelt, müssen sie jetzt selbst herausfinden.

Ernst zieht die Vorhänge am Fenster ein wenig auseinander, setzt sich an den Schreibtisch und schaut hinunter auf die andere Straßenseite, wo er beobachtet, wie Susan vor der Tür des Pfarrhauses steht, klingelt, wie sich die Tür daraufhin öffnet und man sie ein paar Augenblicke später hineinlässt.

»Der Pfarrer und die vom Roten Kreuz sind harmlose, nette und hilfsbereite Leute, wie oft soll ich dir das noch sagen? Sie kümmern sich hauptsächlich um die sogenannten Displaced Persons und haben damit alle Hände voll zu tun.«

»Displaced Persons sind Leute aus den Konzentrationslagern, Juden, Leute ohne Papiere, Staatenlose, Ausgebombte, Obdachlose …!«

»Sie sagen, bei ihnen klopfen so viele an, dass sie sie gar nicht alle im Pfarramt unterbringen können.«

Ernst winkt ein wenig verärgert ab, weil ihm scheint, dass Susan allzu vertrauensselig ist. »Aber Rauch ist weder eine Displaced Person, noch ist er obdachlos, noch Jude oder sonst irgendwas davon.«

»Ich hab dir doch schon gesagt, dass ich noch nichts über ihn rausfinden konnte. Zuerst ging's ja mal darum, dass diese Leute mir vertrauen und mir glauben, dass ich ihnen helfen will.

Und deshalb war's gut, dass ich noch meinen FANY-Ausweis dabeihabe.«

»*First Aid Nursing Yeomanry? Da warst du wirklich dabei?*«

»Natürlich! Fast jede Britin zwischen achtzehn und fünfunddreißig war im Krieg dabei.«

»Ja, ich weiß. Bin an der Yonne ein paar von ihnen begegnet.«

»Ach wirklich? *Begegnet* …?«

Sie sagt das so provozierend, dass er sich zu einer Erklärung genötigt sieht. »Sie haben uns geholfen; wir standen ja unter dem Kommando der britischen *Special Operations Executive*, und die haben uns ein paar FANYs geschickt, um unsere Verwundeten zu versorgen.«

»Ach ja. Und das haben sie natürlich auch getan?«

»Was hast du plötzlich?«

»Gar nichts. Die FANYs an den Fronten haben nichts anbrennen lassen.«

»Wie meinst du das?«

»Aus Kairo beispielsweise kamen pro Jahr mindestens zwanzig FANYs zurück, dienstuntauglich, weil schwanger.«

Ernst muss lachen. »Also schwanger ist von mir jedenfalls keine geworden.«

»Bist du da ganz sicher?« Das sagt sie in einem so gespielt inquisitorischen Ton, dass Ernst nicht anders kann, als von seinem Schreibtisch aufzustehen, zu der auf der Bettkante sitzenden Susan zu gehen und sie zu küssen. Zuerst tut sie so, als sträube sie sich, doch dann erwidert sie seinen Kuss, und ein paar Augenblicke später versinkt er mit ihr in der Tiefe des wohlig weichen Bauernbetts.

Das Abendbrot, das ihnen die Hotelwirtin serviert, ist noch weit üppiger als das, was Ernst bei den Runges aufgetischt bekam. Offenbar floriert auch in Südtirol der Schwarzmarkt. Susan streicht sich fingerdick die gelbe Butter auf das dunkle Brot und legt dann, ohne sich dabei zu genieren, mehrere Lagen

Tiroler Speck darauf. Die Wirtin freut sich über den Appetit ihrer Gäste, noch mehr hat sie sich allerdings darüber gefreut, dass sie ihr gleich bei der Anmeldung fünf von Josefs Zwanzig-Dollar-Scheinen auf den Tresen legten. Geld hat schon immer die Herzen geöffnet, denkt Ernst, als die Wirtin gegen Ende ihrer Mahlzeit fragt, ob sie sich zu ihnen setzen dürfe. Aber vielleicht ist sie wirklich nur freundlich oder zumindest nur neugierig.

Tatsächlich stellt sich bald heraus, dass die Neugierde der rundlichen, rotwangigen Frau ihrer Sympathie für das Paar zu entspringen scheint. Sie fragt sie ein bisschen nach ihrer Herkunft, ihrer bisherigen Reise und ihren Plänen aus. Ernst überlässt Susan dabei das Antworten und ist erstaunt, als er hört, dass ihr Vater nicht nur ein heftiger Anhänger des »Führers«, sondern auch ein leibhaftiger Baron mit einem riesigen Landbesitz ist. Auch als dann ihre Reisepläne an der Reihe sind, lässt er Susan den Vortritt, und die hat keinerlei Probleme, eine rührende Geschichte von ihrem geplanten Besuch bei Verwandten im Piemont zu erfinden. Als sie von der aufopferungsvollen Arbeit des Roten Kreuzes hier in Südtirol gehört hätten, hätten sie sich entschlossen, ihre Reise für ein paar Tage zu unterbrechen, um bei der Versorgung der Displaced Persons zu helfen.

»Displaced Persons?« Die Wirtin zieht verächtlich die Mundwinkel nach unten.

»Das sind Leute aus den Konzentrationslagern und –«, versucht Susan zu erklären, doch die Wirtin unterbricht sie.

»Ich weiß schon, was Displaced Persons sind«, sagt sie. »Waren Sie schon mal drüben im Pfarramt?«

Susan nickt.

»Und haben Sie da Leute getroffen, die wie Displaced Persons aussehen?«

»Ich hab da bisher nur mit dem Pfarrer gesprochen, aber der hat gesagt, dass das Haus voll davon sei.«

»Na schön, wenn er das meint. – Aber soll ich Ihnen mal

sagen, was man sich im Dorf so über den Pfarrer und das Rote Kreuz und die Leute erzählt, die sie in der Pfarrei aufnehmen?«

»Gerne«, sagt Susan.

»Dass es sich bei den ›Displaced Persons‹ um hohe Nazis und um Kriegsverbrecher aus dem Reich handelt, denen man dort hilft, weiter nach Genua und von da nach Südamerika oder sonst wohin abzuhauen.«

»Hilft? Inwiefern denn?«, mischt Ernst sich in das Gespräch ein. Er ist elektrisiert von dem, was die Wirtin gerade gesagt hat.

Die Wirtin lacht. »Sie kennen sich nicht aus in Südtirol, gell? Hier gab es nicht wenige, die hundertfünfzigprozentige Nazis waren – und wahrscheinlich immer noch sind.«

»Hab davon gehört«, sagt Ernst. »Aber was hat das mit dem Pfarrer und dem Roten Kreuz zu tun?«

»Ganz genau kann ich Ihnen das auch nicht erklären«, antwortet die Wirtin. »Aber der Pfarrer war schon immer ein Anhänger von denen, und beim Roten Kreuz scheint's auch ein paar davon zu geben, das passt schon beieinander. Und außerdem haben wir drunten in Bozen einen Bürgermeister, der am liebsten Gauführer von Südtirol gewesen wär. Der hat genug Beziehungen, um ihnen falsche italienische Pässe zu besorgen …«

Ernst schüttelt den Kopf. Allmählich beginnen ihm einige Dinge klar zu werden, deren Zusammenhang er bisher nicht verstanden hat.

»Und warum verraten Sie uns das alles?«, fragt er die Wirtin.

»Je nun. Wir sind eben nicht alle Faschisten, wir Südtiroler. Oder haben Sie das gedacht?«

***

Es wird langsam dunkel, das Blau der Bergprofile vor ihm wechselt von Minute zu Minute schneller in ein tiefes Dunkelgrau, und es dauert nicht mehr lange, bis sie ganz schwarz werden und die »blaue Stunde« vorbei sein wird. Beim Begriff »blaue Stunde« fällt ihm der Großvater ein, für den diese Stunde, in der sich der Tag verabschiedet, etwas Bedeutungsvolles, ja fast Heiliges besitzt. Er sitzt dann immer ganz ruhig in der offenen Laube neben dem Forsthaus, streicht über seinen Schnurrbart und schaut über den Walchensee hinüber zur Benediktinerwand; und wenn Josef dabei ist, sagt er ganz leise zu ihm: »Hörst du's? 's wird ganz still jetzt. Die Welt bereitet sich auf die Nachtruh vor.«

Mit einem Schlag ist die Straße vor ihm so dunkel, dass er die Scheinwerfer anstellen muss. Als er hinter Farchant bei der Abzweigung ankommt, an der er eigentlich nach rechts in Richtung Partenkirchen und Gsteigstraße fahren müsste, entschließt er sich, nach links abzubiegen. Bis nach Einsiedl sind es höchstens zwanzig Kilometer, und ihm wird schon eine Ausrede für den Kater einfallen, weshalb er später kommt. An dem Deal, den er in Murnau abgewickelt hat, lag es jedenfalls nicht; der verlief ebenso reibungslos wie der, bei dem er vor drei Tagen gemeinsam mit dem Kater und Rauch im österreichischen Zirl dabei war. Nur dass ihn der Kater diesmal allein geschickt hat und er es war, der dem Empfänger – einem Gastwirt – ein in Zeitungspapier eingewickeltes Päckchen übergab, für das er ein fast ebenso großes anderes, ebenfalls in Zeitungspapier eingewickeltes Päckchen in Empfang nahm.

Die Blüchers betätigen ihre Geschäfte jetzt in Dollar, und es hat allen Anschein, als mache der Kater ihn zu seinem Drogenkurier. Das ist kein wirklich verlockender Job, schon allein deshalb nicht, weil er kaum eine Zukunft hat. Irgendwann wird die Blücher-Bande auffliegen und Josef mit den Übrigen im Knast landen. Wenn er nicht vorher schon hopsgeht, und zwar richtig hops, zum Beispiel weil der Kater entdeckt, dass er mit der Engländerin und dem Partisanen hinter seinen Dollars her ist. Höchste Zeit also, dass er etwas mehr, am besten sogar alles über die Blüchers herausbekommt.

Seit seine Frau vor sechs Jahren gestorben ist, verbringt sein Großvater, der Neuhauser Hans, seine Abende mit Pfeifenrauchen und dem Lösen von Schachaufgaben. Josef fand ihn in seinem Arbeitszimmer, umgeben von Schachbrettern, auf denen verschiedene Partien aufgebaut sind. Jetzt hat er die Partie, an der er gerade knobelte, beiseitegestellt und Josef eingeladen, sich in den Sessel gegenüber seinem zu setzen.

»Sicher weiß ich, dass Hubertus ein Gangster ist, das weiß ich schon lange. Lüder ist nicht viel besser, nur nicht so dominant wie Hubertus, obwohl er der Ältere ist. Das liegt vielleicht an seinen Kriegsverletzungen ...«

»Und wenn du weißt und immer schon gewusst hast, dass es Gangster sind, warum hast du dich mit ihnen eingelassen?«

Die hellblauen Augen des Großvaters fixieren ihn, und er schweigt. Ohne seinen Blick von Josef zu lassen, beginnt er sich eine neue Pfeife zu stopfen, steckt sie an, pafft ein wenig, bis der Tabak brennt, dann nimmt er einen tieferen Zug und lässt beim Sprechen den Rauch langsam aus seinem Mund strömen.

»Das ist eine lange Geschichte.«

Josef sagt nichts, hält bloß dem Blick des Alten stand. Er weiß, dass es keinen Sinn hätte, ihn zu drängen.

»Willst du alles hören?«

Josef zuckt die Schultern. »Klar.«

Der Alte nimmt die Pfeife aus dem Mund, ordnet seinen dicken weißen Schnurrbart und wendet endlich den Blick von Josef ab, lässt ihn zum Fenster wandern, als wolle er in die Ferne schauen. Doch draußen ist es inzwischen komplett dunkel, und man kann nichts sehen außer dem Widerschein der Tischleuchte auf der Fensterscheibe.

»Es fing im ersten Kriegsjahr an, 1940.« Die Stimme des Großvaters ist fest; er scheint wirklich entschlossen, Josef alles, also die Wahrheit, zu erzählen. »Da kam aus München die Zenta, die Zenta Troll. Ein paar Wochen später hatte sie eine Lizenz fürs ›Weiße Rössl‹, da war gerade der Pachtvertrag ausgelaufen. Und noch ein paar Wochen später war das ›Rössl‹ das beliebteste Gasthaus in ganz Garmisch-Partenkirchen. Wegen der Zenta. Jeder war ein bisserl verliebt in die Zenta. Ich übrigens auch. Deine Oma war damals schon über ein Jahr tot. Also bin ich öfters ins ›Rössl‹. Aber ich war natürlich nicht der Einzige, der sich in sie verguckt hatte. Da hing ein ganzer Mottenschwarm von Kerlen um sie herum, und ich als der Älteste von allen hatte sowieso keine Schnitte bei ihr.«

Josef muss ein Grinsen unterdrücken. Seinen Großvater als Rosenkavalier konnte er sich im Traum nicht vorstellen.

»Und zu den Kerlen, die wie ich fast jeden Abend im ›Rössl‹ herumlungerten, um ein Auge auf die Zenta zu werfen, gehörte auch der Hubertus, der war nach einem Jahr an der Front als ›unabkömmlich‹ eingestuft, frag mich nicht, warum. Jedenfalls haben wir uns damals angefreundet. Du kennst ja inzwischen den Hubertus, der ist ein zuvorkommender, hilfsbereiter, freundlicher Mensch.«

»Nach außen hin«, unterbricht Josef seinen Großvater, der die Bemerkung allerdings ignoriert.

»Und außer dem Hubertus und dem Lüder gehörte auch der Mann von der Zenta, der Max Troll, zu dieser Clique …«

Josef erinnert sich an das Foto, das er im Kleiderschrank von Fritz Rauch gefunden hat. »Und ihren Mann hat das nicht gestört, dass sie einen ganzen Schwarm von Verehrern hatte?«

»I wo. Das war doch gut fürs Geschäft! Und dem Max war und ist nichts wichtiger als das Geschäft. Und zwar nicht nur das Kneipengeschäft. Und da fängt die Geschichte an: dass der Max nämlich ein Krimineller war und die anderen, also vor allem den Hubertus, mit in seine kriminellen Geschäfte reingezogen hat.«

»Dich etwa nicht?« Die Frage ist Josef rausgerutscht. Sie klang giftiger, als er es beabsichtigt hat.

Doch auch das ignoriert sein Großvater, sagt gelassen: »Wart's ab. Es ist komplizierter, als du denkst«, und pafft ein wenig an seiner Pfeife, um die Glut anzufachen. »Das Geschäft vom Max waren und sind Drogen, alle möglichen Drogen. Als Pervitin 1941 verschreibungspflichtig wurde und nur noch schwer zu bekommen war, gab es natürlich eine Riesennachfrage nach illegalem Stoff, weil eine Masse von Leuten süchtig nach dem Zeugs war. Max hat's aus den Krankenhäusern besorgt, Ärzte bestochen und so weiter. Dazu kamen dann Heroin, Kokain und natürlich Morphium. Hubertus hat einen Verteilerring in ganz Oberbayern bis hinüber nach Österreich, nach Tirol aufgezogen. Und das funktioniert bis heute.«

Der Großvater macht eine Pause und raucht. »Du wirst mir natürlich glauben, dass ich damit nichts zu tun hatte und habe.«

»Ja, natürlich«, antwortet Josef, obwohl der Alte das nicht als Frage formuliert hat.

»Sie haben mich aber trotzdem darin verwickelt. Und zwar kam Anfang letzten Jahres der Max und sagte, wir müssten ihm helfen, da sei ein Gestapomann hinter ihm her wegen einer alten Sache von vor dem Krieg. Er, Max, habe erfahren, dass dieser Typ in den nächsten Tagen aus München in Garmisch ankomme, um neuer Gestapochef zu werden. Der Plan vom Max war, den Kerl schon vorher abzufangen und dann in die Mangel zu nehmen.«

»Und darauf hast du dich eingelassen?«

»Je nun. Du weißt, dass ich kein Nazi war. Und sich so einen Gestapokerl vorzunehmen – das fand ich schon in Ordnung. Zumal der Max erzählte, dass er vor dem Krieg bei den Kommunisten war und von der Gestapo gefoltert worden sei.«

»Und ihr habt ihn euch vorgenommen?«

»Das kannst du schon sagen.« Der Alte räuspert sich und legt die Pfeife in den Aschenbecher neben sich. Offenbar, denkt Josef, wird es jetzt unangenehm für ihn, und er muss einen neuen Anlauf nehmen.

»Ich war derjenige, der ihn in die Falle gelockt hat, den Fritz Rauch …«

»Fritz Rauch?«

»Ja, so hieß er, dieser Obersturmbannführer.«

»Hieß?«

»Lass mich zu Ende erzählen«, der Großvater räuspert sich ein weiteres Mal, und Josef sieht, dass er sich tatsächlich noch einmal einen Schubs geben muss, um weiterzuerzählen. »Sie haben mich überredet, ihn vom Bahnhof in Garmisch abzuholen. Das habe ich auch getan. Hab meine Uniform angezogen und bin auf ihn zu, als er ausstieg. Max hatte ihn mir genau beschrieben. Ich konnte ihn nicht verfehlen, weil er Max sehr ähnlich sah.«

Josef muss den Atem anhalten. Er fühlt sich wie am Ende eines Alptraumes, wenn einem langsam klar wird, dass es sich bloß um einen Traum handelt, und man dessen Inszenierung allmählich durchschaut.

»Ich hab ihm gesagt, wer ich bin und dass ich von seinem Vorgänger den Auftrag hätte, ihn mit meinem Wagen abzuholen, weil er selbst und alle anderen in der Dienststelle im Augenblick alle Hände voll zu tun hätten mit einem in Reith gestrandeten Eisenbahntransport von mehr als tausend aus Dachau evakuierten Juden.«

»Und das hat er dir geglaubt?«

»Das kam ihm zwar komisch vor, weil's bei der Gestapo üblich ist, dass Chefs offiziell empfangen werden. Aber meine Uniform und die Geschichte mit dem Judentransport haben ihn dann überzeugt, und er ist eingestiegen.«

»Und weiter?«

»Willst du das wirklich hören?«

SECHSTER TAG

»Tja, hier bei uns im Pfarramt, fürchte ich, wird es kaum etwas für Sie zu tun geben, Miss Mitford.« Der Pfarrer schiebt auf der grünen Linoleum-Schreibtischplatte vor sich ein paar Bleistifte hin und her. Er wirkt mit seinen straff zurückgekämmten schütteren Haaren auf Susan weniger wie ein Mann Gottes, sondern eher wie ein Offizier, nervös und voller Energie, die sich beim Sprechen als feiner Schaum in seinen Mundwinkeln materialisiert.

»Das klang gestern noch ein wenig anders ...«

»Im Prinzip haben wir natürlich einen nicht geringen Bedarf an Kranken- und Pflegepersonal. Aber nicht hier oben im Pfarramt. Hier beherbergen wir Flüchtlinge, die einigermaßen gesund und reisefähig sind.«

»Und die anderen?«

»Die haben wir vorläufig in Krankenhäusern und Schulgebäuden unten in Meran untergebracht.« Der Pfarrer zieht einen Schreibblock und einen Füllfederhalter vom Rand des Schreibtischs zu sich und beginnt, etwas auf das oberste Blatt des Blocks zu schreiben. »Ich gebe Ihnen mal eine Empfehlung an die Rotkreuz-Leitung dort mit und –«

»Und die Leute, die Sie hier untergebracht haben«, unterbricht ihn Susan, »was geschieht mit denen?«

»Wie gesagt sind die gesund und warten hier bloß noch auf ihre Visen, Durchreisegenehmigungen und so weiter.«

»Visen? Aber um ein Visum zu bekommen, braucht man einen Pass. Ich dachte, wenn es sich um Displaced Persons handelt, sind das Leute ohne Pass.«

»Nun ...« Der Pfarrer verschränkt pastoral seine Hände und richtet den Blick gegen die Decke. »Die Personen, die wir –«

Ein energisches Klopfen an der Außentür des Pfarramtes unterbricht ihn, und bevor er aufstehen kann, um zu öffnen, wiederholt sich das Klopfen, noch lauter, noch energischer. Weniger als eine halbe Minute später stehen zwei ziemlich muskulöse, zivil gekleidete Typen im Pfarrbüro, die, während sie sich vorstellen, lässig eine Hand auf die schweren Pistolen in ihren Schulterhalftern legen.

»Counter Intelligence Corps«, sagt der von ihnen, in dem Susan auf den ersten Blick den Mann wiedererkennt, der im Auto saß, das auf dem Jaufenpass an ihnen vorbeigefahren ist, und erstaunt zu ihr und Ernst herübergeschaut hat. »Wir suchen SS-Obersturmbannführer Fritz Rauch. Ist er oben?«, fährt er auf Englisch fort.

Der Pfarrer erhebt sich mit einer energischen Bewegung von seinem Schreibtischstuhl, baut sich vor ihm auf und antwortet ebenfalls auf Englisch: »Sie befinden sich in einem Kirchenraum! Sie haben hier keinerlei Befugnis!«

Der Geheimdienstler schaut ihn an wie ein lästiges Insekt, spart sich eine Antwort, zieht seine Pistole und schlägt sie ihm flach auf die Nase. Blut spritzt, der Pfarrer geht zu Boden. Eine Sekunde später stürmt der Mann mit seinem Begleiter zur Tür hinaus, wirft von dort Susan noch einen kurzen Blick zu, der besagt, dass er mit ihr noch nicht fertig ist.

Susan hört das Stampfen ihrer Schuhe auf der Treppe, hört, wie im ersten Stock Türen nicht geöffnet, sondern eingetreten werden, hört krachende Schlösser und splitterndes Holz, hört einen Schuss, dann das dumpfe Geräusch, das ein zu Boden fallender schwerer Körper verursacht. Dann hört sie nichts mehr. Sie beugt sich über den auf dem Boden liegenden Pfarrer, aus dessen offensichtlich gebrochener Nase Blut über sein Gesicht und seinen Mund strömt. Sie greift nach ihrer Handtasche auf dem Schreibtisch, holt daraus ein Taschentuch hervor und versucht damit, den Blutstrom zu stoppen.

»Danke«, sagt der Pfarrer.

»Ich befürchte, Sie müssen ins Krankenhaus mit Ihrer Verletzung«, sagt Susan.

Der Pfarrer richtet sich auf, drückt Susans Taschentuch fest gegen seine Nase und versucht ihr nicht zu zeigen, wie schmerzhaft seine Verwundung ist. In dem Augenblick, in dem er wieder einigermaßen sicher auf den Beinen steht, kommen die beiden Amerikaner zurück ins Büro, diesmal zwischen sich Fritz Rauch, dessen Hände in Handschellen stecken. Offenbar hat der Schuss, den Susan hörte, niemanden verletzt.

»Das war's«, sagt der Typ, der den Pfarrer niederschlug, zu Susan. »Sagen Sie das auch Ihrem Kerl. Die Geschichte ist für euch zu Ende. Rauch landet im Camp 7.«

***

Die Hitzewelle, die Oberbayern seit mehr als einer Woche fest im Griff hat, scheint dem Ende zuzugehen. Auf der ganzen Breite des westlichen Horizonts hat sich eine massive graue Wolkenformation aufgebaut, die, so scheint es Josef jedenfalls, einen kühlen Wind vor sich hertreibt. Er hat den Mercedes in der Garage gelassen, geht zu Fuß die Gsteigstraße hinunter. Ihm ist kein Grund eingefallen, mit dem er dem Kater gegenüber die Benutzung des Wagens hätte begründen können. Die Erklärung, die Josef ihm gestern Abend dafür gab, dass er so spät von seiner Fahrt nach Murnau zurückkehrte – dass Josef in der Kneipe des Kunden einen Schulkameraden aus Volksschulzeiten getroffen und mit dem ein paar Bier gestemmt habe –, hat er, ohne mit der Wimper zu zucken, geschluckt.

Der Fußmarsch im auffrischenden Wind hinunter ins Dorf tut ihm im Übrigen ganz gut und macht ihn wieder munter. Die Hälfte der Nacht hat er sich unruhig von einer Seite auf die andere gedreht, wurde dabei immer wieder wach. Die Geschichte seines Großvaters über dessen Verwicklung in die Aktivitäten der Blücher-Bande und seine Beteiligung an der

Ermordung des Gestapomannes Fritz Rauch hat sich in seinen Träumen fortgesetzt und sich dort in blutrünstige Bilder verwandelt. Na gut, hat er sich in den Wachphasen zwischen den Träumen zu beruhigen versucht, Großvater hat nur den Lockvogel gespielt und ist nicht unmittelbar daran beteiligt gewesen; aber er ist dabei gewesen, hat nur weggesehen, als Max Troll Rauch zwang, sich seiner Uniform zu entledigen, um ihn dann in Nazimanier hinterrücks mit einem Genickschuss zu erschießen. Anschließend verscharrte Troll den Leichnam eigenhändig in einem Waldstück irgendwo im Ammergebirge. Da war der Großvater zwar nicht mehr dabei, alles in allem aber war er nicht nur Zeuge dieses kaltblütig geplanten Mordes, er war ganz zweifelsfrei ein Mittäter.

Das ist etwas, was Josefs bisherige Vorstellung von seinem Großvater als bedächtigem, pazifistisch gesinntem Nazi-Verächter zum Einsturz gebracht hat. Ganz abgesehen davon, dass damit auch sein Bild von ihm als verständnisvollem und fürsorglichem Menschen ziemlich rissig wurde. Seine Erklärung, dass er durch die Freundschaft mit den Blüchers quasi unfreiwillig in die Geschichte hineingerutscht sei, die Josef gestern Abend noch geschluckt hat, kommt ihm jetzt, wo sein Vertrauen grundsätzlich erschüttert ist, ziemlich fadenscheinig vor. Er muss mehr darüber herausfinden. Und er hat auch schon einen Plan, wie er das anstellen kann.

Jürgen Runge hat hinter seinem Tresen in der Meldestelle des Rathauses alle Hände voll zu tun. Den Flur hinunter bis in die Eingangshalle zieht sich die Schlange der Leute, die etwas von ihm und den beiden Hilfskräften neben ihm wollen. Garmisch wird immer noch von Flüchtlingen überflutet, die in eine der vielen vom neuen Bürgermeister und von den Amerikanern aufgebauten provisorischen Unterkünfte wollen und sich dazu hier anmelden müssen. Sich an der Schlange vorbeizumogeln hat Josef nicht den Mut; zwischen all den Müden und Lethargischen gibt es seiner Erfahrung nach immer einige, die auf eine solche Regelverletzung ziemlich wütend reagieren würden. Also reiht Josef sich ein und bleibt so lange in der Schlange, bis er vor Runge steht und ihn fragt, ob er ihn privat sprechen könne. Runge legt die Stirn in Falten und sieht Josef misstrauisch an. Schließlich nickt er widerwillig und sagt, er mache in zwanzig Minuten Pause, da könnten sie sich draußen auf dem Rathausvorplatz treffen.

Vom Bahnhof kommt ein Trupp deutscher Kriegsgefangener, zwanzig oder dreißig unrasierte, müde Männer in Uniformen, von denen die Rangabzeichen entfernt wurden. Sie werden von mit Sturmgewehren bewaffneten GIs eskortiert, die ein flottes Marschtempo vorgeben. Wahrscheinlich, denkt Josef, damit niemand der Garmisch-Partenkirchner Zivilisten ihnen zu nahe kommen und ihnen was zustecken kann. Vor ein paar Tagen hat der amerikanische Ortskommandant überall eine Anordnung anbringen lassen, wonach es streng verboten ist, sich mit deutschen Kriegsgefangenen zu solidarisieren, für sie zu demonstrieren oder ihnen Blumen zuzuwerfen. Der Trupp biegt von der Bahnhofstraße auf die Hauptstraße ein, wohl in Richtung Eisstadion, wo neben dem Kurpark die meisten Uniformierten interniert werden. Keine Nazis also, die kommen ins Camp 7.

»Also, was gibt es, Josef?«

Ohne dass er ihn bemerken konnte, ist Runge von hinten an die Bank getreten, auf der Josef sitzt. Josef kramt ein Päckchen Chesterfield aus der Brusttasche seines Hemdes, klopft eine, dann eine zweite Zigarette heraus und hält das Päckchen Runge entgegen. Der greift zu.

»Feine Sorte!«, sagt er erkennbar neidisch, setzt sich neben Josef und lässt sich von ihm Feuer geben. Statt die Zigarette offen zwischen Mittel- und Zeigefinger zu halten, verbirgt Runge sie in der Höhlung seiner Hand und zieht von außen daran. Bevor Josef darüber nachdenken kann, wieso Runge diese merkwürdige Angewohnheit hat, wiederholt der seine Frage: »Was gibt es?«

»Also, ich mach mir Gedanken über meinen Großvater«, beginnt Josef vorsichtig. »Er kommt mir in der letzten Zeit ein bisschen merkwürdig vor …«

»Ach ja? Ich hab ihn schon länger nicht gesehen, den Neuhauser Hans. Dazu kann ich dir wirklich nichts sagen. Mir kam er beim letzten Mal ganz normal vor, richtig munter für einen Mann in seinem Alter.«

»Dir ist also nichts an ihm aufgefallen?« Josef weiß, dass der redselige Runge über alle und alles in Garmisch bestens informiert ist, über jeden Klatsch, jedes Gerücht. Er kennt sie alle, die im Dorf irgendwie von Bedeutung sind, und natürlich kennt er auch die Blüchers und die Leute um sie herum. Das ist auch der Grund, warum Josef zu ihm gekommen ist: Wer so viel erfährt wie Jürgen Runge, hat auch mitgekriegt, was vielleicht mehr hinter der Beziehung zwischen den Blüchers und seinem Großvater stecken könnte, als der ihm zu sagen bereit war.

»Nein, überhaupt nicht. Was hätt mir auch auffallen sollen? Ist ja nichts passiert mit ihm in der letzten Zeit. Oder?«

»Nein, nein«, sagt Josef schnell und unterdrückt eine weitere Frage nach der Verbindung seines Großvaters mit den Blüchers. Zu viel darf man so jemandem wie Runge auch nicht verraten. »Er kam mir halt nur ein wenig komisch vor. Liegt vielleicht auch bloß daran, dass ich nicht mehr bei ihm wohne und ihn nur selten sehe.«

»Das wird's sein.« Runge nickt und drückt seine Kippe mit der Schuhspitze im Kies vor sich aus. »Aber sag mal, was läuft da eigentlich mit dir und diesem Ernst Fleck?«

»Ernst Fleck? Wer ist Ernst Fleck?«

»Na, der Kerl auf den Fahndungsplakaten, der wegen Mord gesucht wird.«

»Ach der! Den kenn ich überhaupt nicht.«

»Den kennst du nicht? Aber der ist doch vor ein paar Tagen

zusammen mit dieser Engländerin zu dir in den Mercedes gestiegen?«

»Ach der.« Josef winkt ab. »Ich hab die beiden nur zum Camp 7 gefahren, und das war's. Hab ihn seither nicht mehr gesehen.«

»Bist du da wirklich sicher, Josef? Das war am Freitag, als du sie hier vorm Rathaus mitgenommen hast. Aber am Samstag warst du mit dem Mercedes wieder vorm Camp 7 und bist mit ihm weggefahren!«

Scheiße! Das Kaff ist klein. Jeder beobachtet jeden, und Jürgen Runge weiß alles.

»Es ist so, dass diese Engländerin bei uns oben in der Hohen Halde wohnt. Und weil sie 'ne Gehirnerschütterung hat, fahre ich sie in der Gegend rum, dahin, wo sie grad hinwill. Und weil sie sich wohl in den Partisanen verguckt hat ...«

»›Partisan‹ sagst du zu ihm?«

Noch mal »Scheiße!«. Zweimal »Scheiße!«. Der fette Meldestellen-Beamte grinst ihn wissend von der Seite an. Er hat sich verraten.

»Na, so nennt ihn die Engländerin halt. Ich kenn ja gar nicht seinen richtigen Namen.«

»Verstehe«, murmelt Jürgen Runge.

In Josefs Ohren klingt es wie eine Drohung.

***

In dem Augenblick, in dem sie losfahren, klatschen die ersten dicken Regentropfen gegen die Windschutzscheibe des Triumph. Es ist vorhersehbar gewesen, dass es regnen würde, und deshalb haben sie vor ihrer Abfahrt in mühsamer Arbeit das Verdeck des Cabrios hochgeklappt. Ernst sucht den Schalter für die Scheibenwischer; unsinnigerweise sind in dem englischen Auto alle Bedienungsknöpfe und -schalter auf dem Kirschbaum-Armaturenbrett weit links vom Fahrer angebracht, und er hat Mühe, zu lenken und gleichzeitig nach dem richtigen Schalter zu suchen.

»*Windscreen wiper?*«, fragt Susan neben ihm.

»Wenn Scheibenwischer auf Englisch so heißen …«

»Scheibenwischer? Interessantes Wort«, sagt Susan und bedient einen kleinen Hebel am oberen Rand der mit einer breiten Metallleiste eingefassten Windschutzscheibe. Danach hätte Ernst noch lange suchen müssen. Im selben Moment, in dem die beiden ebenfalls am oberen Fensterrahmen angebrachten Hartgummiwischer zu arbeiten beginnen, kann er gar nichts mehr sehen. Die Scheibenwischer verteilen bloß den auf dem Glas festgebackenen Schmutz und ziehen fette Schlieren über die Scheibe.

»Lass sie eine Weile laufen, dann geht es«, sagt Susan.

»Und in der Zwischenzeit Blindflug?« Ernst fährt an den Straßenrand, steigt aus und säubert die Scheibe mit einem Lappen, den Susan unter ihrem Beifahrersitz hervorgeholt hat.

Die Stimmung zwischen ihnen ist angespannt, seitdem Susan aus der Pfarrei zurückgekehrt ist und Ernst vom Kidnapping Fritz Rauchs durch die beiden amerikanischen Geheimdienstler berichtet hat. Susan ist erschüttert von der Brutalität, mit der die Amerikaner vorgingen, Ernst völlig frustriert darüber, dass ihm seine sicher geglaubte Beute ein paar Meter vor seinen Augen weggeschnappt wurde.

»Warum bist du eigentlich so wütend auf diesen Kerl, Max Troll?«, fragt Susan, als sie ihre Fahrt fortgesetzt haben und die beiden Scheibenwischer ihre Arbeit verrichten, so gut sie können. »Ich weiß, ich hab dich das schon mal gefragt, aber du wolltest mir nicht antworten.«

Ernst zögert. Wenn er Susan Rosas Geschichte erzählt, werden seine Erinnerungen an sie wieder lebendig. Das will er nicht, weil es ihn schmerzen würde. Bisher hat er es vermocht, diese Erinnerungen gleichsam einzubalsamieren, sie zu bewahren, ohne sie zu wecken. Er hat Rosa zu einem Abstraktum gemacht und es in sein Rachebedürfnis integriert, hat sie zu einer Funktion seiner Rachephantasien gemacht.

»Es ist keine schöne Geschichte«, sagt er, während er hinter St. Leonhard den Wagen mühsam durch die Haarnadelkurven steuert. Glücklicherweise hat der Regen nachgelassen, es tröpfelt nur noch.

»Das kann ich mir vorstellen, bei so viel Wut im Bauch.«

»Du willst sie trotzdem hören?«

»Für dich scheint sie sehr wichtig zu sein ...«

»Das stimmt.«

Sie sagt nichts weiter, überlässt ihm die Entscheidung.

»Also gut«, beginnt er. »Die Geschichte ist fast genau zehn Jahre her. 1935 habe ich zusammen mit meinem Bruder Albert im Münchner Westend eine Kommunistische Untergrundorganisation aufgebaut.«

»Hab ich mir doch gedacht, dass du ein Kommunist warst.«

»Wir haben Flugblätter gegen die Nazis geschrieben und gedruckt. Verteilt hat sie neben einigen anderen ein Genosse namens Theo. Theo war aber nur sein *nom de guerre*. Tatsächlich hieß er Max Troll.«

»Ach ja!«

»Wir hatten keine Ahnung davon, dass er ein Gestapospitzel war. Ein Jahr vorher hatten sie ihn geschnappt und, ohne dass wir es wussten, umgedreht. Und jetzt, 1935, lieferte er einen unserer Genossen nach dem anderen an die Gestapo aus. Und zu denen gehörte auch Rosa Heller. Rosa und ich waren da schon zwei Jahre zusammen, Anfang 1935 haben wir uns verlobt.«

»Mein Gott!«

Ernst muss sich auf die nächste Kurve konzentrieren und kann nicht zu Susan hinüberschauen. Aber ihre Stimme klingt, als weine sie.

»Und was ist aus ihr geworden?«, fragt sie nach einer Weile.

»In Buchenwald hat mir jemand glaubwürdig erzählt, dass sie 1940 im KZ Ravensbrück ermordet wurde.«

Mehr als eine halbe Stunde schweigen sie. Erst hinterm Jaufenpass räuspert Susan sich und sagt mit belegter, stockender Stimme: »Als Teenager habe ich unfassbare Mengen an Romanen gelesen, so viele, dass ich mich an die einzelnen Titel gar nicht mehr erinnern kann. Aber eine Stelle, ich weiß nicht mehr, in welchem Roman, hat mich so ergriffen, dass ich sie bis heute fast auswendig weiß …«

Ernst sagt nichts, nickt nur ermunternd.

»Da sagt ein Mann, ein Witwer, dessen Frau vor zwei Jahren starb, zu einer anderen Frau, die in ihn verliebt ist, sinngemäß, dass seine Vergangenheit ihm ausreiche, ihm Gesellschaft zu leisten, und dass sie sein Leben erfülle. Und er sagt weiter, sie solle nicht davon träumen, seine Frau zu sein. Er sei kein Mann für die Zukunft. Er lebe nur deshalb in der Gegenwart, weil sie ihm erlaube, sich zu erinnern. ›Versuchen Sie nicht, ihren Platz einzunehmen. Versuchen Sie es nicht, weil sie nicht mehr da ist, um ihn zu verteidigen. Sie hat nur noch mich, um sie zu schützen.‹«

Ernst wirft einen Blick auf Susan. Ihre Augen schwimmen in Tränen.

»Ich bin nicht dieser Mann«, sagt Ernst. »Ich lebe nicht in Erinnerungen. Und einen Menschen, der tot ist, braucht und kann man nicht mehr verteidigen. Auch meine anderen Genossen nicht, die Troll verraten hat. Man kann sie nur noch rächen. Das ist etwas anderes.«

Sie betrachtet Ernst, der seit fast einer Stunde nichts mehr gesagt hat und konzentriert, ohne das kleinste Anzeichen von Müdigkeit, ihren Wagen schon mehr als hundert Kilometer über Alpenpässe steuert. Jetzt, hinter dem österreichischen Seefeld, geht die Straße nur noch geradeaus, und bald werden sie wieder in Deutschland sein. Er ist ganz zweifellos ein schöner Mann. Schön nicht, weil er ein gut geschnittenes Gesicht hätte, wie irgendein Filmschauspieler; es ist nicht besonders gut proportioniert, die Nase ein bisschen zu kurz und zu stumpf; es erinnert sie ein wenig an Aufnahmen von D. H. Lawrence, nur dass Ernst keinen Bart hat und auch nicht die hohlen Wangen, die die Tuberkulose in den späteren Jahren in Lawrence' Züge eingrub. Ernsts Schönheit kommt eher von der gefährlichen Entschlossenheit, die er ausstrahlt; einem Mann mit diesem Gesicht ist vieles zuzutrauen: Zärtlichkeit ja, das weiß sie, aber darüber hinaus auch Brutalität? Das ahnt sie.

»Was hast du mit Max Troll vor?«

»Zuerst muss ich ihn finden«, antwortet er mit einem Schulterzucken, so als wäre es schon eine ausgemachte Sache, dass er ihn finden wird.

»Er wird im Camp 7 sein.«

»Ich weiß. Aber auch da muss ich ihn finden.«

Sie überlegt, was er damit meint, aber bevor sie ihn fragen kann, redet er weiter, es klingt wie ein Selbstgespräch. »Ich bin es selbst schuld, dass sie ihn in Südtirol vor meinen Augen gekidnappt und ihn da hingebracht haben.«

»Warum bist du das schuld?«

»Ich hab diesen verdammten Captain Korner auf die Spur gesetzt, war so dämlich, den überhaupt auf die Idee zu bringen, indem ich ihn über Rauch ausgefragt habe. Er konnte an zwei Fingern abzählen, dass ich hinter ihm her bin, und brauchte nur noch die beiden Kettenhunde auf mich anzusetzen.«

»Auf *uns*«, ergänzt Susan, der Ernsts Manie jetzt auf die Nerven geht. Er spricht nur von sich, tut so, als wäre das alles nur seine eigene Angelegenheit, und ignoriert vollständig ihre Beteiligung an der Suche nach Troll.

»Ja, natürlich«, sagt er, aber eher beiläufig und ohne dabei zu ihr herüberzuschauen.

Sie hat Mühe, ihm ihre Kränkung nicht zu zeigen und einen

sachlichen Ton beizubehalten. »Und warum, glaubst du, hat Korner Rauch beziehungsweise Troll kidnappen lassen?«

»Wegen Geld natürlich! Korner wird nur aktiv, wenn es um Geld geht.«

»Davon hab ich auch gehört. – Meinst du, er weiß, dass Rauch die Dollars hat?«

»Unbedingt! Sonst hätte er diese Aktion gar nicht erst gestartet.«

»Gut«, überlegt Susan, »dann hat Korner ja jetzt, was er will. Und du? Was willst du?«

»Wie meinst du das?«

»Was hast du mit Troll vor? Willst du ihn in Camp 7 besuchen und verprügeln?«

»›Verprügeln‹!« Ernst zieht verächtlich die Mundwinkel herunter.

»Was sonst?« Sie wird wütend, wütend auf Ernsts Maulfaulheit, seine sture Geheimniskrämerei, darauf, dass er ihr seine wahren Absichten zu verbergen sucht, wütend auf seinen düsteren Starrsinn.

Er schaut geradeaus, antwortet nicht.

»Also willst du ihn umbringen?«

»Ja. Ich werde ihn töten. Wie, weiß ich noch nicht. Aber ich werde ihn töten.«

Er hat das in einem Ton gesagt, der keinerlei Einspruch, keine Widerrede, keine Nachfrage duldet. Sie ist außen vor, ausgeschlossen aus seinen Gedanken, Absichten, Gefühlen.

»Das ist Selbstjustiz!«

»Ich weiß«, sagt er ruhig. »Aber es gibt in Deutschland im Augenblick keine legitime Instanz, die über Verbrecher wie Troll Recht sprechen würde. Und die, die es könnten, die Amerikaner, sind korrupt. Jedenfalls die hier in Garmisch.«

»Aber du maßt dir an, eine solche Instanz zu sein? Was gibt dir das Recht dazu?«

»Das Recht auf Rache.«

»Es gibt kein Recht auf Rache.«

»Aber eine Situation, in der man es sich nehmen kann.«

»Ich finde das unfassbar!«

»Du steckst nicht in meiner Haut.«

»Es tut mir leid, was du erleben musstest, Ernst. Aber ich finde nicht, dass es dir das Recht gibt, jemanden zu töten. Damit würdest du selbst ein Verbrechen begehen.«

»Damit werde ich leben können.«

»Ich aber nicht.«

»Ich verlange nicht von dir, dass du mir dabei hilfst.«

»Das habe ich aber bisher. Und ich werde es nicht weiter tun.«

»Wie du willst.« Er sagt das beiläufig, so als ginge sie ihn überhaupt nichts an, und auch in seiner Miene kann sie keine Spur irgendeiner Emotion entdecken.

»Würdest du bitte anhalten?«

***

Josef liegt auf seinem Bett, liest »Right Ho, Jeeves«, einen Roman von P. G. Wodehouse, den Susan ihm geliehen hat, und kringelt sich vor Lachen bei der Szene, in der Augustus »Gussie« Fink-Nottle, der Freund des Protagonisten Bertram »Bertie« Wooster, den Schülern der Höheren Schule von Market Snodsbury Preise verleiht. Um etwas gegen Gussies Schüchternheit zu unternehmen, hat Bertie dessen Orangensaft mit Alkohol versetzt, sodass Gussie, der sonst nie Alkohol trinkt, jetzt in ziemlich angeschickertem Zustand zur Preisverleihung schreitet. Dabei beleidigt er prompt den Schuldirektor als »Knalltüte« und erntet dafür dröhnenden Applaus der gesamten Schülerschaft. Als Gussie in einer weiteren, irrsinnig komischen Szene auch noch einen Schüler im Bibelwettbewerb des Betrugs beschuldigt, klopft es an Josefs Zimmertür. So sanft kann nur der Kater klopfen.

»I hoff, i stör net, Josef …«

»Kein Problem«, sagt Josef und legt sein Buch beiseite.

»I wär ja sonst zu Fuß herabgelaufen – aber i fürcht, da kommt in der nächsten Viertelstund ordentlich was nieder.« Der Kater deutet zum Fenster.

Draußen ist es fast dunkel. Die Wolkenwand hat sich seit dem Vormittag vorangearbeitet und schiebt jetzt eine regenträchtige schwarze Gewitterfront vor sich her. Der Kater hat recht. In jedem Augenblick kann es losgehen.

»I muss nämlich zum Major Snapp, was besprechen …«

»Kein Problem.« Josef ist mit einem Satz aus dem Bett gesprungen. »Natürlich fahre ich Sie. Ist schließlich mein Job.«

✳✳✳

Mit einer spitzbübischen Verschwörermiene dreht sich die Großmutter zum Küchenschrank, öffnet eine Lade und zaubert daraus eine grün lackierte, runde Blechdose hervor. Sie winkt Josef zu sich, nimmt den Deckel der Dose ab und macht ihm ein Zeichen, seine Nase hineinzustecken.

»Riechst du's?«

»Bohnenkaffee?«

»*Echter* Bohnenkaffee!«

»Fein!«, sagt Josef und weiß, dass er seine Großmutter besser nicht nach der Herkunft dieser Rarität fragt. Sie ist stolz auf ihre Beziehungen zum Schwarzmarkt und hütet ihre Geheimnisse selbst gegenüber ihrem Enkel. Außer dem Bohnenkaffee offeriert sie ihm ein Stück vom Buchtelblech, eine Mehlspeise mit Zwetschgenkonfitüre, die immer schon zu Josefs Lieblingsspeisen bei ihr gehört hat.

»Und wie geht's meinem Vater?«, fragt Josef, nachdem die Großmutter ihn nach seinem Leben in der Hohen Halde ausgefragt und er ihr einen ebenso ausführlichen wie geschönten Bericht über das langweile Alltagsleben als Chauffeur der Blücher-Brüder gegeben hat. Er fragt das nicht aus wirklichem Interesse, sondern nur höflichkeitshalber, schließlich ist sie die Mutter seines Vaters und erwartet von dessen Sohn so etwas.

»Ach mei, der arme Reinhardt! Hat eine solche Müh, jemanden zu finden, der ihm eine Unbedenklichkeitsbescheinigung gibt, und die braucht er ja, um wieder in den Schuldienst zu kommen.«

»Persilschein, meinst du? Das wundert mich nicht.« Josef erinnert sich daran, dass sein Vater von 1938 an in SA-Unform in seine Schule ging.

»Aber als Beamter musstest du doch in der Partei sein!« Sie weiß, was Josef damit sagen will. »Aber sonst hat er doch nix Böses getan!«

»Wirklich nicht?«, rutscht es Josef heraus. Eigentlich will er seine Oma schonen und nicht damit konfrontieren, dass ihr Sohn Reinhardt in Oberau eine Menge Leute wegen »defätistischer« Äußerungen denunziert und damit in Gestapozellen gebracht hat.

Aber sie hat seine kurze Bemerkung gut verstanden und hebt beschwörend die Hände: »Ja, wollen die uns jetzt alle zu Verbrechern machen? Haben wir nicht genug gelitten all die Kriegsjahre? Und jetzt treten sie auf uns herum, quälen uns mit ihren Fragebögen, stecken unsere Offiziere in Lager ...« Verbittert schüttelt die alte Frau den Kopf.

Josef beschließt, auf ihre absurde Verdrehung von Ursachen und Wirkungen nicht einzugehen. Sie weiß, dass die meisten Leute in ihrer Umgebung so denken, und er weiß, dass er über die Naziverbrechen noch nicht genug weiß, um eine störrische alte Frau zu belehren. Allerdings ist die klug genug, um zu begreifen, dass sie jetzt besser das Thema wechselt.

»Wie geht's denn deinem Großvater, dem Neuhauser Hans? Gockelt er noch immer den Weibern hinterher?«

»Davon weiß ich nichts«, sagt Josef, erschrocken von der

plötzlichen Aggressivität in der Stimme seiner Großmutter. »Aber sonst geht es ihm ganz gut, glaube ich.«

»Und seine Tochter, sieht er die wenigstens ab und zu? Die müsst doch jetzt schon zwei oder drei Jahre alt sein …?«

»Eine Tochter?«, fragt Josef.

***

Der Regen geht, von heftigen Böen getrieben, in schweren Tropfen nieder. Josef ist klatschnass, als er am Mercedes vor der Kommandantur ankommt, fast zum selben Zeitpunkt wie der Kater, der – allerdings von einem Regenschirm geschützt – aus dem Gebäude tritt und in den Fond des Wagens steigt. Josef lässt den Motor an, startet, wendet auf der Bahnhofstraße und fährt dann zurück Richtung Hohe Halde. Der Kater im Fond schweigt, und weil das sonst nicht seine Art ist, weil er sonst gerne gut gelaunt plaudert, wenn er von Snapp oder sonst einem amerikanischen Offizier zurückkommt, fragt Josef: »Alles in Ordnung?«

»Ja, ja, schon. Alles bestens.«

Danach schweigt der Kater, aber weil auch ihm offenbar auffällt, dass seine kurz angebundene Art auf Josef nicht normal wirken kann, setzt er hinzu: »Und bei der Oma, ist da auch alles in Ordnung?«

»Ich denk schon«, sagt Josef. »Auf jeden Fall gab's echten Bohnenkaffee bei ihr.«

***

Auch wenn die Rangabzeichen und Ordensleisten von den Uniformen abgetrennt wurden, kann man an der Position und der Anzahl der auf dem hellen Grau der Uniformstoffe dunkel gebliebenen Leerstellen ungefähr ablesen, welchen Rang die Träger in ihrer aktiven Zeit einmal eingenommen haben.

Ernst schätzt, dass die sechs schon etwas älteren Herren, die unter dem Kommando eines amerikanischen Feldwebels die Fläche zwischen dem Verwaltungstrakt und den Kasernengebäuden von Camp 7 mit Holzrechen bearbeiten, Generäle oder Oberste der Wehrmacht gewesen sein müssen. Der Feldwebel ist ihnen immer dicht auf der Pelle, achtet darauf, dass sie aufeinander abgestimmt und im gleichen Rhythmus den Kiesboden beharken, sodass ihre Rechen auf breiter Linie regelmäßige Furchen im Boden hinterlassen. Es ist ein lächerliches Bild, sechs uniformierten alten Männern dabei zuzuschauen, wie sie in einer Art Ballettchoreografie in gebückter Haltung synchrone Bewegungen vollziehen, um dabei eine absurde, vollkommen überflüssige Arbeit zu verrichten. Denn kaum haben sie fünf oder zehn Meter geschafft, latschen hinter ihnen schon wieder andere Gefangene des Camps über ihr Werk und zerstören ihre schönen geraden Linien. Es ist reine Schikane. Und Ernst kann durch seinen Feldstecher der Miene des Feldwebels ablesen, dass es ihm richtig Spaß macht, die schwitzenden und schnaufenden Generäle an die Kandare zu nehmen. Wenigstens einer, der seinen Job hier ernst nimmt, denkt Ernst bitter und hat dabei die joviale, speckige Visage Captain Korners vor Augen.

Die kleine Kiefernlichtung auf dem Katzenstein genannten bewaldeten Hügel oberhalb der früheren Gebirgsjägerkaserne bietet einen idealen Blick auf das komplette Gelände des Camps. Nach kurzem Kartenstudium in der Jagdhütte hat Ernst eine ähnlich gute Position gefunden wie vor zwei Tagen am Hang gegenüber der Hohen Halde. Das Schussfeld ist ebenso unverstellt, nur ist die Entfernung weiter. Er schätzt, dass es achthundert, wenn nicht tausend Meter sein müssen. Das dürfte für die Mauser eigentlich kein Problem sein. Ein Problem war allerdings der Weg hierher. Sein Quartier, die Jagdhütte des Komponistensohns auf dem gegenüberliegenden Grasberg nördlich der Loisach, wo Susan ihn nach ihrem

Streit absetzte, ist etwas mehr als einen Kilometer entfernt. Um von dort hierherzukommen, musste er ein Villenviertel durchqueren und über die viel befahrene Zugspitzstraße hinüber, bevor er in einem weiten Bogen über Felder zum Katzenstein gelangte. Ein Weg, auf dem ihn etliche Leute beobachten konnten. Vielleicht ist er in den Jägerklamotten, die er in der Hütte fand, keine besonders auffällige Erscheinung hier in der Gegend außerhalb der Stadt. Aber der eine oder andere, der ihm begegnete, wird den Koffer, den er bei sich trägt, mühelos als einen Gewehrkoffer identifiziert haben. Wenn er den Weg hierher nicht zu oft gehen will, muss er so schnell wie möglich zum Schuss kommen, am besten gleich heute.

Das Gras auf der Lichtung ringsum ist noch feucht vom Gewitter, das vor einer Stunde über dem Tal niederging. Ihm ist es gleich, es wird schon bald trocknen. Er packt die Mauser aus, setzt sie mitsamt dem Zielfernrohr zusammen, bringt sich liegend in Stellung und arbeitet mit dem Fernglas systematisch die Freiflächen zwischen den Kasernengebäuden und dem das gesamte Kasernengelände umgebenden, mit Wachtürmen gespickten Zaun ab. Das Gelände ist, wie schon bei seinen vorigen Besuchen dort unten, bevölkert von Hunderten Internierten, die, meist in kleinen Gruppen, umherwandern. Manchmal bleiben sie stehen, um zu rauchen und in der Runde etwas zu diskutieren, nehmen dann ihre Wanderung wieder auf. Es sind graue Gesichter, die er sieht, wenn er das Fernglas auf sie scharf stellt; verhärmte, von Anstrengungen und vom Hunger gezeichnete Gesichter. Aber es sind keine resignierten Gesichter. Er kann sich täuschen, und vielleicht verleitet sein Hass ihn zu dieser Täuschung: Im Unterschied zu den vielen todmüden und entmutigten Menschen, denen er auf seinen Zugfahrten begegnete, ist in diesen Gesichtern der Überlebenswille keineswegs erloschen. Diese Männer haben noch etwas vor. Vielleicht sind sie verbittert, enttäuscht, gekränkt, aber sie haben alle noch nicht aufgegeben. So, wie Max Troll noch nicht aufgegeben hat.

Es hätte ihm von vornherein klar sein müssen, dass Susan seinen Hass auf die Nazichargen und sein Rachebedürfnis Troll gegenüber nicht begreifen kann. Eigentlich war ihm das auch klar, und er hat es so lange wie möglich vor ihr zu verbergen versucht, hat auch das Gewehr vor ihr versteckt, weil es seine wahren Absichten verraten hätte. Aber als sie ihn direkt fragte, musste er ihr die Wahrheit sagen.

Er kann verstehen, dass sie vielleicht seinen Wunsch nach Rache begreifen kann, aber seine Idee der Selbstjustiz ganz und gar nicht. Sie kommt aus einem Land, in dem Gesetze gelten, in dem die Justiz funktioniert und man entsprechend Gerechtigkeit erwarten kann. Davon, dass dies alles in Deutschland seit zwölf Jahren absolut nicht mehr existiert und, wie es im Augenblick aussieht, auch weiterhin nicht existieren wird, hat sie allenfalls eine abstrakte, wenn nicht sogar ziemlich naive Vorstellung. Für ihre Naivität spricht ihr Glaube, an den eugenischen Experimenten der Nazis könnte es irgendeinen rationalen Kern gegeben haben. Darüber hätte er gerne ausführlicher mit ihr gesprochen, doch dazu ist es nicht mehr gekommen.

Es tut ihm leid, dass sie sich im Streit getrennt haben; am liebsten würde er die Uhr zurückstellen und dort am gestrigen Nachmittag anhalten, wo sie im Hotelzimmer in Dorf Tirol im Bett lagen. Aber ihr Streit ist unvermeidlich gewesen, und es ist gut, dass sie ihn ausgetragen haben, besser, als wenn es zu viel Unausgesprochenes zwischen ihnen gäbe. Ob der Streit einen endgültigen Bruch zwischen ihnen bedeutet? Er mag nicht darüber nachdenken, muss sich auf seine Aufgabe hier konzentrieren.

Er legt das Fernglas zur Seite, nimmt die Mauser und beginnt, mit dem Zielfernrohr die Köpfe der auf dem Kasernengelände spazierenden Internierten anzuvisieren. Wenn er nur einen Hinterkopf erwischt, wartet er geduldig, bis er auch das Gesicht zu sehen bekommt. Er beginnt zu zählen. Vierundneunzig Nazivisagen hat er ins Visier genommen, fast die komplette Mannschaft der Freigänger von Camp 7 an diesem Nachmittag. Dann verkünden die amerikanischen Aufseher das Ende des Freigangs, und die Männer steuern die Kasernentüren an. Ernst verfolgt sie alle noch einmal mit dem Fernglas. Auch jetzt ist die Visage von Max Troll nicht dabei. Er baut die Mauser auseinander und verstaut sie im Gewehrkoffer. Morgen wird er noch einmal hierherkommen müssen.

**

»›Blaue‹ Schwestern? ›Braune‹ Schwestern? Ich verstehe nicht, was Sie meinen …«

»Es ist doch ganz einfach«, sagt die Frau mit so schwerem bayrischen Akzent, dass Susan Schwierigkeiten hat, alles zu verstehen, was sie sagt. »Die braunen Schwestern waren Nazifrauen, und die blauen Schwestern waren eben keine Nazis, sondern kamen meistens aus kirchlichen Einrichtungen, so wie ich.«

»Und zwischen braunen und blauen Schwestern gab es Probleme, wenn ich Sie richtig verstanden habe?«

»Zwischen uns eigentlich nicht. Die Probleme machte der Dr. Ebner, weil er die braunen Schwestern bevorzugt und uns bei jeder Gelegenheit abgewatscht hat.«

»Abge-was?«

»Abgewatscht! Schlecht behandelt. Angeraunzt wegen jeder Kleinigkeit. Sodass viele von uns bald keine Lust mehr hatten und weggegangen sind.«

»Aber was hatte er gegen Sie und Ihre Kolleginnen?«

»Ja mei, das ist doch ganz einfach!« Die schwere Frau im hochgeschlossenen, tatsächlich dunkelblauen Dirndl breitet die Arme aus. »Weil wir nicht einverstanden waren damit, dass immer mehr Mütter mit außerehelichen Kindern zu uns kamen.«

»Und warum waren Sie nicht einverstanden?«

Mit einer Geste der Fassungslosigkeit stemmt die Frau ihre Hände in ihre Hüften. »Ja, ist denn des normal? Unmoralisch ist des! Und deshalb haben wir den Bub, den uns der Dr. Ebner gegeben hat, auch so schnell wieder weggegeben. Ein Bettnässer! Mit vier Jahren! Und sprechen hat er auch noch nicht richtig gekonnt! So einen Bastard von so einem liederlichen Frauenzimmer wollten mein Mann und ich auf Dauer nicht im Haus haben.«

»Sie meinen die Mutter des Jungen?«

»Mutter! Ja, ist denn so etwas eine Mutter, die nur zum Gebären zu uns ins Heim gekommen ist und sich danach gleich wieder aus dem Staub gemacht hat?«

»Haben das denn alle Mütter von unehelichen Kindern getan?«

»Nein, gottlob nicht alle, aber sehr viele. Unter denen, die bei uns geblieben sind, waren auch viele nette Frauen, mit denen haben wir Schwestern uns trotz allem auch meistens ganz gut vertragen.«

»Verstehe«, murmelt Susan.

Die Adresse der Frau, die mit ihrem Mann, einem Landmaschinenmechaniker, im Dorf Pfaffing lebt, war eine der drei Adressen, die Ebner ihr in seinem Brief mitgeteilt hat. Als die Amerikaner sich Oberbayern näherten, hat er an die Frau und noch eine Reihe weiterer Mitarbeiterinnen des Heims in Steinhöring die Kinder verteilt, die dort alleine, ohne ihre Mütter untergebracht waren. Susan ist zu spät gekommen. Für das Kind, einen vierjährigen Jungen, haben die Frau und ihr Mann andere Pflegeeltern gesucht und tatsächlich ein Ehepaar aus Landshut gefunden, das sie aus katholischen Zirkeln entfernt kennen. Vor zwei Tagen haben sie sich den Jungen angeschaut und zugesagt, ihn später zu adoptieren. Jetzt ist der Mann der früheren Schwester unterwegs, um den Jungen zum Ehepaar zu bringen und in Landshut die nötigen Formalitäten zu erledigen. Susan wird morgen die beiden anderen Adressen in Aßling und Rott am Inn abklappern müssen. Aber auch wenn sie hier kein Lebensborn-Kind zu Gesicht bekommt, ist die ehemalige »blaue Schwester« doch jemand, von der sie erfahren kann, wie es im ersten und größten Lebensborn-Heim zuging.

»Sagen Sie, Sie sprechen viel von außerehelichen Kindern – wie konnte man denn im Heim ›Hochland‹ die Sicherheit haben, dass die Väter ›rassisch einwandfrei‹ waren? Das war ja doch wohl der Zweck von Lebensborn, ›reinrassige Arier‹ zu züchten, oder?«

»So a Schmarrn!« Jetzt stützt die Frau ihre beiden Hände empört auf ihre Oberschenkel. »Zucht, Menschenzucht! Ja, des hätten der Dr. Ebner und seine SS wohl vielleicht gern gewollt. Aber so weit ist es gottlob, bei uns zumindest, nicht gekommen.«

»Aber es ging doch ausschließlich um ›arische‹ Menschen?«

»Sicher, des schon. Da ist ja auch nichts weiter dagegen zu sagen. Die Väter, auch von den außerehelichen Kindern, also auch die Männer, die verheiratet waren und fremdgegangen sind – das mussten schon alle SS-Männer sein. Und auch die Mütter mussten einen einwandfreien Ariernachweis haben, sonst wurden sie gar nicht erst bei uns aufgenommen.«

»Und ist es im Heim ›Hochland‹ auch zu geplant herbeigeführten außerehelichen Zeugungen gekommen?«

»Aber nein, um Herrgotts willen! Wer erzählt denn so was Verrücktes? Des hätt kein Mensch bei uns mitgemacht. Außer dem Dr. Ebner halt. Mit so einem Saukram hätt der sich nie und nimmer bei uns Schwestern durchsetzen können, ich glaube, sogar bei den braunen nicht.«

Also doch keine gezielte Menschenzucht, selbst in Steinhöring nicht. Immerhin aber eine gezielte »rassische« Auswahl. Das ist zwar ein sehr fragwürdiger Ansatz zur Optimierung, aber interessant könnten die Ergebnisse trotzdem sein.

»Können Sie mir dann vielleicht etwas zu den anderen Kindern sagen, die Dr. Ebner aus dem Heim entlassen hat? Ich habe hier noch Adressen in Aßling und in Rott am Inn.«

»Ja, die Kinder dort, die kenne ich. Und ich kenne auch den Arzt, der sie betreut. Er wohnt hier im Dorf.«

»Das ist vielleicht eine gute Idee, wenn ich zuerst einmal mit ihm spreche ...«

»Ja, vielleicht. Ich hoffe nur, Sie werden nicht allzu enttäuscht sein.«

»Von dem Arzt?«

»Nein. Von den Kindern.«

* * *

Ein Klopfen an seiner Zimmertür reißt Josef aus dem Schlaf. Allerdings ist es kein fragendes Klopfen – es sind so harte Schläge, dass man weiß, dass ihnen im nächsten Augenblick das Eintreten der Tür folgen wird. In zwei Sprüngen ist Josef an der Tür, dreht den Schlüssel; zum Öffnen kommt er nicht mehr, die Tür springt auf, und ein mächtiger Kerl mit einer Bulldoggenvisage und einer amerikanischen Armeepistole im Anschlag steht im Zimmer. Die Pistole ist auf Josefs Stirn gerichtet. Josef erstarrt. Er kennt den Kerl, ist ihm schon einmal begegnet. Es ist ein GI aus Major Snapps Truppe, den Snapp ab und zu an den Kater ausleiht und der den Ausputzer spielt, wenn es Probleme bei der Abwicklung seiner Geschäfte gibt. Ein Schläger, der bei den Jobs, die er für den Kater erledigt, einen unauffälligen zivilen Anzug trägt. Den hat er auch jetzt an.

»Du brauchst dich nicht anzuziehen«, sagt er auf Englisch. »Komm mit, wie du bist.«

Zwei Minuten später sitzt Josef in Unterwäsche am Tisch in der Gartenlaube und reibt sich die Augen. Weniger, um den Schlaf daraus zu vertreiben, sondern weil er in das platte, grinsende Gesicht von Fritz Rauch schaut, dem Mann, den er mitsamt zwei Blumentöpfen voll Dollarnoten vorgestern Nacht in einer Rotkreuz-Station in Südtirol abgesetzt hat. Rauch sitzt ihm gegenüber, neben Rauch der Kater und neben dem dessen Bruder Lüder. Der Ausputzer hat sich hinter Josefs Stuhl aufgebaut.

»Da wunderst du dich, gell?«, sagt der Kater mit seiner einschmeichelnden Stimme, so, als präsentiere er Josef ein kleines Geschenk. »Da hast du gedacht, der Fritz ist in Südtirol, und jetzt sitzt er plötzlich wieder vor dir.«

Josef sagt nichts, hebt nur ahnungslos die Schultern und ist auch tatsächlich ahnungslos.

»Tja – dass dein Freund Ernst Fleck für diesen kleinen Umweg gesorgt hat, davon hast du sicher keine Ahnung, oder?«

»Ernst Fleck? Der ist nicht mein Freund. Ich hör jetzt zum ersten Mal seinen Nachnamen.«

»Ach nein, Josef! Tu mir das nicht an und belüg mich nicht. Du hängst mit ihm in den letzten Tagen ganz schön oft herum und kutschierst ihn durch die Gegend. In *meinem* Wagen!«

»Das hab ich für Miss Mitford gemacht! Sie hat mich darum gebeten, weil ihr Auto in der Werkstatt war.«

»Ach ja? Und nur ihr zuliebe hast du den Fleck in meinen Wagen geladen und ihn ins Camp 7 gefahren, wo er sich mit falschen Papieren Zugang zu Captain Korner verschafft und einen Gefangenen verhört hat?«

»Davon wusste ich nichts. Ich habe währenddessen vor dem Camp im Wagen gesessen.«

»Und wenn dieser Ernst Fleck nicht dein Freund ist, woher weißt du denn so genau, wer er ist und was er so gemacht hat?«

»Ich weiß nichts über ihn!«

»Ah geh, Josef! Erzähl mir mal was anderes, was Ehrliches! Du weißt doch ganz genau, was der Typ die letzten Jahre getrieben hat, dass er in Frankreich bei der Résistance war und unsere Männer hinterrücks umgebracht hat!«

»Davon wusste ich nichts!« Um Aufrichtigkeit zu demonstrieren, strafft sich Josef bei dieser Lüge und sieht dem Kater in die Augen.

Der Kater lächelt fein. »So? Und warum nennst du ihn dann einen ›Partisanen‹?«

»Hab ich das?«

Der Kater wiegt den Kopf und sieht Josef schmollend an, als habe er ein Kind gerade beim verbotenen Naschen erwischt.

»Tu mir den Gefallen, Josef, und erzähl uns jetzt die Wahrheit – bitte!«

»Welche Wahrheit?«

»Alles, was du über Ernst Fleck weißt.«

»Ich weiß nichts über Ernst Fleck.«

Josef sieht, wie der Kater sein Kinn leicht in Richtung des Ausputzers hinter ihm hebt; im selben Augenblick spürt er, wie zwei eisenharte Hände seine beiden Handgelenke umklammern und seine Arme zurück hinter die Stuhllehne biegen. Einen Augenblick später fühlt er, wie sich kalte eiserne Ringe um seine Handgelenke legen, wie sie eng zugezogen werden, hört das Zuschnappen eines Schlosses. Er ist mit Handschellen an den Stuhl gefesselt. Noch einen Augenblick später steht der Kerl mit der Bulldoggenvisage vor ihm und verpasst ihm, ohne auszuholen, eine Ohrfeige von solcher Wucht, dass sein Kopf zur Seite fliegt.

»Wir denken, du bist noch nicht ganz wach, Josef«, hört er durch ein seinen ganzen Schädel ausfüllendes Rauschen hindurch die Stimme des Katers. »Vielleicht hilft das ja ein bisschen, dein Gedächtnis wieder auf Vordermann zu bringen.«

Als er aufwacht, verblassen hinter der Fensterscheibe allmählich die Sterne. Zögernd, als wolle es ihn nicht stören, sickert das erste Morgenlicht hinein zu ihm ins Bett. Das Dröhnen in seinem Kopf ist abgeklungen; er hat eine Weile geschlafen. Er reibt seine Handgelenke, die immer noch schmerzen von den viel zu eng angezogenen Handschellen. Die hat ihm die Bulldoggenvisage abgenommen, nachdem sie ihn wieder zurück auf sein Zimmer hinaufbegleitet hat. Und es ist auch bei dieser einen Ohrfeige zu Beginn seines Verhörs geblieben. Denn dem Kater und seinen Leuten ist nach einer Viertelstunde klar geworden, dass Josef tatsächlich nichts über Ernst Fleck weiß, nicht weiß, wo er herkommt und was er früher gemacht hat. Dass er allerdings einiges darüber weiß, was dieser Ernst Fleck jetzt vorhat, das konnte Josef gegenüber dem Kater gut verbergen. Zumindest konnte er seine Rolle als bloßer Fahrer der Engländerin glaubhaft machen: Sie hat in Runges Büro Gefallen an Fleck gefunden, ihn um den Finger gewickelt und ihn für ihr Vorhaben bei Captain Korner im Camp 7 eingespannt. Um was es da genau ging, weiß er nicht, und was die beiden besprochen haben, hat er nicht verstanden. Er war ja nur der Fahrer. Zwei Stunden haben der Kater und Fritz Rauch ihn in die Mangel genommen. Und er hat es geschafft, den zwar irgendwie pfiffigen, aber ansonsten naiven Dorfschullehrersohn zu spielen. Er hat nichts verraten; dafür haben die beiden anderen aber eine Menge verraten, unfreiwillig, weil sie ja nicht ahnen, was Josef tatsächlich weiß. Genug, dass er sich ausrechnen kann, was hier gespielt wird. Genug aber auch, dass er für sie fortan ein unbequemer Mitwisser – und Zeuge – ist, und genug, um zu wissen, dass sie ihn loswerden müssen.

Josef steht auf und schaut zum Fenster hinaus nach unten auf die Gartenlaube. Darin brennt noch das Deckenlicht, und um den Tisch sitzen immer noch der Kater, Lüder und Fritz Rauch. Der Ausputzer ist nicht mehr dabei. Josef kann sich denken, wo der Typ ist: Der hält vor seiner Tür Wache, während die drei dort unten darüber beraten, was sie mit ihm, Josef, anstellen sollen. Und er kann sich recht gut vorstellen, dass es dabei nur noch darum geht, wann die Bulldoggenvisage ihn zur Strecke bringen soll.

Ohne ein Geräusch zu machen, zieht er seine Klamotten und seine Schuhe an, klappt dann ebenso geräuschlos den Fensterriegel herunter und achtet darauf, dass der Fensterflügel nicht in den Angeln quietscht, während er ihn langsam, langsam nach außen drückt. Den Weg übers Dach, an den Schneefanggittern entlang, die einen guten Halt bieten, kennt er. Er hat ihn sich schon ein paarmal angeschaut, seitdem er hier oben haust und sich der Gefahr bewusst ist, die von Anfang an vom Kater ausging. Er muss über die Längsseite des Dachs hin zur spitzgiebeligen Front der Villa; dort sind statt einer Feuerleiter Krampen in die Fassade eingelassen, an denen er hinunterklettern kann. Das Problem ist der Weg dorthin: Die Dachziegel sind alt und nicht mehr besonders fest ineinander verhakt. Es hilft nichts. Er muss es riskieren.

Vorsichtig steigt er hinaus. Das Licht des frühen Morgens reicht aus, um genug zu sehen. Er hält sich am Fenstersims fest, lässt sich herab, bis seine Füße auf dem Schneefanggitter landen. Es scheint ihn tatsächlich tragen zu können. Dann macht er, mit dem Rücken auf den Ziegeln liegend, darauf einen winzigen Seitschritt nach dem anderen. Bewegt er sich nicht wie eine Katze, klappern die Ziegel, und wenn sich einer löst und herunterfällt, ist sowieso alles vorbei.

Millimeter um Millimeter bewegt er sich in Richtung des Frontgiebels, manchmal knirscht es ein bisschen unter ihm, weil sich durch sein Körpergewicht die Ziegel verschieben, aber das ist kein Geräusch, das man unten hören könnte. Von hier aus sieht er nur das Dach der Gartenlaube; der Lichtschein, der aus den Fenstern der Laube in den Innenhof fällt, signalisiert, dass die Blüchers drinnen immer noch tagen. Jetzt ist er am Frontgiebel angelangt, schaut über den Dachrand hinunter und sieht, dass die Krampen gleich unter ihm beginnen. Die Schwierigkeit besteht nur noch darin, ein Bein über das Schneefanggitter und den Dachrand zu befördern und sich so lange am Gitter festzuhalten, bis sein Fuß die oberste der Krampen erreicht und Halt darauf gefunden hat.

Und genau dabei passiert es. Der letzte Ziegel unter dem

Schneefanggitter ist morsch, hält dem Druck seines Beines nicht stand, löst sich und fällt hinunter. Sein Aufprall klingt in Josefs Ohren wie ein Startschuss. Von jetzt an geht's um alles. Und er hat eine Chance. Er schwingt das andere Bein über den Dachrand und streckt es gleich zur nächsten Krampe hinunter, erreicht sie, doch während er in Affengeschwindigkeit hinabsteigt, hört er schon die Tür der Gartenlaube aufspringen, hört den Ruf des Katers, der die Bulldoggenvisage alarmieren soll. Ein, zwei Krampen noch – die restlichen lässt er aus, springt hinunter, landet sicher auf zwei Beinen und rennt dann durchs seit dem Panzerbesuch offene Tor auf die Straße, überquert sie, hechtet auf den schmalen Pfad zu, der hinauf auf den Hügel führt, den er vor zwei Tagen dem Partisanen als Versteck gezeigt hat. Zwei oder drei Meter noch bis zum Pfad, der in eine Art Hohlweg hineinführt, der idealen Schutz bietet.

Ein Schlag gegen seine Schulter bringt ihn aus dem Gleichgewicht. Dann hört er den Knall, verspürt den Schmerz, er strauchelt, weiß aber, dass er nicht fallen darf. Bis zum Hohlweg sind es sind nur noch ein paar Schritte.

SIEBTER TAG

Pünktlich um neun, wie am Abend zuvor am Telefon verabredet, klingelt es an der Haustür der ehemaligen »blauen« Schwester. Im Unterschied zu Garmisch-Partenkirchen funktionieren in diesem Teil Bayerns die Telefone noch, und die Schwester hat den Arzt, von dem sie Susan erzählt hatte, erreicht und ihm von ihr und ihrem Vorhaben berichtet. Er war mit einem gemeinsamen Besuch bei den Kindern in Rott am Inn einverstanden und hat versprochen vorbeizukommen.

Susan und die frühere »Hochland«-Schwester hatten sich am Vorabend noch so lange unterhalten, dass es der Frau für Susan unzumutbar erschien, sich so spät am Abend noch auf die Suche nach einem Hotel oder einer Pension zu machen, und sie hatte ihr eines der früheren Kinderzimmer zum Übernachten angeboten. Beim Frühstück setzten sie ihre Unterhaltung an dem Punkt fort, an dem sie gestern Susans Müdigkeit wegen das Gespräch abbrechen mussten: Die Frau mit dem schönen deutschen Namen Mechtild kann nicht genug erzählt bekommen von den Marotten des englischen Landadels und speziell von denen der Mitfords. Sie sind gerade bei der Geschichte, wie Susans Vater das Pony in die im ersten Stock liegende Londoner Stadtwohnung hinaufbugsiert hat, als der Arzt klingelt, um Susan abzuholen.

»Sie kommen extra aus England hierher, um diese Lebensborn-Kinder zu sehen?« Sein Ton ist misstrauisch. Etwas steif sitzt er neben Susan im Triumph und weist ihr den Weg hinaus aus Pfaffing über schmale Landstraßen nach Rott am Inn.

»Das hat mit unserem Forschungsprojekt in Cambridge zu tun. Mechtild hat es Ihnen gestern am Telefon versucht zu erklären …«

»Ja, ja. Das hat mich ja auch neugierig gemacht.«

Der Arzt, er heißt Theodor Brendel, ist jung und wirkt trotz seiner misstrauischen Zurückhaltung auf Susan sympathisch. Was vielleicht daran liegt, dass er die Haare länger trägt als die meisten Männer in seinem Alter, denen sie bisher in Deutschland begegnet ist. Jemand – sie weiß nicht mehr, ob es Josef oder Ernst gewesen ist – hat ihr erzählt, dass das ein Zeichen der Nichtkonformität mit dem Naziregime sei. Und da das noch nicht so lange vorbei und Brendels Haar recht lang ist, besteht die Aussicht, dass er das Lebensborn-Projekt unvoreingenommen einschätzen kann.

»Allerdings«, fährt er vorsichtig fort, »weiß ich nicht genau, welche Informationen Sie über dieses Projekt haben …«

»Na ja, jedenfalls so viele, dass ich weiß, dass das kein wissenschaftliches In-vivo-Experiment war. Trotzdem sind die Ergebnisse für uns aus eugenischer Sicht interessant.«

»›Eugenische Sicht‹«, wiederholt Brendel gedehnt. »Wir sind übrigens am Ziel.«

Er weist auf ein älteres, ein wenig heruntergekommenes Bauernhaus außerhalb des Ortskerns von Rott am Inn. Viehställe und das Wohnhaus befinden sich unter einem tief heruntergezogenen, grün bemoosten Dach aus Holzschindeln, der Stallbereich ist mit geschwärzten Fichtenlatten verkleidet. Das an die Ställe anschließende Wohnhaus war einmal weiß getüncht, jetzt blättert die gelblich gewordene Farbe ab; darunter zeigt sich nacktes und von Feuchtigkeit geschädigtes Mauerwerk, auch der Lack der grün gestrichenen Tür- und Fensterrahmen ist rissig. Reich scheinen die Leute hier nicht zu sein. Susan parkt den Triumph auf dem gepflasterten Hof, ein paar Meter vor der niedrigen Eingangstür.

»Es ist wohl besser, ich gehe kurz vor und kündige Ihren Besuch an«, sagt der Arzt.

Susan nickt und schaut vom Fahrersitz aus zu, wie er an der Tür klopft, über der ein großes hölzernes Kreuz hängt. Wenig später betritt er das Haus und zieht die Tür wieder hinter sich zu. Brendel hat ihr während der Fahrt erzählt, dass das hier wohnende Ehepaar sehr katholisch ist und aus christlicher Nächstenliebe gleich zwei der Hochland-Kinder zusätzlich zu ihren beiden eigenen aufgenommen hat. Die Frau gehörte wie Susans Gastgeberin in Pfaffing auch zu den »blauen« Schwestern im Hochland-Heim.

Die Tür öffnet sich wieder, Brendel winkt ihr, hereinzukommen. Sie betritt eine große, um einen gemauerten Kamin herumgebaute Wohnküche. In den Kamin eingelassen ist eine halb offene Kochstelle, in der schon eine gelbe Flamme züngelt. Es ist düster hier, obwohl draußen strahlendes Maiwetter herrscht. Erst allmählich erkennt Susan die beiden Kinder, die nahe beim Kamin auf zwei Bänken an einem langen Tisch sitzen oder liegen. Doch bevor sie näher hinschauen kann, kommt eine kleine rundliche Frau mit blonden Zöpfen und in einem abgetragenen rosa Dirndlkleid mit ausgestreckter Hand auf sie zu.

»Grüß Gott, ich bin die Gertrud!«

»Hallo«, sagt Susan freundlich. »Dr. Brendel hat mir von Ihnen erzählt. Ich heiße Susan Mitford.«

»Und Sie kommen aus England, hat der Doktor gesagt, extra wegen uns?«

»Ja, auch wegen Ihnen, das heißt, wegen der Hochland-Kinder, die Sie hier aufgenommen haben.«

»Das ist fein, weil es trifft sich gut, dass ich heute mit den beiden hier allein bin. Unsere beiden eigenen sind in der Schule, und mein Mann hat auf dem Feld zu tun …« Sie dreht sich zu den beiden Kindern am Tisch um und weist zuerst auf ein blondes Mädchen, das in einem kleinen, auf der Sitzbank befestigten Schaukelstuhl liegt.

»Das ist die Waltraud«, sagt die Frau. »Waltraud ist jetzt drei und war von ihrer ersten Lebenswoche an bei uns im Heim. – Sag mal Grüß Gott zu Fräulein Mitford, Waltraud!«

Susan lächelt das Kind an und hebt zum Gruß die Hand,

doch das Mädchen erwidert weder das Lächeln noch die Geste, blickt sie bloß aus einem sehr hübschen, aber auch sehr ernsten Gesicht mit großen blauen Augen skeptisch an. Susan beugt sich ein wenig zu ihr hinunter und versucht es mit einem noch breiteren Lächeln. Doch auf Waltraud scheint das beängstigend zu wirken, denn sie wendet ihren Blick von Susan ab und schaut zur Seite.

»Waltraud ist so etwas wie ein Spätstarter, sagt Dr. Brendel«, erklärt die Pflegemutter. »Sie kann noch nicht richtig laufen, deshalb sitzt sie in ihrem kleinen Schaukelstuhl, den mein Mann für sie gebaut hat.«

»Und sprechen?«, fragt Susan, guckt dabei zuerst die Frau, dann Brendel an, der etwas abseits steht und die Szene beobachtet. Brendel deutet ein Schulterzucken an.

»Das wird schon noch, wir müssen da eben Geduld haben«, antwortet die Frau mit einem kleinen zuversichtlichen Lacher.

»Haben Sie denn die Kleine auch schon im ›Hochland‹ betreut?«, fragt Susan.

Die Frau schüttelt den Kopf. »Nein, auch den Alexander da drüben nicht. Ich hab sie im Heim zwar oft gesehen, aber mit ihrer Betreuung hatte ich nichts zu tun. Ich hab sie erst kennengelernt, als der Dr. Ebner uns die beiden übergeben hat.«

Susan nickt und geht ein paar Schritte auf den elf- oder zwölfjährigen Jungen zu, der am Rand des Tisches sitzt und in ein Spiel mit ein paar offenbar selbst geschnitzten hölzernen Tierfiguren vertieft ist.

»Hallo, Alexander!«, sagt Susan mit einem freundlichen Lächeln.

Der Junge hebt den Kopf und schaut Susan an.

»Ha-ha-hallo« antwortet er. Auch er hat blonde Haare, ein ausgesprochen hübsches Gesicht und wunderbar leuchtende blaue Augen. Aber wie Waltraud erwidert auch er Susans Lächeln nicht. Seine Miene bleibt ernst und aufmerksam.

»Geht es dir gut, Alexander?«, fragt Susan freundlich.

»Da-da-danke«, sagt der Junge. »M-m-mir geht es gut.«

»Alexander ist erst 1941 zu uns gekommen«, erklärt die Pflegemutter. »Unsere Soldaten haben ihn auf der Krim gefunden und mitgebracht.«

»Gefunden?«, fragt Susan und blickt dabei wieder zuerst die Frau, dann den Arzt an. Brendel zuckt wieder bloß die Schultern.

»Genaues haben wir nicht erfahren«, erklärt die Frau. »Jedenfalls war er da erst vier oder fünf Jahre alt und hat kein Wort Deutsch gesprochen. Inzwischen spricht er sehr gut Deutsch, aber wir wissen immer noch nicht, wie alt er wirklich ist.«

Susan will die Pflegemutter noch etwas fragen, doch dann sieht sie aus dem Augenwinkel, dass Brendel ihr mit einem kleinen Handzeichen bedeutet, es sein zu lassen. Susan ist einen Augenblick lang verunsichert, hätte sie gerne weiter befragt. Andererseits hat der Arzt wahrscheinlich recht: Das, was Susan hier gesehen hat, spricht eigentlich für sich selbst, und sie sollte die arme Frau besser nicht weiter mit peinlichen Fragen belästigen. Sie streckt ihr zum Abschied die Hand entgegen.

»Es hat mich sehr gefreut, Gertrud, Sie und die Kinder kennengelernt zu haben.«

Die Frau ergreift Susans Hand und schüttelt sie.

»Ganz meinerseits, Susan! Und Sie können gerne wiederkommen.«

»Danke«, sagt Susan, lächelt und würde am liebsten heulen wie ein Schlosshund.

∗∗∗

Mit einem Mal regt sich das Sonnenlicht wie ein Lebewesen, klettert über die Wipfel der die Lichtung umstehenden Fichten und fällt jetzt schwerelos und geräuschlos auf das Rasenstück vor ihm. Seit dem frühen Morgengrauen sitzt Ernst auf den Stufen vor der Jagdhütte, hat die Vorboten des Tages beobachtet, jetzt erlebt er sein Erwachen. Er hat nur ein paar Stunden schlafen können. Die Ungewissheit dessen, was kommen wird, und die Unwägbarkeiten, was er entsprechend unternehmen muss, haben ihn aus dem Bett getrieben. Warum war Max Troll gestern nicht beim Hofgang in Camp 7? Hält Captain Korner ihn unter Verschluss, weil er den richtigen Riecher für das hat, was Troll droht? Das liegt nahe. Schließlich weiß Korner, dass Ernst hinter ihm her ist. Wenn er ihn weiter in der Kaserne versteckt und vom Hofgang fernhält, hat Ernst keine Chance mehr, an ihn heranzukommen. Da kann er wochenlang dort oben auf dem Hügel über dem Camp auf der Lauer liegen. Außerdem fühlt er sich hier in der Jagdhütte nicht sicher. Die Leute, denen er gestern auf seinem Weg hinunter zur Straße im Villenviertel begegnete, können sich wahrscheinlich ausrechnen, wo er haust; auf dem Land verbreiten sich Gerüchte schnell, und er kann an den Fingern einer Hand abzählen, wie viele Tage es dauern wird, bis jemand hier oben auftaucht, um »nach dem Rechten« zu sehen. Er steckt in einem Dilemma. Sein Ziel, das, weswegen er hier ist, kann er auf absehbare Zeit nicht erreichen; länger darauf zu warten, bis er Troll wieder zu Gesicht bekommt, ist nicht möglich, zumindest hier nicht. Aber wo sonst?

Das Geräusch brechender Zweige im Waldstück links vor ihm reißt ihn aus seinen Überlegungen. Er steht auf, tritt ein paar Schritte von der Terrasse zurück in den Eingang der Jagdhütte und nimmt die Walther, die er beim Aufstehen auf eine Konsole gelegt hat, an sich. Von hier aus kann er die Lichtung bis zum Waldrand überblicken, ohne selbst gesehen zu werden. Wieder hört er Zweige brechen. Da scheint es jemand eilig zu haben, jetzt hört er Schritte, die sich rasch nähern. Er schiebt sich ein wenig aus dem Schutz des Türrahmens heraus, dann erkennt er Josef, der mit taumelnden Schritten und schmerzverzerrtem Gesicht auf die Hütte zukommt.

Das Projektil ist unterhalb von Josefs linkem Schulterblatt eingedrungen; da der Schuss, wie Josef sagt, aus ziemlicher Entfernung abgefeuert wurde, hatte das Geschoss nicht mehr genug Energie, tiefer einzudringen, und ist offenbar im Muskel unter dem Schulterblatt stecken geblieben. Der Arzneischrank in der Jagdhütte ist ebenso gut sortiert wie der Weinvorrat. Ernst findet antiseptische Mittel, mit denen er den Wundrand reinigen kann, sowie reichlich Verbandsmaterial, mit dem er die Schulter so fest wie möglich verbindet, um die Blutung zu stoppen. Auf den Gebrauch der kleinen Morphium-Ampullen, die es auch noch im Arzneischrank gab, will er verzichten; besser, der Junge mobilisiert seine Energien, als ihn lahmzulegen.

»Muss die Kugel nicht raus?«, fragt Josef, der zittrig und bleich auf einem Sessel hockt.

»Das wäre das Beste. Aber nötig ist das nicht in jedem Fall. Kommt darauf an, aus welchem Material das Projektil ist. Wenn Blei drin ist, kann es zu einer Sepsis kommen, muss aber nicht. Hängt davon ab, wo genau es sitzt …«

»Woher wissen Sie das alles?«

Ernst zuckt die Schultern und bastelt weiter an einer Armschlaufe aus Verbandsmaterial. Er hat keine Lust, dem Jungen seine Kriegsgeschichten zu erzählen.

»Kennst du einen Arzt im Dorf, zu dem du gehen könntest, wenn es Komplikationen gibt?«

»Dr. Röhrl. Der ist okay, obwohl er der Hausarzt der von Blüchers ist.«

»Aber?«

»Ich müsste zuerst mal zu ihm runterlaufen …«

»Stimmt.« Ernst nickt und betrachtet Josefs bleiches Gesicht eingehender. »Du solltest dich erst ordentlich ausruhen. Hast auf dem Weg hierher eine Menge Blut verloren. Am besten legst du dich ins Bett.«

»Nein!« Josef will sich aus dem Sessel heben, aber schon dabei verlassen ihn die Kräfte, und er sinkt wieder zurück.

»Ich glaube, dass wir hier nicht mehr lange sicher sind«, sagt er matt.

»Das glaube ich auch. Aber den Tag heute und auch die Nacht müssen wir noch bleiben. Du brauchst Ruhe, sonst kollabierst du.«

»Ihr Kumpel Jürgen Runge hat ihnen verraten, dass wir beide unter einer Decke stecken. Und weil sie mich kennen, werden sie eins und eins zusammenzählen können und auf die Idee kommen, dass ich Sie hier verstecke.«

»Wer ist ›sie‹?«

»Die beiden Blüchers und Fritz Rauch. Hubertus hat ihn aus Camp 7 rausgeholt. Ich schätze, Korner hat ihn gegen einen Anteil seiner Beute gehen lassen …«

»Oha! Das ist eine gute Nachricht.«

»Warum?«

»Erzähle ich dir später.« Er will nicht auch noch dem Jungen seine Pläne mit Troll auf die Nase binden. Es reicht schon, dass er Susan damit gegen sich aufgebracht hat. Für ihn selbst jedenfalls gibt es jetzt, wo Troll in der Blücher-Villa auf dem Präsentierteller sitzt, wieder eine Perspektive.

»Weißt du, was Troll vorhat?«

»Troll? Sie wissen von der Geschichte, dass Troll letzten August die Identität von Fritz Rauch angenommen hat?«

»Ja, natürlich weiß ich das. Du hast mich ja selbst durch das Hochzeitsfoto, das du bei Rauch gefunden hast, darauf gebracht. – Und woher weißt du es?«

»Von meinem Großvater.«

»So ist das.« Der Junge steckt tiefer in der Geschichte drin, als Ernst bisher vermutet hat, und schweigt sich darüber aus. Langsam steigt Josef in seiner Achtung. Auf jeden Fall wäre er ein besserer Helfer als Susan. Wenn er nicht verwundet wäre.

»Also«, fragt er Josef noch einmal, »hast du mitbekommen, was Troll vorhat?«

»Wissen tu ich nichts. Ich konnte es mir nur aus dem, was

sie mich gefragt haben, zusammenreimen. Ich nehme an, dass Troll zurück nach Südtirol will. Vorher will er aber Sie noch zur Strecke bringen. Er scheint noch eine Rechnung mit Ihnen offen zu haben.«

»Aha?«

»Es hat irgendwas damit zu tun, dass Sie seinen Kumpel Emil Puhl erschossen haben, den, den sie vor drei Tagen aus der Loisach gefischt haben.«

»Woher wollen sie wissen, dass ich das war?«

»Im ganzen Dorf hängen Fahndungsplakate mit Ihrem Foto.«

Das ist nicht gut. Das zwingt ihn dazu, schneller zu handeln, als er eigentlich vorhatte.

»Und warum will Troll diesen Emil Puhl rächen? Der war übrigens ein Gestapomann …«

»Er will nicht nur ihn rächen. Vor allem will er Sie beseitigen. Unbedingt. Die Blüchers übrigens auch.«

»Warum?«

»Weil sie glauben, dass Sie hinter ihre Pläne gekommen sind, einen sicheren Fluchtweg für Nazis von Garmisch über Südtirol nach Genua zu organisieren.«

Ernst begreift jetzt, was der Quadratschädel, kurz bevor er ihn erschossen hat, damit meinte, als er sagte, dass sie sich von roten Schweinen wie ihm nichts »kaputtmachen« lassen wollten.

»Das ist natürlich ein guter Grund, mich umzulegen«, sagt er laut.

✵✵✵

Zurück in Pfaffing hält Susan vor dem Gebäude, in dem sich die Praxis des Arztes befindet. Es ist ein hell getünchtes einstöckiges Haus gegenüber der Dorfkirche, die mit ihrem Zwiebelturm auf einem kleinen Hügel den weitläufigen Platz in der Mitte des Dorfes überragt. Sie und Brendel haben die Fahrt über geschwiegen. Susan, weil sie erschüttert von der Begegnung mit den beiden Kindern war, Brendel wohl aus Diskretion, weil er Susans Stimmungslage bemerkt hat.

»Nun ja«, sagt Brendel leise, die Hand schon am Türgriff, »es tut mir leid, dass Ihre Erwartungen enttäuscht worden sind.«

Susan nickt, weiterhin stumm.

Brendel öffnet die Wagentür und will aussteigen. Doch Susan hält ihn mit einer Berührung seines rechten Arms zurück. »Und die anderen Kinder, die Sie gesehen haben …?«

Brendel bleibt auf seinem Sitz und schüttelt den Kopf. »Sind fast alle so oder so ähnlich. Die meisten sind überdurchschnittlich hübsch, aber viele stottern so wie Alexander. Einige nässen oder koten sich ein in einem Alter, in dem das normalerweise nicht mehr der Fall sein darf. Oder fangen viel zu spät zu laufen oder zu sprechen an wie die kleine Waltraud.«

»Und was, glauben Sie, sind die Ursachen dafür?«

»Ich glaube, dass das weniger auf ein ›Zuchtproblem‹, wie Sie als Eugenikerin sagen würden, zurückzuführen ist. Die ›Zuchtauswahl‹ scheint mir gelungen, wenn man so sagen kann. Sie sind alle blond, blauäugig und haben gesunde, kräftige Körper und vielleicht sogar einen einigermaßen wachen Verstand.«

»Aber?«

»Ich denke, es liegt an ihrer Unterbringung im Heim und daran, wie sie dort behandelt worden sind. Man hat sie bloß verwaltet, wollte sie ideologisch programmieren. Herzlos. Ohne Liebe. Alle Kinder, die ich in Augenschein genommen habe, sind dort ohne ihre Mütter gewesen. Einige, wie zum Beispiel Alexander, hat man aus den von Deutschland eroberten Ländern geraubt, nur weil sie blond und blauäugig waren.«

»Die beiden kamen mir so unendlich traurig vor.«

»Ja. Das sind sie auch, sie alle. Sie lächeln nicht, sie lachen nicht. Sie sind überhaupt gefühlsarm, weil sie ihre Gefühle unterdrücken, sie sind kontaktscheu, sie haben Angst.«

»Oh Gott …«

»Ja. Menschenzucht ist ein schwieriges Terrain.«

Der ironische Unterton des Arztes stört Susan. Es klingt so, als hätte er ihr gerade bewiesen, dass ihre Ideen allesamt völlig schwachsinnig sind. Das weckt ihren Widerstandsgeist. Trotzdem kommt ihr ihre Stimme etwas dünn und brüchig und wenig überzeugend vor, als sie sagt: »In der Theorie zumindest halte ich unsere Vorstellung von Eugenik nach wie vor für einen bedenkenswerten Ansatz.«

»Sie meinen, die britische Vorstellung von Eugenik sei eine andere und bessere als die deutsche?« Jetzt ist seine Ironie unverhohlen.

»Gleich werden Sie Churchill zitieren, der die Verrückten für eine Bedrohung der britischen Gesellschaft hält.«

»Churchill gehört noch zu den Harmlosen. Selbst so ein Feingeist wie D. H. Lawrence hat, zumindest als junger Mann, von einer ›tödlichen Kammer‹ geschwärmt, in die er alle Kranken, Verstümmelten und, wie er sagt, ›Angehaltenen‹ führen wolle. – Die Ausrottungsidee haben die deutschen Eugeniker nicht exklusiv.«

»Ich weiß«, sagt Susan. »Trotzdem macht es doch einen Unterschied, ob man sich daran macht, sie praktisch umzusetzen.«

»Und das in einem unvorstellbar grausamen Ausmaß! Da haben Sie natürlich recht.«

Die Ironie ist verschwunden, der Mann klingt jetzt ernst, fast traurig. Sie schweigen eine Weile, Susan starrt geradeaus ins Leere, Brendel schaut zum Wagenfenster hinaus auf das Schild seiner Praxis. Es gibt eigentlich nichts mehr zu sagen. Ihre Positionen die Eugenik betreffend könnten sie zwar weiter diskutieren, aber das scheint Susan jetzt nicht der richtige Zeitpunkt. Außerdem ist sie zu erschöpft und zu deprimiert, um ihre Argumente vorzuführen. Brendel stößt die Wagentür noch ein Stück weiter auf.

»Ich muss mich um meine Praxis kümmern, da sitzen sicher schon Patienten im Wartezimmer.«

»Natürlich«, sagt Susan.

»Und Sie? Was haben Sie jetzt vor? Werden Sie weiter nach Lebensborn-Kindern suchen?«

»Nein!« Die Antwort schießt spontan aus ihr heraus und überrascht sie. »Nein«, wiederholt sie etwas ruhiger. »Ich werde zurück nach Hause fahren.«

»Nach England?«

»Ja, nach England. Wohin sonst?«

***

Josef liegt in dem Bett, in dem sonst Ernst schläft, und träumt einen wirren und unruhigen Traum. Keines der verschwommenen Traumbilder kann er festhalten; bei jedem Versuch rutschen sie wie hinter einer milchigen Glasplatte wieder weg. Andere, ebenso verworren und unscharf, schieben sich so schnell darüber, dass ihm schwindelig wird und er unbedingt aufwachen will. Doch eine zentnerschwere Müdigkeit beraubt ihn seines Willens. Er ist dem betäubenden Schlaf und dem zermürbenden Traumgeschehen ausgeliefert. Dann spürt er eine Berührung, die der Traum zuerst aufsaugen und sich zu eigen machen will. Erst die Wiederholung der Berührung signalisiert ihm, dass es außer der Traumwelt noch eine andere Realität gibt. Er wacht auf und sieht in das Gesicht des Partisanen, der sich über ihn beugt.

»Wie geht es dir?«

Josef schnappt nach Luft wie ein kurz vor dem Ertrinken aus dem Wasser Gezogener, stemmt seinen Oberkörper auf, wobei ihn ein stechender Schmerz in seiner linken Schulter an seine Verletzung erinnert.

»Gut«, antwortet er, vom Schlaf noch halb betäubt, und lässt sich von Ernst auf die Füße helfen. »Was ist los?«

»Wir müssen los, wenn wir noch Büchsenlicht haben wollen.«

»Wie spät ist es denn?«

»Sechs Uhr abends. Aber wir haben zwei Stunden Fußmarsch vor uns. Um neun geht die Sonne unter. Wenn wir um acht da sein wollen, müssen wir jetzt los.«

»Gut«, sagt Josef, der sich jetzt einigermaßen sicher auf den Beinen fühlt. »Dann gehen wir halt los.«

Ernst schaut ihn zweifelnd an. »Bist du sicher? Fühlst du dich gut?«

Josef geht ein paar Schritte zur Tür des Schlafzimmers, mit jedem wird er sicherer. Der Schmerz in der Schulter hat nachgelassen. Er spürt nur noch ein heftiges Klopfen. »Doch, ich fühle mich gut. Wirklich.«

Er geht die Treppe hinunter zum Wohnraum der Jagdhütte. Der Partisan folgt ihm, und er spürt in seinem Rücken, wie er ihn weiter kritisch beobachtet. Auf den Sesseln liegen zwei gepackte Rucksäcke. Jetzt fällt ihm der Plan wieder ein, den sie abgesprochen hatten, bevor er sich ins Bett legte. Damit, dass Ernst sich an Fritz Rauch alias Max Troll rächen will, war er sofort einverstanden, nachdem er ihm erzählt hatte, was für ein Schwein er in der Nazizeit war und dass er Ernsts Braut auf dem Gewissen hat. Es gibt in Deutschland keine Gerichte mehr. Soll er ihn etwa solchen Amis wie Captain Korner übergeben, bei denen sich die Altnazis freikaufen können? Wenn's keine Gerechtigkeit gibt, muss man selbst dafür sorgen. Wo der Partisan recht hat, hat er recht.

In die Rucksäcke hat Ernst inzwischen fast alle Waffen und die dazu passende Munition gepackt, die es im Waffenschrank der Jagdhütte gab. Den Fußmarsch von hier bis zur Blücher-Villa – der umgekehrte Weg, den Josef in der vergangenen Nacht zurücklegte – hat er vor Augen: Sie müssen durch den Wald, am Rand des Sonnenbichl entlang, dann müssen sie über Wiesen und Felder nördlich von Garmisch das Loisachtal durchqueren, oberhalb von St. Anton den gegenüberliegenden Bergzug hinauf, dort wieder am Saum des Waldes unterhalb des Schafskopfs bis zum Ende der Schalmeischlucht. Von da haben sie noch einen halben Kilometer vor sich, bis sie den Hügel über der Hohen Halde erreichen. Der Partisan hat recht. Ein verdammt weiter Weg.

Josef berührt einen der Rucksäcke, ertastet unter dem rauen Stoff einen Gewehrlauf. Eine mächtige Welle fiebriger Vorfreude auf das bevorstehende Abenteuer flutet in ihm hoch, spült alle Schwäche aus seinem Körper und seinem Kopf. Er holt tief Luft: Ja, den Weg wird er schaffen! Und dann …!

***

Die Sicht von seinem alten Versteck oberhalb der Villa ist gemessen an der fortgeschrittenen Tageszeit noch sehr gut. Alle Details des Gebäudes und der es umgebenden Gartenanlage sind durch das Zielfernrohr der Mauser scharf auszumachen. Sie haben den Weg von der Jagdhütte hierher schneller geschafft, als er berechnet hat, was daran liegt, dass Josef besser beieinander zu sein scheint als geglaubt. Ernst legt die geladene und entsicherte Mauser beiseite, nimmt mit dem Fernglas die hinter dem Blücher-Anwesen liegende Stinnes-Villa ins Visier und versucht, irgendwo in den sie umgebenden Sträuchern Josef auszumachen.

Er muss lange suchen, dann erkennt er ihn. Er hat sich wirklich gut versteckt, liegt auf dem Boden unter einem riesigen Ginsterstrauch. Von dort hat er sowohl die Stinnes-Villa im Blick als auch den Weg, der von dort hinauf zum Garten der Hohen Halde führt – die ideale Position für ihren Plan, Troll und die Blüchers ins Kreuzfeuer zu nehmen. Dazu hat sich Josef für eine der Bockdoppelflinten entschieden, eine Waffe, die er, wie er sagte, von der Jagd mit seinem Großvater gut kennt. Er hat sie mit Sauposten geladen, einem großkalibrigen Schrot. Doch diejenigen, für die er gedacht ist, zeigen sich nicht auf dem Gelände um die Hohe Halde.

Josef hat ihm erzählt, dass die Blüchers mit ihren Verwandten zwischen sieben und acht zu Abend essen. Das wird der Grund sein, warum niemand draußen ist bis auf eine Frau, die auf einer kleinen Bleiche hinter dem Gartenhaus getrocknete Wäsche abhängt. Ernst schwenkt das Fernglas zur Erkerwohnung der Stinnes-Villa hinüber, in der, wie er von Josef weiß, Troll wohnt. Auch dort bewegt sich nichts, und die Scheibe des ihm zugewandten Fensters reflektiert das letzte Licht der untergehenden Sonne so, dass er dahinter nicht ins Innere der Wohnung sehen kann. Er richtet das Fernglas wieder auf die Hohe Halde. Irgendwann werden die Blüchers herauskommen, denn, auch das weiß er von Josef, sie pflegen sich nach dem Abendessen mit Troll im Gartenhaus zu treffen.

✳✳✳

In Farchant gerät die von München kommende Fahrzeugkolonne vor ihr ins Stocken. Obwohl es bald acht am Abend ist, lässt der Verkehr nicht nach, und je näher sie Garmisch-Partenkirchen kommt, umso dichter wird er. Es sind fast ausschließlich Militärfahrzeuge, dazwischen immer wieder auch Panzer, die die Straße blockieren und dabei eine undurchdringliche braune Staubwolke produzieren. Die Hitze der vergangenen Wochen in Oberbayern, nur durch einen einzigen Regentag unterbrochen, hat die Landschaft rechts und links neben der Landstraße in eine Steppe verwandelt. Das Gras auf den Weiden ist vertrocknet, die blanke Erde kommt zum Vorschein, der kleinste Windstoß wirbelt Staub auf. Am liebsten würde sie das Verdeck des Triumph schließen; dafür müsste sie aber anhalten und aussteigen, und wenn sie das täte, befürchtet sie, käme sie nicht wieder in die Schlange hinein, in der die Fahrzeuge Stoßstange an Stoßstange fahren. Doch dann gabelt sich hinter Farchant die Straße: Nach links geht es nach Partenkirchen und zum Stadtzentrum, dorthin drängt der Verkehr, rechts aber, Richtung Garmisch, ist die Straße frei, und die, das weiß sie, muss sie nehmen, wenn sie hinter Garmisch hinauf zum Jagdhaus der Straussens will.

***

Die Sonne ist gerade hinter der Bergkette im Westen verschwunden, als sich die Seitentür der Hohen Halde öffnet und zuerst Hubertus und gleich hinter ihm Lüder von Blücher heraustreten und dann ins Gartenhaus gegenüber gehen. Ernst richtet das Fernglas auf die Stinnes-Villa und die Erkerwohnung Trolls. Dort bewegt sich nichts. Er stellt auf den Ginsterbusch scharf, unter dem sich Josef versteckt. Josef ist verschwunden.

Ernst wird nervös, legt das Fernglas weg, greift zur Mauser, bringt sie in Anschlag, wandert mit dem Zielfernrohr vom Gartenhaus schnell hinüber zur Stinnes-Villa, dann, langsamer, wieder zurück den Weg entlang, den Troll hinauf zum Gartenhaus nehmen müsste. Und auf einmal hat er ihn im Visier, hat seinen Kopf mit der breiten, grinsenden Visage im Fadenkreuz, er krümmt den Abzugsfinger, erreicht den Druckpunkt – und dann, es ist wie verhext, verschwindet Troll hinter Büschen, erscheint eine Sekunde später wieder, wieder sucht Ernst den Druckpunkt, aber wieder ist Troll plötzlich verschwunden, diesmal hinter dem Gartenhaus. Jetzt taucht er davor wieder auf, Ernst drückt ab, sieht ein Stück Verputz vom Gartenhaus aufspritzen, weiß, dass er Troll verfehlt hat, und weiß gleichzeitig, welche einzige Möglichkeit er jetzt noch hat.

In dem Augenblick, in dem Josef den Schuss hört, hat er gefunden, wonach er gesucht hat. Die Ledertasche, in die Max Troll vor der Rotkreuz-Station in Dorf Tirol die Dollarbündel aus den Blumentöpfen stopfte, lag – das war nicht schwer zu erraten – unterm Bett. Schwerer war es, im Unterschied zum ersten Mal, überhaupt in die Wohnung zu kommen. Troll hat, bevor er sie verließ, alles gründlich verriegelt. Josef musste warten, bis Troll außer Hörweite war, um das Fenster einzuschlagen. Jetzt muss er auf demselben Weg zurück, wirft zuerst die Tasche aus dem Fenster, um von ihr nicht beim Hinausklettern behindert zu werden. Die Flinte hat er vorsorglich draußen gelassen und an die Hauswand gelehnt, damit sie ihn nicht zusätzlich stört, trotzdem verletzt er beim hastigen Hinaussteigen seine Hand an einem aus dem Fensterrahmen ragenden Glassplitter. Er achtet nicht darauf, packt die Tasche und die Flinte, alles mit der rechten Hand, denn die linke ist nicht mehr zu gebrauchen, der Schmerz zieht sich inzwischen von der Schulter bis hinein in die Fingerspitzen; auch darauf achtet er nicht, er hastet den Weg hinauf zur Hohen Halde, von wo jetzt ganze Serien von Schüssen zu hören sind.

Sobald Josef aus der Deckung der Hohlgasse heraus ist, die von seinem Versteck hinunter zur Straße vor der Blücher-Villa führt, feuert Ernst im Laufen auf Troll. Der hockt hinter einem Forsythienstrauch neben dem Gartenhaus und schießt mit einer Pistole in seine Richtung. Die Geschosse zerfetzen das Gebüsch rechts und links von Ernst. Ernst benutzt die Mauser, die er dem Quadratschädel abgenommen hat; er kann auch nur aufs Geratewohl schießen, verfeuert aber das ganze Magazin, um Troll in der Deckung zu halten und nicht zum freien Schuss kommen zu lassen und sich ihm gleichzeitig nähern zu können. Als er bei der Villa angelangt ist, wirft er die Mauser weg, das Magazin ist leer, und er besitzt kein Ersatzmagazin. Trotzdem ist er nicht schlecht gerüstet. Er zieht die Walther aus seinem Hosenbund, für die hat er Ersatzmunition; außerdem steckt in der Jagdweste, die er im Waffenschrank gefunden hat, noch ein großkalibriger alter Wehrmachtsrevolver, den Strauss wohl als Fangschusswaffe benutzte.

Vorsichtig schaut er um die Ecke der Villa, sein Blick trifft sich mit dem von Troll, der immer noch hinter dem Strauch hockt und blitzschnell seine Pistole auf ihn in Anschlag bringt. Troll schießt zuerst, verfehlt aber; das Geschoss reißt ein Loch in einen Ziegel neben Ernsts Kopf. Ernst hat auf Trolls Stirn gezielt, doch noch bevor er abdrückt, hört er den Knall einer Schrotflinte, sieht Troll vornüberkippen und entdeckt dann Josef mit seiner Bockflinte hinter ihm. Josef hat einhändig aus der Hüfte geschossen; auf die kurze Distanz muss der Sauposten Trolls Rücken zerfetzt haben. Ernst sieht, wie sich Josefs bleiches, vom Schmerz gezeichnetes Gesicht zu einem stolzen Grinsen verzieht.

Er geht, die Walther vorgestreckt, auf den bäuchlings auf dem Rasen liegenden Troll zu; sein Rücken ist tatsächlich durchsiebt, und die Löcher darin sind tief. Ernst will sich trotzdem überzeugen, tritt näher – und fährt dann erschrocken zusammen. In der Garage heult der Motor des Mercedes auf, und eine Sekunde später schießt das gewaltige Auto an ihm vorbei auf die Straße zu. Am Steuer erkennt er Hubertus, auf dem Beifahrersitz Lüder. Er schaut dem Wagen noch hinterher, da hört er hinter sich ein scharfes »Waffen fallen lassen, beide!«.

***

Von der Hauptstraße geht es in einer fast neunzig Grad scharfen Kurve links bergauf. Susan ist diesen Weg noch nie selbst gefahren, bisher wurde sie immer von Josef im Mercedes kutschiert; jetzt hat sie Mühe, ihren Rechtslenker durch die ohnehin schon unübersichtliche Kurve zu kriegen. Dann ist sie auf der Gsteigstraße, schaltet einen Gang hoch und fährt langsam zur Hohen Halde hinauf. Sie ist sich immer noch nicht ganz sicher, was genau sie da will, außer sich von Josef zu verabschieden. Soll sie ihn auch nach Ernst fragen?

Die ganze Fahrt über, zuerst von Pfaffing bis Garmisch, dann von der Jagdhütte bis hierher, hat sie darüber nachgegrübelt. Eigentlich war sie zu dem Entschluss gekommen, dass der Streit mit ihm über die Legitimität oder Illegitimität der Selbstjustiz es nicht wert ist, sich von ihm zu trennen. Deshalb ist sie schließlich zuerst zur Jagdhütte gefahren. Als sie Ernst dort nicht traf, geriet ihr Entschluss wieder ins Wanken. Doch dann auf der Fahrt zurück nach Partenkirchen wuchs in ihr die Hoffnung, dass Josef ihr oben in der Hohen Halde sagen könnte, wo sie ihn findet. Denn Ernsts übrige Qualitäten überwiegen ganz zweifellos seinen Starrsinn in dieser Angelegenheit. Eigentlich. Andererseits gibt es da aber noch den ihr eigenen, den Mitford'schen Starrsinn, der sich gegen ein Einlenken sträubt. Je näher sie der Hohen Halde kommt, desto mehr wird ihr bewusst, dass sie diesen Starrsinn im Grunde längst überwunden hat, wäre sie sonst auf dem Weg hierherauf?

Das plötzliche Auftauchen der riesigen Schnauze des Blücher'schen Mercedes vor ihrer Windschutzscheibe unterbricht ihre Grübelei und lässt sie panisch das Lenkrad nach rechts reißen, glücklicherweise nach rechts, in die richtige, die kontinentaleuropäische Richtung. Der Mercedes donnert mit vollem Tempo an ihr vorbei. Hinter dem Lenkrad, da ist sie sich trotz der nur eine Sekunde lang dauernden Begegnung sicher, saß nicht Josef, sondern Hubertus. Sie schaltet wieder einen Gang zurück und gibt Gas.

Auf Höhe der Stinnes-Villa nimmt sie den Fuß vom Gas, tritt auf die Bremse, verlangsamt abrupt das Tempo, möchte am liebsten den Motor ausschalten, um kein Geräusch zu machen. Fünfzig Meter vor ihr treibt ein bulliger Mann mit vorgehaltener Maschinenpistole Ernst und Josef vor sich her, von der Hohen Halde über die Straße auf den gegenüberliegenden bewaldeten Hang zu. Die beiden haben die Hände hoch erhoben. Der Typ mit der Maschinenpistole ist so dicht hinter ihnen, dass sie keine Chance haben, ihm zu entkommen. Selbst wenn sie gleichzeitig rechts und links wegspringen würden, würde er sie beide erwischen.

Susan atmet tief ein und aus, zwingt ihren Puls zur Ruhe, legt geräuschlos den ersten Gang ein. Und dann tritt sie das Gaspedal fast in den Motorraum hinein, der Triumph macht einen Sprung nach vorn; Susan macht sich steif, umklammert das Lenkrad, hält auf den Typen mit der Maschinenpistole zu, und erst beim Aufprall schließt sie kurz die Augen. Sie konnte noch nie Blut sehen. Als sie sie wieder öffnet, ist die Windschutzscheibe trotzdem voll davon.

***

Unter ihnen verwandelt die erste blasse Morgenröte den Bodensee in ein rosafarben schimmerndes Silbertablett. Sie sind die ganze Nacht mit verschlossenem Verdeck über österreichische Landstraßen gefahren und bogen, als sowohl er als auch Susan zu müde zum Weiterfahren waren, in einen Waldweg ein, parkten das Auto am Rand einer Lichtung und schliefen dann auf ihren Sitzen. Jetzt, als er aufwacht, sieht Ernst, dass sie sich gestern Nacht einen Platz ausgesucht haben, der einen Panoramablick über den halben Bodensee bietet.

Josef lag die ganze Zeit unter einer Decke auf der Rückbank. Seit ihrer Abfahrt aus Garmisch-Partenkirchen ist sein Fieber gestiegen. Zwischendurch delirierte er, erzählte in Trance von seinem Großvater, der wegen eines Kindes, das er mit Zenta Troll habe, von der Blücher-Bande erpresst werde. Dann schlief er, wachte zwischendurch aber immer wieder auf, war dann hellwach und bei klarem Verstand, verkündete stolz, wie er sich Trolls Geldtasche unter den Nagel gerissen habe und dass die drei sich davon mindestens ein Jahr lang eine lustige Zeit machen könnten. Dann schlief er wieder ein und schläft jetzt immer noch.

Ernst dreht sich vom Fahrersitz zu ihm, schiebt die Decke an seinem Kopf zur Seite und befühlt seine Stirn. Der Junge glüht. Die Sepsis wird ihn umbringen. Er muss so schnell wie möglich in ärztliche Behandlung. Ernst startet den Motor, Susan neben ihm wird wach.

»Kennst du den Weg?«

»Ich werde ihn finden. Bis zum Grenzübergang sind es noch vier Kilometer. Von da bis nach St. Gallen höchstens noch fünfzehn. Und in St. Gallen wird es wohl ein Krankenhaus geben.«

Josef hat ihnen erzählt, dass es in Lustenau einen von den Blüchers oft benutzten Grenzübergang gibt, an dem die Schweizer Grenzer bestechlich sind. Susan hat ein Bündel Dollarnoten aus der Ledertasche im Kofferraum genommen und im Handschuhfach vor sich bereitliegen.

»Gut«, sagt Susan und dreht sich zu Josef um: »Wir werden es schaffen!«

Josef ist durch das Anfahren des Autos wach geworden. Sein Gesicht ist geschwollen und gerötet, er atmet schwer. Aber er ist bei Verstand.

»Wisst ihr, was Al Capone immer zu sagen pflegte?«, fragt er.

»Nein«, sagt Susan, lächelt ihn an und legt ihre linke auf Ernsts rechte Hand am Steuerrad. »Erzähl!«

»Man erreicht mehr, wenn man höflich und bewaffnet ist, als wenn man nur höflich ist.«

Nachwort

Kein Buch verdankt sich allein seinem Autor. Auch dieses steht tief in der Schuld anderer Autoren und ihrer Bücher. Inspiriert wurde es durch das 1956 in London erschienene Buch »Gold is Where You Hide it« des wunderbaren W. Stanley, genannt Bill Moss. Moss war ein sehr lässiger britischer Offizier, aber ein exzellenter Geheimagent. Ihm gelang im Zweiten Weltkrieg das Kunststück, auf Kreta einen deutschen General zu kidnappen. Danach verbrachte er ein kurzes und rasantes Leben als Reiseschriftsteller. Gemeinsam mit seinem nicht weniger abenteuerlustigen und bewundernswürdigen Kameraden, der sich Andrew Kennedy nannte, aber eigentlich ein polnischer Graf war, recherchierte er die Geschichte des in den Bergen über dem Walchensee vergrabenen Schatzes. Ein Gefühl für die historische Situation im Mai 1945 verdanke ich fast ganz allein Harald Jähner und seiner herausragenden »Wolfszeit«. Aber auch Hans Habes Roman »Off Limits« gab mir reichen Anschauungsunterricht. Hieb- und stichfestes historisches Material für meine Geschichte lieferten Ian Sayer und Douglas Botting mit ihrem umfang- und detailreichen »Nazi-Gold. Das Geheimnis um das geraubte Gold der Deutschen Reichsbank«. Dank auch an Franz Wörndle, den Archivar von Garmisch-Partenkirchen, der mir Zugang zum von ihm gehüteten Schatz im Keller des Rathauses verschaffte.

Peter Meisenberg
DIE VERKAUFTE REPUBLIK.
ZWISCHENRUFE AUS WDR 3
Gebunden, 280 Seiten
ISBN 978-3-7408-0266-0

Die Stimme des Kölner Autors und Journalisten Peter Meisenberg
kennt man seit vielen Jahrzehnten aus dem Hörfunk. Im WDR3
setzt er sich kritisch mit politischen und gesellschaftsrelevanten
Themen auseinander. Das Buch bündelt circa 150 dieser kurzen
und pointierten Radiobeiträge, die aus der Zeit von 2005 bis 2017
stammen. Sprachlich ausgefeilt, kühn, unzensiert und weitab
von Leitartikel-Jargon und Politik-Sprech nimmt Meisenberg die
politische Entwicklung unter den letzten drei Kanzlerschaften
Merkels unter die Lupe und kommentiert das Geschehen aus un-
konventioneller Perspektive.

www.emons-verlag.de